英雄歷險與
困境糾纏

中西科幻小說的文化性差異

蔡秉霖・著

序

　　科幻小說是人類想像力下的產物，閱讀科幻小說不僅能拓展我們的視野，更可以馳騁我們的想像力。艾西莫夫對科幻小說作了一個簡單的解釋：「科幻小說可界定為處理人類回應科技發展的一個文學流派。」所以從閱讀科幻小說中，我們可以領略到一些人類對科技文明的態度、一些科學的概念、對於未來的想像。在中西方文化薰陶下的科幻小說，已經呈現出各自不同的文化性；而對於未來的發展，中西方也當要各有其因應之道。因此，就中西方科幻小說中的文化性差異來作比較，以張系國《星雲組曲》、倪匡《後備》、葉李華〈戲〉、黃海《鼠城記》、艾西莫夫和席維伯格合著《正子人》、海萊因《4＝71》、威爾斯《時間機器》和凡爾納《海底兩萬里》為例，正可以探得當中的秘辛及其進境所在。中西方科幻小說有各自的文化性，就這兩種文化性來作深入的探討，西方的科幻小說呈現的是一種「英雄歷險」的過程，體現出創造觀型文化的「馳騁想像力」特性；而中方的科幻小說呈現的是對外在環境所產生的「困境糾纏」，體現出氣化觀型文化的「內感外應」

特性，這都無法互換，彼此應當再思考可能的發展方向。而最後再延伸到教學上運用途徑的提議，如相關的閱讀教學、寫作教學、傳播教學等，希冀能廣為發揮研究成果的效應。

經過半年的時間，終於把這本論文產出，期間雖然有點累，但是愈寫愈覺得思路清晰，這種快感是沒辦法用言語形容的。而且現在看待事物的時候，都不會單就一個層面下定論，而是從不同的面向去切入，這是最大的收穫。當論文完成時，覺得之前的努力都值得了。

當然這一切的成果，都要歸功於周慶華老師的指導，這兩年的研究所生活，我從周老師身上學到許多，例如語文教學、詩和小說的寫作（從沒想過自己也要創作）、做人處事的態度與道理……周老師對學生的好，學生都會記在心上，這讓我看到人至善的一面，所以我很榮幸成為周老師的學生，也很感激他。

接著要感謝我老婆，遇到寫作瓶頸時，跟她討論可以得到新的靈感，而且當我埋頭在書堆中，她還會泡咖啡給我喝（似乎催促著我繼續寫）。另外還要感謝研究所的同學和學長姐：綺環、春霞、梅欣、柏甫、子剛、文榛……上課時帶來的歡笑，真的是調劑身心的好藥方。而學校同事們組成的「球飯幫」：佳靜、小鐘、逸寧、雅玲、俐敏、震蔚、昭君、湘宇……帶給我課餘發洩的好機會，每天在羽球場上「殺聲震天」，變成一種習慣，即使身體很累，心裡反而更開朗。論文的完成，他們也有很大的功勞。另外還要謝謝詠榕對我的英文摘要作修正。

　　最近聽到值得令人興奮的一件事：有善心人士捐贈許多圖書到我們學校，其中包含了一整套的倪匡科幻小說，看來這種機緣簡直就是鼓舞著我繼續做研究嘛！我想，論文完成並不代表結束了，反而是另一階段的開始，現在我要繼續去看科幻小說了。

蔡秉霖謹誌

2012.06

目次

圖次

表次

第一章　緒論

第一節　研究動機

　　在現代人忙碌緊張的生活中，閱讀小說成為一種忙裡偷閒的休閒活動。在空閒時，靜靜地拿起一本小說，不管塵世的喧囂，把心境融入小說的情節中，跟隨主角在故事裡冒險，一起經歷一場想像力的旅程或者沉浸在虛構的困境中，這都是一種「偷得浮生半日閒」的享受。如同觀賞電影一樣，閱讀小說透過主角替代我們去冒險，讓我們也有一種「身歷其境」的感受，這也可成為忙碌的現代人紓解壓力的一種管道。

　　以目前的出版業來說，小說創作可說是大宗。每年都有大量的小說作品出版，可見小說類讀者還在持續增加中。閱讀小說不僅可以使讀者的心靈受到解放，更可以從小說中體驗到另一種人生，或讓讀者思考倘若是自己遇到文本中的情節該如何面對，藉此也可讓讀者自我省思。這也就是閱讀小說的樂趣所在。

> 魯迅說：我想，在文藝作品發生的次序中，恐怕是詩歌
> 在先，小說在後的。詩歌起於勞動和宗教。其一，因勞
> 動時，一面工作，一面唱歌，可以忘卻勞苦，所以從單
> 純的呼叫發展開去，直到發揮自己的心意與感情，並偕
> 有自然的韻調；其二，是因為原始民族對於神明，漸因
> 畏懼而生敬仰，於是歌頌其威靈，讚嘆其功烈，也成就
> 了詩歌的起源。至於小說，我以為倒是起於休息的。人
> 在勞動時，既用歌吟以自娛，借它忘卻勞苦了，則到休
> 息時，一必要尋一種事情以消遣閒暇。這種事情，就是
> 彼此談論故事，正就是小說的起源。所以詩歌是韻文，
> 從勞動時發生的；小說是散文，從休息時發生的。（范
> 伯群、孔慶東，2010：2）

由此可見，閱讀小說作為「消遣閒暇」有一定功效。而在各類小說中，科幻小說更可以提供讀者一個想像的世界。在科幻小說的情節裡，一個光速飛行的點子、人類生命延續的議題、環境毀滅的危機、甚至一個奈米粒子技術的發想，就可以發展出一部出色的科幻小說，作者藉由小說中的主角代替他去進行一段冒險旅程，也帶領讀者在幻想中遨遊。

「科幻」這一個概念是由西方傳入中國，大抵上是由於西方工業革命之後，科技日新月異，人們在科學與現實中產生了想望與衝突，對於未來有些想法或不確定感，將科技、物質、幻想之間交織在一起，由作家的筆下寫出一種富有想像力的文學作品——科幻小說。科幻小說可說是現代科技文明下的

產物，是西方十九世紀末才出現的文學型態，然而它的迅速發展，已成為大眾文學中不可忽視的一支力量。為什麼科幻小說會崛起得如此迅速，原因在於十九世紀歐洲工業革命後，科技文明直接影響人類的生活，也間接影響人類的藝術創作，而科幻小說就是體現科學技術對人類未來發展的文藝類型。自古以來中國有很多奇幻意味的小說（如：《西遊記》、《封神演義》、《鏡花緣》、《聊齋誌異》……），卻少有科幻意味的小說出現。中西方為何有如此大的差異，是值得深入討論的議題。在十九世紀西方的工業科技漸漸影響中國後，也連帶地把科幻小說傳入中國。科幻小說在中國發展至今已有一百多年。然而，中西科幻小說的發展、關注的議題、寫作的內涵並非一模一樣，而且有根本上的差異。為什麼會造成中西科幻小說的差異？就是我要研究的動機：想把它理清楚。

　　當閱讀科幻小說的時候，大部分的讀者都會融入小說中的情節，情緒隨著主角的冒險或遭遇而起伏，讚嘆作者優美的文筆與情節鋪陳的巧妙，甚至對作者描寫的科幻物件有畫面式的想像；但是卻沒有人會注意到科幻小說中對科幻情節或物件背後所隱含的文化性，這或許是作者心中所真正要呈現的東西。如果讀者只著重於小說的情節的演進而把文字背後的意涵忽略掉，那等於沒把小說真正看透。

　　一部科幻小說從腳色的設定、情節的鋪陳、科幻概念的融入、對未來世界的想望，種種細節中都會隱約透露出作者心中最崇高的信仰。身為讀者的我們如果忽略了這些細節，那這本科幻小說只能帶給我們短暫的激情；但如果我們細細品味小說

背後的文化意涵，那閱讀科幻小說的角度就又多了一種。讀者只要能讀出小說背後的文化意涵，就能體會到不同文化背景下的作者，為何會寫出如此的作品。

美國著名科幻家弗里蒂克・布朗（Fredric Brown）寫的一篇被稱為世界上最短的科學幻想小說：「地球上最後一個人獨自坐在房間裡，這時忽然響起了敲門聲……」雖然只有短短二十幾個字，卻蘊含了無限豐富的想像力，甚至可以留給讀者盡情擴展。當我們在進行科幻小說寫作教學時，也可運用此種概念，讓學生天馬行空的發揮，創造屬於自己的一篇科幻小說。

閱讀科幻小說可以讓我們忘卻世間的紛擾，紓解壓力，但如果閱讀的角度只偏限在情節的高低起伏，那似乎就失去了作者苦心經營的用意。因此，當我們在探討一部科幻小說時，必須深入研究小說中主角的塑造、情節的鋪陳、對話的描述、結局的構設、美學的呈現、科學技術的創發……對文字作不斷的後設思考並參造不同文化系統下的科幻小說作對比，如此才能更深刻地了解各種文化下所呈現的科幻小說的不同面貌，也才能了解科幻小說作者所處的文化背景與所崇信的信仰是否有問題。而在我們可以徹底認知後，也就能接著反省中西的科幻小說再向前發展的道路。同時也期盼藉由這次的研究能開啟科幻小說閱讀、教學、寫作和研究的新視野。

第二節　研究目的與研究方法

一、研究目的

　　科幻小說是科技文明下的產物，工業發達、機器大量生產，人類的生活受到前所未有的衝擊，作家為了體現科技快速發展對人類生活的衝擊而產生的文學型態。科幻一詞是由英語而來的，「科幻」可以指「概念性的超現實合理現像」，「科幻作品」則指小說、影視、動漫畫等作品，而廣義的科幻則可以包含科幻概念與科幻作品。（黃海，2007：4）「Science Fiction」一詞就是俗稱的「科幻小說」，這個英文名詞剛傳入東方時，也眾說紛紜。根據張系國的說法：

　　　　當初定科幻這個名稱事實上是有別於所謂的科學幻想小說。科學幻想小說　應該是根據科學而產生幻想的小說，有很強烈的科學意味，小說裡的科學「比重」要大，儘可能不違背科學道理。我提出的「科幻小說」，是認知到它既然已經形成一個新的文類，就突破了單純的科學，也不只是幻想，是二者合而一的，不偏向科學或幻想任一方。它既不完全是科學，也不完全是幻想，不必一再去追問它是否合乎科學或者通通是幻想，新文類必然逐漸形成它獨有的藝術觀。（黃海，2007：iii）

根據黃海的解釋，科幻小說包含了科學小說、科學幻想小說、幻想小說（或稱為奇幻小說）。他曾為「科幻小說」下了一個定義：「以科學為基礎，探索未來或未知情景的小說。」（黃海，2007：5）他認為這「科學」一詞包括了自然科學、社會科學、或人文科學，「未來」或「未知」則包括了時間與空間的任何型態。但是黃海經過幾十年的反省思考，認為這樣定義沒有什麼意義，因為有多少科幻小說家，就有多少科幻小說的定義。最後他總結認為：「科幻小說是科學想像或科學幻想的戲劇化。」（同上，5）最後他體悟到：

> 科幻小說，是一種童話特質的文學。
> 科幻與兒童文學之間，有交叉點。
> 科幻文學是科學想像或合理想像的戲劇化。（黃海，2007：5）

根據葉李華的解釋：科幻的定義眾說紛紜，莫衷一是，尺度差異極大。其中最廣義的一種，認為只要故事中含有超現實因素，便可算作科幻作品。而根據科幻的嚴格定義，不難導出如下定理：科幻基本構思必須符合兩個條件：（一）現在絕不可能；（二）未來一定要有可能。因為倘若是現在已有可能，則見不到幻想的成分；而假如未來也無可能，那就代表該構思已牴觸了既有的科學。（葉李華，1998a：99）但真正有內涵、有深度的科幻小說，應該是結合科學、哲學、歷史、宗教、神話與傳說，以及各種人文思想與社會科學的綜合文體，簡直可

以無所不包、無所不容，而且時空舞臺與角色變化更是無窮無盡，讓作者與讀者都能無拘無束地盡情發揮自己的想像力——這正是科幻小說最大的魅力與魔力！（葉李華，1998a：100）

　　正因為對科幻的定義眾說紛紜，在討論本研究主題前有必要對科幻小說作個界定。本研究所探討的科幻小說以較狹義的科幻小說為主（具有強烈的科學意味），而奇幻、幻想小說（如《哈利波特》）則不在討論之列。科幻小說作者在創作發想時必定將自己的文化背景、創作時的情感寄託在文字裡，所以小說中必定帶有作者的中心思想；讀者在閱讀科幻小說時常常會著重於情節的發展，快速地把劇情看過，而很少有人會聯想到作者在科幻題材的選擇、人物性格的塑造、人物間對話的設計、想像力的廣度、場景的構設、權力意志的延伸、人文關懷與藝術造境、反映現實……蘊含了這部科幻小說的終極信仰。或許有人會說科幻小說只是虛構的，只是用來消遣娛樂的，何必把它當成一部教科書來讀，但是如果讀者能發掘隱藏在文句背後深度的文化意涵，不斷地作後設思考，用世界觀去解釋它們，得出作者的終極信仰，這就不枉費作者的苦心經營，也才能彰顯出這部科幻小說的價值。在科技發展對人類的衝擊下，不同文化系統下的人們也有不同的因應方式。當然每部科幻小說背後就蘊含了獨特的文化性，值得讀者們去深入探討，期望透過這份研究可以了解中西文化間的差異及其發展方向。

　　基於這樣的理由，建構一套可以理解中西科幻小說的理論體系是必要的，好讓讀者能夠察覺在科幻小說中也有不同的世界觀差異。這套體系包含幻小說的文化性、中西科幻小說文化

性中的世界觀差異、西方科幻小說的文化性舉隅、中方科幻小說的文化性舉隅等面向。而藉這套可以用來理解中西科幻小說的文化性差異的理論體系的建構，可以運用在閱讀教學、科幻小說寫作教學和相關傳播教學等，而有助於成效的提升。

對於「理論建構撰寫體例」，在周慶華《語文研究法》一書中，提出以下說明：

> 理論建構，講究創新。大致上從概念的設定開始，經由命題的建立到命題　的演繹及其相關條件的配置等程序而完成一套具體系且有創意的論說。（周慶華，2004a：329）

依據此一理論建構作法，將研究中涉及的理論架構整理出來：科幻小說的文化性、英雄歷險、困境糾纏，此為概念一。創造觀、氣化觀、馳騁想像力、內感外應，此為概念二。

概念確立後，接著要建立所需的命題。科幻小說可以徵得深層的文化性，此為命題一；中西科幻小說文化性中的世界觀差異極大，此為命題二；西方科幻小說的文化性體現在各種英雄歷險裡，此為命題三；中方科幻小說的文化性體現在各種困境糾纏裡，此為命題四。由上述命題建立延伸而推論出：本研究的價值，可以在閱讀教學上運用，此為演繹一；本研究的價值，可以在科幻小說寫作上運用，此為演繹二；本研究的價值，可以在相關傳播教學上運用，此為演繹三。

圖1-2-1將本研究的「概念設定」、「命題建立」、「命題演繹」的關係以圖示架構方式呈現。

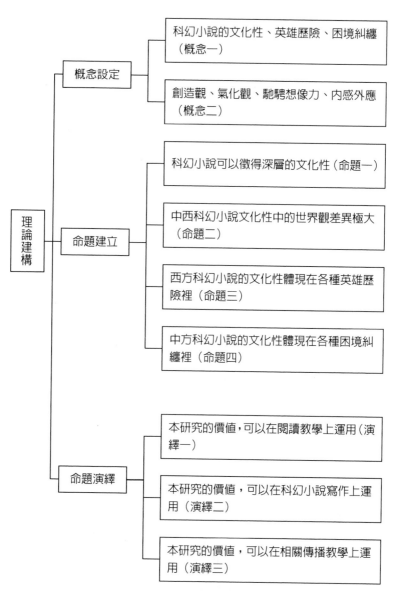

圖1-2-1 本研究的理論建構示意

二、研究方法

研究方法是為了達到研究目的所採取的解決問題（因為研究目的在還沒展開研究時形同有待解決的問題）的程序或方法。因為本研究涉及多面向，所以採取相應的研究方法，包括「現象主義方法」、「語意學方法」、「文化學方法」、「社會學方法」等。以下逐項介紹研究方法的性質，並說明所要運用處理的章節。

第二章文獻探討，所採用的是現象主義方法。現象主義方法是指探討經驗所及的語文現象的方法；它的現象觀為一切出現而顯示於意識的對象，有別於但指意向性或意識作用的現象學方法的現象觀。（周慶華，2004a：94）透過現象主義方法來整理、分析、批判前人所作的相關研究成果，以顯示本研究的必要性。

本研究的第三章研究科幻小說的文化性，就得用語意學方法。語意學方法是指探討語言意義的方法。（利奇〔Geoffrey N. Leech〕，1996）運用此方法來界定「文化性」、「科幻小說」、「世界觀」並探討這三個課題所內含的意義。

文化學方法是評估語文現象或以語文形式存在的事物所具有的文化特徵（價值）的方法。由於當中「文化」一詞始終存有歧異，導致該方法所預設的文化學內涵也一直是「各有說詞」。因此，為了方便看出這種方法的所被運用的情形，就有需要先作一點相關問題的條理。（周慶華，2004a：120）

現今所說的文化（culture），是源自西方的外來語，原為西賽羅（Cicero）率先使用，意義為居住、維持、照管、保護等，

後來又有耕耘、栽培、修理農作物的意思。此外，西賽羅又寓意的使用它為理智和道德的修習；且又有注意以及授課和敬禮的意思。（趙雅博，1975：3）十八世紀七〇年代，有人重新為文化下定義，說文化是一種複雜叢結的全體；這種複雜叢結的全體，包括知識、信仰、藝術、法律、道德、風俗以及任何其他人所獲得的才能和習慣。（殷海光，1979：31）從此為西方樹立一個新概念的里程碑，吸引許多人不斷為「文化」作定義。

至於漢語中的「文化」一詞，是從《周易》〈賁卦・彖辭〉「觀乎天文以察時變，觀乎人文以化成天下」（孔穎達等，1982：62）截取而來，有人治教化的意思。但現在已經沒有人再從這個（人治教化）角度去談文化，只要一提起文化問題，幾乎都是西方的概念。現在的文化概念既然是外來的，它的取義就不得不以西方的理論架構為參照系。（周慶華，1997a：73～74）姑且以下列的定義為準則：

> 文化是一個歷史性的生活團體──也就是其成員在時間中共同成長發展的團體──表現其創造力的歷程和結果的整體，其中包含了終極信仰、觀念系統、規範系統、表現系統和行動系統。（沈清松，1986：24）

這個定義包含幾個要素：（一）文化是由一個歷史性的生活團體所產生的；（二）文化是一個生活團體表現它的創造力的歷程和結果；（三）一個生活團體的創造力必須經由終極信仰、觀念系統、規範系統、表現系統和行動系統等五部分

來表現，並在這五部分中經歷所謂潛能和實現、傳承和創新的歷程。文化在此被看成一個大系統，底下再分五個次系統。這五個次系統的內涵分別如下：終極信仰是指一個歷史性的生活團體的成員，由於對人生和世界的究竟意義的終極關懷，而將自己的生命所投向的最後根基，如希伯來民族和基督宗教的終極信仰是投向一個有位格的創造主，而漢民族所認定的天、天帝、道、理等等，也表現了漢民族的終極信仰；觀念系統是指一個歷史性的生活團體的成員，認識自己和世界的方式，並由此而產生一套認知體系和一套延續並發展它的認知體系的方法，如神話、傳說以及各種程度的知識和各種哲學思想都是屬於觀念系統，而科學以作為一種精神、方法和研究成果來說也都是屬於觀念系統的構成因素；規範系統是指一個歷史性的生活團體的成員，依據他的終極信仰和自己對自身及對世界的了解（就是觀念系統）而制定的一套行為規範，並依據這些規範而產生一套行為模式，如倫理、道德等等；表現系統是指用一種感性的方式來表現該團體的終極信仰、觀念系統和規範系統等，因而產生了各種文學和藝術作品（包括建築、雕塑、繪畫、音樂、甚至各種歷史文物等）；行動系統是指一個歷史性的生活團體的成員，對於自然和人群所採取的開發或管理的全套辦法，如自然技術（開接自然、控制自然和利用自然的技術）和管理技術（就是社會技術或社會工程，當中包含政治、經濟、社會等三部分：政治涉及權力的構成和分配：經濟涉及生產財和消費財的製造和分配；社會涉及群體的整合、發展和變遷以及社會福利等等問題）等。（沈清松，1986：24～29）

　　在這裡我將運用文化學的方法對科幻小說作品中的表現系統或行動系統反推至它的規範系統、觀念系統，而且可以更進一步了解科幻小說文本中所表現的終極信仰，如此我們就可以推知它所屬的文化形態，並比較中西科幻小說文化性中的世界觀差異。這將見於第四章中西方科幻小說文化性中的世界觀差異，以及第五章、第六章中西科幻小說的文化性舉隅上。

　　最後在第七章相關研究成果的運用途徑，就得透過社會學方法來實現。所謂社會學方法，是指研究語文現象或以語文形式存在的事物所內蘊的社會背景的方法。（周慶華，2004a：87）這種相關語文現象或以語文形式存在的事物所內蘊的社會背景的解析，大體上有兩個層面：一個是解析語文現象或以語文形式存在的事物是如何的被社會現實所促成；一個是解析語文現象或以語文形式存在的事物又是如何的反映了社會現實。我們可以把文學作品視為社會的產物和媒介，也可以把社會看作是文學的外圍環境，可以從讀者群、作者的世界觀、內容分析、語言學和意識形態等角度來對文學進行分析。（同上，89~91）透過社會學方法來分析本研究的成果如何體現到現實生活中是相當有成效的。

第三節　研究範圍及其限制

一、研究範圍

　　本研究的最主要目的，是在探討「中西科幻小說的文化性差異」（兼及發展方向的預期），從概念的設定來看，最主要探討的對象就是「英雄歷險」與「困境糾纏」。「英雄歷險」是西方科幻小說的特色；而「困境糾纏」則是中方科幻小說的特色。本研究的範圍，在於科幻小說的文化性、中西科幻小說文化性中的世界觀差異、西方科幻小說的文化性舉隅、中方科幻小說的文化性舉隅與中西方科幻小說文化性差異的運用途徑等。本研究共分為八章，以下將依序羅列各章節，並略作重點說明，以幫助讀者對中西科幻小說的文化性差異有更深刻的了解。

　　第一章緒論，對研究動機、研究目的與研究方法、研究範圍及其限制作簡要的說明。第二章在文獻探討中運用現象主義方法來檢討前人在期刊論文、學位論文與專書上的相關研究成果，旨在分辨這些研究成果的不足以凸顯出本研究的不同及必要處。

　　第三章科幻小說的文化性，旨在處理文化性界定、科幻小說文化性的涵蓋範圍、世界觀作為科幻小說深層文化性的標誌等。自古以來中西方對於「文化」一詞說法各有不同，但是以現今來看幾乎都是取義西方的概念。文學由人所創作，所以文學中必包含作者的本意，而作者必受其所從屬文化的影響，如此推來文學作品中必受到其文化性的影響。在這裡參考過各

家的文化性界定後，選定沈清松的界定法。（沈清松，1986：24）此一界定法在統攝材料上相當有效。對於科幻小說文化性的涵蓋範圍，就以各文化系統下的科幻小說實際舉例說明。而在科幻小說的寫作手法上以「世界觀」徵得科幻小說深層文化性的標誌是相當可靠的（終極信仰已經內在其中），分析科幻小說到「文化性」上也就可以說相當徹底了。

第四章中西科幻小說文化性中的世界觀差異，可透過文本的分析來比較。以文學來說，西方傳統深受創造觀的影響而有詩性的思維在揣想人／神的關係；而中國傳統深受氣化觀的影響而有情志的思維在試著縮結人情和和諧自然。（周慶華，2007a：126），因而有了「詩性思維」和「情志思維」的差異。在科幻小說上也是如此，西方科幻小說源自深具馳騁想像力的創造觀，對於人類的未來有很多跳躍式的想像，文本大多屬於長篇敘事；反觀中方科幻小說，因為是由西方傳入，並不屬於中方傳統思想下的產物，所以中西文化交雜，但是本質上還是沒改變。因此，中方科幻小說源自但憑內感外應的氣化觀，對於人類的未來描述只侷限在現實困境的延續，文本大多屬於短篇抒情。由此可看出中西科幻小說文化性中的世界觀差異極大。

第五章專以西方科幻小說的文化性來舉隅，西方科幻小說中通常會塑造出一個英雄，而這個人就是主角。主角在成為英雄的過程中必須經過許多挫折與磨練，如此才能成就英雄的美名。這也反映出在西方創造觀下，人類為上帝所創，應當展現自己的才能，去榮耀上帝進而媲美上帝。從科幻小說主角的人物設定、情節的鋪陳、場景的廣度、權力意志的延伸……都

可以看出創造觀的影響。科幻小說在創造觀底下還是會有一些系統內部的差異，但是差異性都不大，因此我們還是以文化性來統攝這些文學作品最為恰當。在第五章中分別舉具代表性的四位西方科幻小說作家的作品來印證：美國艾西莫夫的《正子人》描述人造機器人捨棄機械的身分把自己變身成所謂「人」的身分，在這長時間的過程中歷經許多挫折最後終於得其所望，而成就「他」英雄的美名；美國海萊因的《4＝71》構設了一段歷經時間與空間的太空歷險，雙胞胎主角搭乘太空船在浩瀚的宇宙中為人類尋求另一個美麗的生存國度，當然期間必然發生一些災難才能成就英雄名號，為人類開創新局；英國威爾斯的《時間機器》描述科學家發明時光機器進入未來歷險，發現人類在未來中演變成兩個種族，在歷險中經過一連串的苦難，終於回到現實世界為他的科學同好述說這段冒險；最後法國凡爾納的《海底兩萬里》描述一段人類搭乘潛水艇（在凡爾納的時代裡，潛水艇還未被創造出來）在廣闊的五大洋穿梭探險，甚至發現失落的亞特蘭提斯古文明，成就了人類探尋未知的海底世界的冒險。

　　本研究所採用的是世界三大文化系統的論點（周慶華，2010：93～96），把整個世界現存的文化主要簡易區分為——創造觀型文化、氣化觀型文化與緣起觀型文化。文化是一個歷史性的生活團體表現他們的創造力的歷程和結果的整體。（沈清松，1986：24）文化之下還可以分出終極信仰、觀念系統、規範系統、表現系統和行動系統等五個次系統。文化中的五個次系統既分立又有交涉，用來分析各個文化間的獨特性和差異性相當方

便實用，而且好理解，所以就以這文化的五個次系統來統攝科幻
小說間的文化性。第五章運用文化學方法來分析這四部西方科幻
小說經典，並以文化的五個次系統表示（如圖1-3-1）：

文化

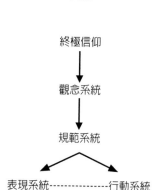

圖1-3-1　文化五個次系統圖

（資料來源：周慶華，2007b：184）

　　第六章專以中方科幻小說的文化性來舉隅，中方科幻小
說因為傳統中國文化中沒有唯一真神可去榮耀，且人由精氣而
生，死後回歸於精氣，所以對另一個世界沒有想望，馴至想像
力並不豐富，反映在科幻小說裡大多是現實世界的延伸。例如
男女之間的情愛糾葛、對於命限的糾纏、對於人類未來的憂慮
引發的毀滅糾纏……雖然寫的是科幻小說，但總跳脫不出對於
現實世界困擾的反映。「內感外應」就是在說明這一種現象，
人因外物的刺激而有所感觸借文學作品來抒發，目的並不在
馳騁想像力而在盡可能的「感物應事」。（周慶華，2007a：

127）在第六章中也以具代表性的四位中方科幻小說作家的作品來印證：張系國的《星雲組曲》由十個短篇科幻小說組成，其中的〈傾城之戀〉更可作為代表，描述一對不同時空的男女之間的愛情糾葛，其他各篇討論諸如人工受孕、心靈感應、生命轉世、人造生命……等，也都圍繞在現實世界的投射；倪匡的《後備》在探討人的生命該不該延續（為了延續本人的生命，把複製人的生命抹殺掉），延伸到人的命限糾纏上；葉李華的〈戲〉是一篇短篇小說，描述人在現實與虛擬之間的感情衝突，在虛擬世界的遺憾的感情由現實世界來補償；黃海的《鼠城記》描述核災後的地球，人類為了生存勉強在衰敗的城市中過活，是世界毀滅的糾纏，從文本中可看出人類應該對科技文明的發展作省思。在研究中也是以文化學方法來分析這四部中方科幻小說經典，並以文化的五個次系統圖來和西方科幻小說作對比。

第七章針對相關研究成果作運用途徑的提示，希望藉由中西科幻小說文化性的差異，在閱讀教學上「多具隻眼」；在科幻小說寫作教學上「反身自省」；在相關傳播教學上「開闢新向度」。第八章結論，對本研究作重點回顧，並說明中西方科幻小說文化性差異研究的限制及對產生的新問題提出相關建議和展望。

二、研究限制

本研究旨在探討中西科幻小說的文化性差異，文化性差異探討到最終是在文化五個次系統中最高階的終極信仰裡，大多數談及科幻小說都僅侷限在表現系統和行動系統中，很少有人深究到更高層次的觀念系統和終極信仰。既然我們要論及中西科幻小說的差異當然要探討到最高階的終極信仰，對於淺層的行動系統和表現系統無法作深入解釋，只能用綜觀的角度對科幻小說作品作深層文化性解釋。因此，本研究在限制上有以下幾點：

（一）中西科幻小說的文化性差異指的是深層文化性差異，淺層的文化性差異（例如表現技巧、科技問題、倫理道德……等）只能略提不能細論，或留待日後有餘力再予以著墨。

（二）科幻小說發展至今，數量甚為龐大，而且日後還會快速增加（因為科技發展促使科幻想像），有關中西科幻小說深層文化性要舉例來談，只能選擇具有代表性的科幻小說文本，而無法窮盡。

（三）研究成果的運用只能提供運用途徑，無法實施檢證（因為檢證耗時耗力），或日後有餘力再作檢證。

綜合以上所述，分析科幻小說到文化性的終極信仰已經是最高階了，這樣就形同將一切的觀念、規範、行動、表現包含在裡頭，不須再對單一的表現手法作深入探討。但關於以上的限制，會在日後有時間心力時再作深入地探討，以彌補本研究

的不足，並期待自己可以作更進一步的思考，而讓此類課題的
探討臻至完美。

第二章　文獻探討

第一節　科幻小說

　　隨著科技愈來愈發達，科技發展為科幻小說提供了重要的素材，而科幻小說發展的創意和想像力，也成就了不少重要的科學研究。西方學術界早在二十世紀，就在各大學開設研究科幻小說的課程，近年來許多科技文化學術專書更引用科幻小說為例，解釋人文學科和科技發展對人類的影響；而科學研究範疇如基因工程學、無線電神經學、複製動物等，都是跨科技與文藝領域的重要議題。

　　截至目前為止有關科幻小說的研究，討論的範圍相當廣泛，同時數量已相當龐大。近幾年來臺灣科幻文學的研究也愈來愈多，在專書的部分，就全面性的文學探討有呂應鐘、吳岩合著的《科幻文學概論》，書中從科幻小說的起源、定義、西方科幻小說的發展階段、科幻小說的寫作指導，到各家對科幻小說的論述，有一個統整性、概念性的介紹。（呂應鐘、吳

岩，2001）范伯群、孔慶東主編的《大眾文學的15堂課》，其中一章介紹科幻小說的起源、中西科幻小說的發展、中西科幻小說代表性作家，對於讀者要切入科幻小說有概括性的介紹。（范伯群、孔慶東，2010）林文寶的《兒童文學與書目》中針對臺灣在科幻小說的發展有獨特的見解，並提供相關的參考書目讓讀者參考。（林文寶，2011）大衛‧凱爾（David Kyle）的《科幻歷史圖說》書中以介紹科幻小說、科幻雜誌的歷史為主，也涉及到科幻漫畫及科幻電視電影並佐以大量的插圖、照片及書籍雜誌封面，資料豐富。（大衛‧凱爾，1980）洪凌的《魔鬼筆記──科幻、魔幻、恐怖、怪胎文本的混血論述》，介紹歐美自二十世紀六〇年代以來的科幻傳統，從中可以具體觀察西方科幻小說與變動社會之間的對話，並有對於現實的指涉，存在權力結構的隱喻與批判性介入。（洪凌，1995）

　　在碩博士論文的部分，以科幻小說為主體者，博士論文有一本：王咏馨《論當代女性科幻小說中的身體變異與後人類論述》，該論文中試圖由不同理論面向來分析批判現有後人類論述的理論架構與相關的當代女性科幻小說，企圖開發更佳探討人類與非人類（包括機器與動物）既微妙又複雜的構連關係的詮釋策略。就某種程度而言，該論文所探討的三本小說都可視為是作者們對於人類與非人類界限鬆動甚至泯除的思索與回應。這些轉變不僅源於各種人機介面的衝擊，更與人機控御學主張人可化約為資訊形式的概念息息相關。有鑑於不同形式的後人類往往指涉不同形式的動作媒介，該論對後人類的顛覆性持保留看法，並轉用貝克（Ulrich Beck）的風險社會理論詮釋當代科技文化的複雜性

及流變性，進而凸顯固有科技觀與風險管理模式的問題與侷限性。有趣的是，小說中所呈現的人與非人的緊密關係似乎也開啟了這些後人類們揚棄人類中心科技觀的契機，願意嘗試結合各種非人力量來面對、處理各種科技風險所帶來的衝擊甚至災難，此與長久以來人文主義歌頌個人式英雄單打獨鬥的模式大相逕庭。該論文的第一章除了耙梳整理現有的後人類理論外，兼論及當代理論及女性科幻小說如何看待科技的議題。第二章則藉由重新詮釋凱蒂根（Pat Cadigan）的《合成樂師》一書來翻轉現有的對電腦叛客小說的批判模式，企圖將焦點轉至科技實體化及科技風險等議題。第三章則運用德勒茲（Gilles Deleuze）與瓜達希（Felix Guattari）所提出的概念如機器構連、游牧者等概念分析史考特（Melissa Scott）小說《麻煩與她的朋友們》中的權力鬥爭及其意涵。第四章則以卓斯勒（K. Eric Drexler）的奈米科技理論所引起的辯論與爭議來脈絡化古南（Kathleen Ann Goonan）在《皇后城爵士樂》中所呈現的兩種奈米世界及其意義。（王咏馨，2009）總結來看，這些當代女性科幻小說中的身體變異及其意涵，相當程度地豐富了當代後人類論述的深度與廣度，只是還未進行異系統的比較。

在碩士論文的部分，林建光《顛覆性想像：模擬與菲利普狄克之科幻小說》，文中提及在西方文學批評史上，模擬經常被視為與反映或再現同義，文學及藝術的功用便是反映社會現實。此一看法肇始柏拉圖（Plato），歷經笛卡爾（René Descartes）、牛頓（Newton）等西方思想家的闡述，一直持續影響著人們，現代文學評論家奧爾巴（Erich Auerbach）也不例

外。該論文前半部分分別以阿多諾（Theodor W. Adorno）與班雅民（Benjamin）的理論為依據，說明文學藝術與社會的關係不只是單向的反映而已。除此之外，阿多諾與班雅民更指出，文學藝術的模擬行為一旦被化約成反映或再現，它將成為複製現有社會秩序或主流社會識型態的工具。在他們的理論中，文學藝術不只反映人生，它還具有批判及轉化人生的功能。套句阿多諾的話來說，人生應該模仿藝術，而非藝術模仿人生。文學藝術的批判面可以從科幻小說當中察見。該論文的後半部分就舉證二十世紀六〇年代美國科幻小說家菲利普・狄克（Philip K. Dick）的作品，試圖探討此種向來被學院貶抑為「不入流」文類的批判精神。作者認為，科幻小說所以不見容於主流文學，並非其缺乏文學性使然，真正的原因在於此類作品桀驁不馴，專事揭露隱藏在社會光明面底下的黑暗及腐敗。基於安定與和諧的考量，科幻小說因此被摒棄在文藝殿堂之外。簡單的說，此文類不單反映社會現實，其最大特色在於那毫不妥協的顛覆態度。由於狄克小說兼具再現與批判的雙重特點，所以可以說小說裡的模擬雖然源於現實，但卻不忘企圖超脫此一現實。（林建光，1994）大體而言，論者認為科幻小說是反映現實的體現，但除此之外對於西方科幻小說創作的多面向卻甚少著墨。

范怡舒《張系國小說研究》，該論文所謂「張系國小說研究」，起自1963年《皮牧師正傳》的出版，迄於1999年的《玻璃世界》，凡是張系國正式結集的小說，長篇、短篇乃至科幻類型，全為探討析論的對象。第三章〈寫實小說的主題內容〉，由金錢社會解剖、遊子放逐情結、沙豬與間諜狂想等主要命題，探

討作品所呈現的意念內容。第四章〈寫實小說的形式風格〉，由體式結構、人物塑造、敘述觀點等寫作手法、敘述角度，察見作品如何以形式配合內容，展現出特殊藝術風格。第五章〈科幻小說的認知新意〉，概述科幻小說所構築的人文內涵，並探討張系國小說一貫的歷史決定論命題，歸結於「人性的剖析」為作家創作的終極關懷。第六章〈科幻小說的抽離技巧〉，以陌生美學為基礎，探討科幻小說的藝術手法，並以見其個人如何以特殊風格，塑造中國風味科幻小說的形成。該論文分別以寫實與科幻小說意念內容、形式風格為討論核心，經由整理歸納、批評鑑賞，呈現出此位臺灣當代文學重要人物的創作藝術內涵。

（范怡舒，1999）不過這並沒有可對比的情境可以理解。

陳愫儀《少年科幻版圖初探──1948年以來臺灣地區出版之中長篇少年科幻小說研究》，該論文針對臺灣地區中長篇少年科幻小說，自1948年以來，出版總數少、本土創作者缺乏、譯作多且偏重西方、強調經典舊作，種種跡象顯示出社會文化對少年科幻小說的漠視。就現有的出版作品而言，從文本的角度來看，發現文本在內容上少以悲劇作為表現方式；特色上除依據科學作天馬行空的想像，對於地域、科學家、機器人、外星人等特殊角色，都有一些共通的說法；內涵方面，由於文本成書時代過於陳舊，常有一些錯誤的觀念置於其間，但多數探討的議題，仍不脫少年小說對於自我、他人、環境的討論。該論文中嘗試從作品的整理分類，勾勒出臺灣地區中長篇少年科幻小說史的型態，再從作品本身的討論，表現臺灣地區少年科幻小說的幾種面相。（陳愫儀，1999）由於涵蓋範圍廣闊，

僅能以少年科幻小說的出版狀況、少年科幻小說的內容分析、少年科幻小說的特殊情境討論、少年科幻小說的意涵研究作初步的討論。論者著重在少年科幻小說的內容、情境、意涵作分析，並未討論科幻小說背後深層的文化性。

　　傅吉毅《臺灣科幻小說的文化考察（1968-2001）》，該論文認為在臺灣文學史的書寫裡，科幻小說總是難以被文學史家所重視。然而，三十多年來，隨著有心人的努力，臺灣科幻在亦步亦趨中摸索成長，雖然成果有限，不過也耕耘出一片園地。因此，在這世紀初，為臺灣科幻作一回顧式的審視，對於日後建構起華文科幻的傳統當有基礎性的幫助。而該論文是從一個「次文類」及「次文化」的角度來重新建構起臺灣科幻的發展歷程：首先將臺灣科幻小說的發展分為「發展期」、「黃金期」、「轉變期」到「再興期」四個階段。其次，臺灣科幻的推動者和創作者相當地自覺想創作屬於華人風格的科幻，由此可明顯看出臺灣科幻逐漸從「西化」走上「中化」的轉化歷程。另外，如何將科幻小說從通俗地位提升到嚴肅文學的範疇，這方面可以看到臺灣科幻作家們的努力。再從科幻文學傳統內部演變來看，論者也發現臺灣科幻小說從早期的「國族」為主要論調，到近來「性別」的著重，似乎也顯現出世代、性別之間的差異性。最後，從臺灣科幻小說的發展歷程來看，可以發現文學傳播機制的運作對於科幻發展的確具有舉足輕重的重要性。（傅吉毅，2002）文中較著重在臺灣科幻小說的發展演變，甚至提及了臺灣科幻如何由「西化」轉向「中化」，但是對於為何中西方科幻有截然不同的差異，還是仍未著墨。

　　王洛夫《論黃海的兒少科學幻想作品》，該論文對於「科幻」一詞，作了來源探究，並從「文藝生態」的觀點，及「桃花源」、「烏托邦」、「反烏托邦」的思想，進行分析。針對科學幻想文學與恐怖小說、神怪、傳說、神話、寓言、預言、歷史、偵探、推理、童話等不同文學風格，作比較分析。與當代其他的科幻小說作家及兒童文學作家作比較，以映襯出黃海的獨特寫作風格；對黃海的成人與兒少文本加以探究，以了解作品的一貫哲思。心理學是一種切入文本的極佳工具。論者引用了人格、變態與完形等三種心理學派的觀點，以建立一個解析文本的觀測點，分析主角性格設計、兒童畫式的人物形象設計技巧，以及背景與主題的關聯。最後提出科幻爭議性問題的看法，並從諸多現象中，探求臺灣科幻兒童文學的展望，期望能夠提升創作境界，得到更充分的重視與鼓勵。（王洛夫，2003）這也未曾關心科幻小說「來龍去脈」的問題。

　　黃惠慎《倪匡科幻小說研究（以〈衛斯理系列〉為主要研究對象）》，該論文先從文化社會學的角度對倪匡科幻小說暢銷的程度、原因作一探究，接著從臺灣科幻小說的演變歷程中，為倪匡在臺灣科幻文壇上定位，再從倪匡本身的生命經驗中，去探索作家與作品之間的連結關係，並進一步從倪匡「衛斯理系列」科幻小說文本當中探討分析其科幻小說內容所呈現的思想型態與藝術特色；而綜觀倪匡的科幻小說，雖是屬於文化工業產銷模式下的通俗小說，然而在其中卻呈現倪匡個人深刻的人生、社會觀照，往往有發人省思的深刻意涵。除此之外，描述倪匡展現不凡的寫作技巧，科幻小說中曲折離奇的

情節、人物形象的塑造、語言的生動……等，往往都是使讀者沉浸在科幻世界裡的藝術特色，能吸引讀者目光的魅力所在。（黃惠慎，2003）然而，這卻是一個沒有對照系的討論。

　　陳玉燕《科學、文學與人生──張系國科幻小說研究》，該論文討論張系國所出版的科幻小說，包括《星雲組曲》、《夜曲》、《金縷衣》、《玻璃世界》、《五玉碟》、《龍城飛將》、《一羽毛》。張系國以科幻小說來關懷現實人生，以期對讀者有所警惕，該論文著重探討他的作品，探析小說中包含的意涵與現實人生 的關連，以及創作技巧。其中第四章為張系國科幻小說的主題思想分析，包括預言未來、剖析人性、反諷現實。第五章為張系國科幻小說的寫作技巧分析。（陳玉燕，2004）這也是個案討論，欠缺「宏觀」視野。

　　黃瑞田《科學詮釋與幻想──黃海科幻小說研究》，該論文提及經過一百多年的發展，科幻小說和科幻電影在歐美各國已經成為龐大的文化產業，但在臺灣科幻小說仍然被當作推理小說，無法蔚成閱讀的風氣。但黃海卻立志要從事科幻小說創作。黃海的著作涵蓋文藝小說、散文、方塊雜文、科幻論述、成人科幻小說與兒童科幻作品。該論文在「跨學科研究」的過程中，先採取「歷史分析法」，以歷史分析法對科學進化史及科幻小說發展史的相互影響作比對分析，然後以「理論研究法」，將該研究主題與科學、詮釋學、社會學、美學、心理學、文學作科際系聯，再以「文本分析法」，深入淺出的對黃海的各類著作一一檢視。（黃瑞田，2004）相同的，這依舊視野頗受侷限。

黃尹歆《在國中導讀科幻小說——以《白色山脈》、《金鉛之城》、《火池》為例》，該研究以約翰‧克里司多弗（John Christopher）三本科幻小說《白色山脈》、《金鉛之城》、《火池》為文本，在國中一年級一個班級裡，進行一學期，二十一次，共二十四節課的導讀活動，輔以學習單的完成，看學生如何透過對話與文字來詮釋這三本科幻小說，探討學生是否因此提升對閱讀的理解，同時增進閱讀的樂趣。（黃尹歆，2004）該論文著重在文本的詮釋與學生的討論，而罕及其他。

陳雅雯《在科幻與奇幻之間擺盪——以張之路作品為例》，科幻與奇幻這種剪不斷理還亂的複雜關係，在大陸少年小說家張之路的作品中，同樣呈現雷同的問題。因應此現象，論者採約定俗成、可以普遍對一般科幻小說或奇幻小說合理檢驗的論點來進行研究，試圖透過對文本的角色，時間空間如何建構、情節的安排或是科學技術的使用等等，對張之路在臺灣出版七本幻想小說作品進行分析。透過張之路的作品作為辨詰科幻與奇幻差異的例證，目的並非於辯證之後將二者侷限在各自的框架中，而是期望透過對構成奇幻與科幻各自組成分子的了解，可以認識到奇幻與科幻這兩種文類各自的迷人風采。（陳雅雯，2004）很明顯論者的興趣不在更高序的科幻小說的文化性。

陳鵬文《八○年代臺灣科幻小說研究》，該論文主要探討二十世紀八○到九○年代臺灣科幻小說的發展，並介紹這時期的科幻小說作家，且對於後現代現象對於科幻小說的影響，提出個人理解。最後針對科幻小說的陷入困境歸納出幾個可能性，包括通路市場的轉變、書量的銷售成績，已經從出版社的

意志轉而由大型通路商所決定；此外，文化工業的規模愈趨完整，也讓自詡為科幻非通俗娛樂的一干推手們，無法扭轉在這樣的趨勢底下，所面臨的不夠通俗、吸引不到新讀者的問題。至於科幻的頹勢，在沈寂數年後，希望能夠藉著葉李華的再次帶動以及試圖改變調性，讓科幻小說重新被認識以及被閱讀，並且期待他朝能同西方科幻小說，結合電影、電玩等工業成為一股不會斷裂的次文化，不期待備受重視，只求餘火不斷。（陳鵬文，2005）這樣所關懷的主題也跟本研究不類。

詹秋華《臺灣少年科幻小說的文化考察──以1968年以來在臺灣地區出版之少年科幻小說為例》，該論文第三章的「臺灣少年科幻小說的文化意涵」乃耙梳臺灣少年科幻小說在「文化現象」、「人文思考」，以及「宇宙觀」等領域上的相關議題。第四章的「臺灣少年科幻小說的文化研究」中，則以「文化研究」作為論述的工具及方法，以「國族」、「性別」、「階級」等議題，開展臺灣的少年科幻小說在「文化研究」的可能性，建立「跨學科」、「後現代」、「全球化」等論述方向。在第五章的「臺灣少年科幻小說的文化操作」中，探析臺灣少年科幻小說的「教化」功能與「科普」任務、少年科幻小說在臺灣的發展現況，以及「文化操作」與「審美能力」的關係。最後從「科學」與「幻想」之間的辯證出發，探討「臺灣少年科幻小說的人文關懷」，耙梳「臺灣少年科幻小說文本中的意識型態」，歸納「臺灣少年科幻小說的研究價值」。（詹秋華，2005）但也一樣尚未涉及異系統的比較。

　　劉宗修《邁向後人類社會的困境——談《鋼穴》的危機與轉機》，文中以艾西莫夫（Isaac Asimov）的《鋼穴》（*The Caves of Steel*）一書作探討，一方面描繪機器人初來乍到時，「人機共處」的情形；也預言了地球面臨到人口爆炸、空間有限、自然資源減少等問題。將《鋼穴》與其他涉及相關主題的科幻小說、電影及理論放在一起相互比照，試圖挖掘出後人類社會底下個人及整個大環境所面臨的種種問題，及如何化解此困境，並體現到人、科技與自然要攜手並進，才有美好的未來。《鋼穴》以預測未來的姿態書寫人機共處的困境，警示人類，科技不是萬能的，唯有不戕害自然，才能創造更美好的未來。在科技的不斷發展，及閱讀科幻小說後，讓我們意識到後人類時代已逐步靠近，可能會演繹出人類與後人類之間更複雜的關係，屆時「人類的本質」必定會引起更多的爭論與質疑。而在「人類」漸漸成為「後人類」後，「人類的本質」也許就不再那麼重要了。（劉宗修，2006）這雖然留意到西方科幻小說的特性，但還沒予以對比異系統科幻小說的企圖。

　　黃子珊《黃海兒童科幻小說敘述技巧研究》，該論文從臺灣兒童科幻小說的發展史中，了解黃海在兒童科幻小說所佔的地位。再從黃海本身的生命歷程中，了解作家與作品之間的關係。黃海的兒童科幻小說是該論文的研究主體，分析其作品主要呈現出「文以載道」派，藉著科幻的形式，表達出作者對於未來科技文明所可能帶來的災禍而憂患，呈現對環境的愛護與反省。以「科學知識」為取材特色，重視科學概念的表達。在敘述技巧方面，利用統計表分析歸納出黃海重視簡潔流暢、運

用修辭及意象的語言；擅於塑造典型人物，刻畫技巧靈活；故事結構懸疑，充滿科幻色彩且具有環保意識；擅長運用全知觀點也加入作者評論來敘述故事，讓兒童易於接受。（黃子珊，2006）這取徑仍然不知道可以從異系統來甄別。

陳明哲《凡爾納科幻小說中文譯本研究──以《地底旅行》為例》，該論文主要針對科幻小說翻譯問題，對於目的不同、讀者年齡層設定的不同、還原科幻成分也有所不同，基於種種原因有些科學段落依然遭到刪除或簡化。綜觀整體，轉譯似乎是所有時代譯者的一致選擇，要尋找從法文譯出的版本極為不易，因此凡爾納（Jules Gabriel Verne）的中文譯名一直都沒有固定，而中文讀者對他的重視無法提升有一部分也導因於此。其次，凡爾納的原創小說數量有六十幾部，而真正譯出的卻十分有限，尤其臺灣地區幾乎都以科幻小說為重，相較於英語世界對他的認識在逐步修正，臺灣的翻譯則一直都在原地踏步。（陳明哲，2006）該論文著重在翻譯文本素質上的差異與本研究探討的方向較無相關，所以不作討論。

張孟楨《基因複製科技發展下的未來世界──黃海科技小說中的基因科學與省思》，該論文以黃海的科幻作品來進行探討。黃海許多的科幻作品當中，以人類基因科技，複製科技以及未來生態環境為主題的探討相當豐富，這樣的議題逐漸被重視。文中將以黃海小說中所出現過的如複製人、基因科技、永生醫學等來加以深入探討，把科幻小說中預測未來、警惕現在的特色發揮出來。也藉此提升科幻小說在臺灣文壇的地位，向臺灣文壇證明其實科幻小說不只是一種娛樂性與幻想性高的文類而已，更是一種

可供現在人借鏡未來的一種文學類型。（張孟槙，2007）這依然少了異系統科幻小說的比較，無以有效的定出它的特性。

　　林奕妗《黃海科幻作品初探》，該論文透過對黃海生平與創作歷程的探索，了解其科幻作品中的主題意識——科學與文明的省思。在西方敘事學、傳統文學、科幻文學專業理論的觀照下，對黃海的科幻創作藝術加以探究，諸如奇幻時空、角色呈現、情節安排、寫作風格等。就教育學與文學社會學的角度，研究黃海科幻作品的創意開拓——介於兒童文學與成人文學之間，具有童話特質的科幻作品的寫作手法，有助於鑑別黃海的科幻作品與臺灣其他科幻創作家作品的異同。從文學的藝術價值到社會的教化功能，多元化地檢視黃海的科幻作品，從中探討臺灣科幻小說創作的前瞻性，評析黃海科幻作品的時代意義。（林奕妗，2007）該論文的侷限仍舊是對照系的匱乏。

　　許絹宜《酷兒與科幻——洪凌小說初探（1995-2005）》，該論文以酷兒及科幻兩大主軸分析洪凌的小說作品。洪凌的小說不論是在二十世紀九〇年代還是現今，都是前衛而另類的。小說中大大玩耍性別翻轉的遊戲，在性別角色互換、錯位，毫不含蓄地鋪寫同性或畸戀的情慾流轉，展現情慾的新面向。腥膻和暴力的情慾描寫構成了洪凌小說的主要特色，而對浪漫情愛至高的推崇更貶抑了性別的必要性。這些都隱含了對父權體制及性別二元對立和異性戀主流的批判，其酷兒的張牙舞爪的寫作思維流露其間。而科幻則是其酷兒思維的絕佳載體，在科幻文類中，同性情慾可以藉異種戀情完成，生殖可以不必女性，末日浩劫象徵秩序世界的崩解，帶來新情慾面向的新生。而吸血鬼不死的魔性生

命，也是父權的隱喻；在太空歌劇式的長篇小說中，落實性別烏托邦的想像；並藉由科技和科幻，質疑記憶與真實，代表真理的基督，也在科幻想像中成為被批判的箭靶。（許絹宜，2008）顯然這重點在性別議題而非關心科幻的發展。

李家旭《張系國小說的救贖之道》中以張系國小說為探討對象，研究範圍起自1963年《皮牧師正傳》的出版，迄於2007年《衣錦榮歸》。該論文以張系國小說的主題去分析歸納小說創作如何成為他救贖的工具，從張系國創作小說的目的去進行研究。第三章激情與反省歲月的救贖以小我與大我的矛盾、人的背叛和浪子的回歸為主題，探討浪子出走與回歸。第四章理性歲月的救贖以人的疏離、兩性關係的緊張、歷史的真相為主題，剖析人性。第五章未來歲月的救贖以未來世界的憧憬、人與非人的認識、當下的幸福為主題，探討人的存在意義與價值。第六章張系國的理想國度探討小說大器化的理想，並描繪張系國美麗小世界，觀察他創作小說目的救世與救贖之間的轉變。第七章結論總結張系國如何以創作小說來救贖自己：張系國把創作小說比喻為獻祭的過程，自己是祭司，也是祭品，犧牲者的血淨化了他的靈魂，犧牲的過程，把人的精神層次提升到理想的世界，救贖了他的靈魂。創作小說就是他辨明生命疑惑的過程，拋開一切名利、慾望和符號，淨化心靈如出生嬰兒單純；面對現實世界的問題，把心中的疑惑釐清，將自己化為小說裡面的受苦受難英雄，英雄的人性尊嚴幫助他理解人的處境，使自己不致於迷失在現實世界的名利與符號之中。離開現實世界，才能進入理想世界，張系國的理想世界是美麗的小世界，

是他的精神寄託，是他未來世界的藍圖，也是他過去的記憶。小說大器化的理想，讓小說成為生長中的書，就是救贖讀者，也是救世的方式。張系國期待小說是救贖人類靈魂的諾亞方舟，創作的過程能救贖自己，並幫助讀者激發靈感，進一步真誠的面對自我，理解人的處境與生命的意義。（李家旭，2008）只是「科幻」的議題並不在裡面。

　　劉琬琳《從少年科幻小說看烏托邦的幻滅》，該論文第三、四章探討的文本《蠍子之家》與《宇宙最後一本書》為兩部晚近具代表性的少年科幻小說，它們分別繼承了《科學怪人》及《時間機器》這兩部科幻經典的主題：《蠍》的主題在於討論從實驗室產生的生命——複製人的倫理議題，許多問題在瑪莉・雪萊（Mary Shelley）的科學怪人與其創造者科學家富蘭根斯坦（Frankenstein）之間的對話中就已曾被提及；《宇》所建構想像世界裡因為貧富差距被分成了兩個階級分明的世界，如同時間旅行者搭乘機器到達的未來。（劉琬琳，2008）論者以比較文學的觀點，對應這些作品的內涵，在當代作品中找到經典作品精神的傳承與變革。該論文主題圍繞在「烏托邦」與「惡托邦」的探討，並未提及深層的文化性。

　　黃吟如《科幻小說的後現代想像：以《殺手的一日》為例》，由菲利普・狄克（Philip K Dick）1968年所寫的《殺手的一日》（*Do Androids Dream of an Electric Sheep?*）描寫地球在核戰後生態遭受嚴重破壞、形同廢墟的末世景象，該論文以此書為主要研究文本，採用阿多諾、布希亞（Jean Baudrillard）、布赫迪厄（Pierre Bourdieu）、詹明信（Fredric Jameson）等

後現代理論家的理論，針對文本中有關後現代資本主義社會現象的部分，作理論架構與情節呼應的探討。研究由後現代的起源、特徵及文化現象談起，分析文本中所呈現有關於後現代社會的現象，發現文本中有如下後現代特徵：科技發展造成人際疏離、動物稀有及商品拜物現象。跨國企業操控的大眾傳播媒體對大眾的挪用與支配，使個人成為被物化、商品化的工具。另外，藉由「人機器人（human/replicant）」的互動、辯論探討人的本質，歸納出後現代主體性已然崩解的結論，並以布希亞的「擬像」理論解釋人與人造物、真實與虛假間界限模糊的現象，以及在信仰遭受質疑的後現代擬像社會中，試圖提出個體如何確認自我認同及宗教認同的建議。（黃吟如，2008）該論文圍繞在「自我認同」、「宗教認同」、「後現代認同」等議題，並未對西方世界為何有資本主義當道作解釋。

蘇秀聰《科幻與歷史──李潼《望天丘》析論》在探討科幻的緣起、定義、科幻的教育功能和科幻與奇幻的差異，探究《望天丘》文本中科幻素材的運用，以及科幻與文本的關係；並走進文本，分析文本中的情節內容安排與人物解析，接著是文本主題的探究，最後是探討隱藏在情節中的迷思問題。此外，還探討作者在文本中所呈現的生命漂流與認知成長的主軸意義。該論文研究結果發現，李潼在創作《望天丘》時，運用科幻的技巧讓小說呈現魔幻寫實的效果；加入歷史素材喚起讀者對歷史的關注；利用倒敘、正敘和插敘的筆法，豐富情節安排；文本中社會的寫實生活反映，是李潼對生命的疼惜。（蘇秀聰，2009）這也同樣缺少不同系統的差異概念架構。

　　王國安《臺灣後現代小說的發展——從黃凡、平路、張大春與林燿德做文本觀察》，該論文藉由在臺灣後現代小說發展上具有重要代表性的四位作家——黃凡、平路、張大春與林燿德四人的創作歷程作分析比較，發現四人的創作歷程可提供理解臺灣後現代小說發展的明確線索。依該論文的研究，臺灣後現代小說的真正出現可定於二十世紀八〇年代中期，而所以在此時出現，主要是為了因應對鄉土文學變質後所遺留的問題，及延續現代主義文學在臺灣所建立的藝術本位、重視技巧的文學傳統，這可從黃凡、張大春、平路都有創作鄉土文學的背景及林燿德等藉由都市文學延續現代主義文學傳統等處得到印證。八〇年代中期，隨著後現代思潮的傳入臺灣，臺灣便開始了後現代小說熱潮，但此熱潮也隨時代環境轉移而退燒。九〇年代後，臺灣後現代小說卻以一轉型後的新面貌呈現出來，也因此成為臺灣文學的主流之一，從平路、黃凡及張大春的轉型便可見臺灣後現代小說的轉型方向。（王國安，2009）但這並未專論科幻小說及其異系統比較。

　　陳靜怡《少年科幻小說研究——以「三腳四部曲」為例》，該論文以英國科幻作家約翰‧克里斯多夫（John Christopher）的少年科幻著作《三腳四部曲》為研究範圍，旨在探究少年科幻文學的特質及其寫作風格，藉此分析歸納此類文學作品在兒童文學及教育上的意涵。從科幻世界的構築、情節構成及主題意涵三個面向分析《三腳四部曲》的寫作方式，藉由理論觀照文本，文本印證理論。由奇幻文學的特徵及兒童文學的本質析論「三腳四部曲」的創作風格，並從不同教育領

域的觀點探討其在教育上所呈現的意義與價值。（陳靜怡，2011）該研究只針對單一文本，並未作全方位的對比探討。

　　黃漢強《科幻小說翻譯：艾西莫夫《基地》三部曲新舊譯本評析》，該論文研究對象為埃希克・艾西莫夫（Isaac Asimov）的《基地》三部曲（Foundation Trilogy）系列，分別從「文學性」、「科幻性」、「通俗性」三個面向來評析1980年與2004年的兩個譯本，新舊譯本的譯者分別為張時與葉李華。最後指出，譯者的翻譯觀可能是影響新舊譯本的原因之一。舊譯本很可能受制於本土科幻小說的創作規範，因而重思想、輕細節；新譯本則由於隱含推廣科幻文學的目的，因此特別注重對等效果，希冀喚起讀者的科幻閱讀感受。（黃漢強，2011）該論文著重在翻譯文本素質上的差異與本研究探討的方向較無相關，所以也不作討論。

　　由以上的論文可看出，關於科幻小說的研究大致上可分為三類：單一作家作品的研究、臺灣某一段時期科幻小說作品的研究、翻譯作品比較的研究等。此外，上述的論文，大多是從科幻小說作品去探討作者的成長背景、寫作風格、創作主題等，可以藉此了解作者的敘述觀點，並對作者給予評價。但是以作者為主、作品為輔的切入觀點，而且幾乎都是單一文化系統下的作品探討，並沒有作一異系統的文化對比，還不足以顯示出各自的文化特色。

第二節　中西科幻小說的比較探討

如前節所述，國內對科幻小說的研究大部分都傾向對單一作家或對單一文化下的科幻小說所作的研究。相較於西方世界，歐美國家（尤其是美國）很早就把科幻小說研究帶進課堂之中：

> 根據美國科幻小說研究加帕蘭德追溯，第一位將科幻小說引入課堂的教師 是美國紐約社區學院的莫斯考維奇（Sam Moskowitz）。他於1953年首創了「科幻小說課程」，然而沒有造成多大影響。第一次使科幻小說教學獲得成功的當推希利加斯（Mack R. Hillegas）。他於1962年在科爾傑特大學開始授課。（呂應鐘、吳岩，2001：85）

> 到了1976年，僅美國國內就已經有大約2000所大學院校開起科幻小說課程。這個數字意味著，平均每一所美國的大學就至少有一門有關科幻小說的課程。大多數課程開設在英語文學系，也有少部分由其他科系的教師開設，比如物理系、天文系、社會科學系等等。而且也已經設立了授予科幻小說研究方面的博士學位。（同上，86）

由此可知西方重視科幻小說的程度；自工業革命以來，科幻小說從萌芽到發展茁壯，創作數量愈來愈龐大，相對的針對

科幻小說的研究也愈來愈多。反觀臺灣，科幻小說一直未受重視。呂應鐘認為主要的原因大概有二：

> 其一可能是人民的觀念一向保守，較無法接受此種「超越理喻」的科技觀念，而且「怪力亂神」四個字的影響，阻礙了人民對一些新奇事物加以研究，也阻塞了人民的想像力；其二是臺灣科學工作者未能像歐美科學人員兼科幻小說作家一樣，致力於科幻小說的寫作。在臺灣，科學工作者原本就很少主動撰寫適合大眾閱讀的通俗科學讀物，更遑論寫作科幻小說了。不僅如此，少數有所長的科學家，大都忽視科幻小說中的登月火箭、太空站、雷射、電視、無線電等原本幻想之物，在今天都成為鐵錚錚的科技產品的事實，一提到科幻小說，就冠上「幻想」、「虛構」、「不足為信」等評語。（呂應鐘、吳岩，2001：49）

林文寶在《兒童文學與書目》一書中也認為科幻小說在國內一直未能成長的原因，主要是與我國歷史文化背景有關：中國人重現世，重實用，不重未來或想像。因此，中國小說的主流一直是寫實主義。（林文寶，2011：10）此外，還有一個引介問題：

> 科幻小說在國內未曾廣泛流行，原因固然很多，但重要的原因，恐怕還是過去少有人有系統的介紹過一流的科幻小說作品。青年作者沒有觀摩比較的機會，自然寫不

出真正好的科幻小說來。所以科幻小說在中國現代文學中，仍屬「珍品」，好的科幻小說並不多。另外，個人認為用「科幻小說」一詞更屬不幸。文學本屬想像，如今用「幻想」，徒增困擾，更是不易見容於文學主流。所謂幻想，即是所謂的白日夢。（林文寶，2011，11）

1980年時呂應鐘已認為光是譯介外國科幻小說並不能使一般人「真正理解科幻」，要使科幻文學生根，也須由介紹科幻著手，先灌輸科幻觀念，使人們了解何謂科幻，明瞭科幻小說的時代意義，才能進一步培養科幻小說的興趣：

科幻已不再是不登大雅之堂的理論了，為了配合臺灣正在興起的科幻風氣，也為了彌補有心提倡科幻的人士之遺憾，我們必須將科幻作正確而有系統的介紹；更進一步，培養臺灣科幻寫作人才，將文壇帶向新的領域，讓大眾對科幻有個正確的概念。要做到這些目標，最有效的辦法就是「在大學裡開授科幻文學的課程」。（呂應鐘、吳岩，2001：51）

終於在1999年，臺灣的葉李華在世新大學及臺灣藝術學院開設「科幻天地」，是臺灣大專院校首度授予學分的科幻課程；2000年交通大學也科設了科幻課程。

從文化的觀點上來看，中西科幻小說的差異在陳瑞麟《科幻世界的哲學凝視》一書中提到：

由於華夏文化的影響與籠罩，以及亟欲強調「東方色彩」或「中國色彩」的意識，華文創作的科幻往往添加了武俠──強調人體的超凡能力──的元素……但是，如果不能深入理解西方科幻精神──所謂的「科幻武俠」其實只是科幻卡通版，一點都不科幻。談香港的科幻創作，似乎不能不談倪匡，他的「衛斯理傳奇系列」，常常伴隨著成長期的香港和臺灣青少年。倪匡的創作偏向軟科幻，小說中描述的「科學知識」屢屢有錯，除了少數幾部揉合鄉野傳奇的有趣故事外，倪匡小說的哲學價值並不高。張系國是「臺灣科幻之父」，他的《星雲組曲》為一系列科幻短篇，乃是華文創作中的少數傑作。可惜的是，張系國的「科幻武俠」嘗試「城三部曲」，在我看來，並不是十分成功，其書中的「人類全史」設定，不合邏輯也不合自然主義。

……

科幻創作者，不管出身於何，使用什麼語言，都應該對於下列事物有更深刻的追究與了解：從17世紀以來現代科學與現代哲學的密切關係，起於西方的現代科學四百年來的發展歷史，源自西歐的現代文化對事物與現象的細膩觀察與描寫的傳統、對事件與劇情的發展規律和秩序的強烈堅持，以及科學和科幻背後的邏輯與自然主義的基調。深刻而經典的科幻創作，如同一切文學經典般，同樣在反省我們當前的現實生活，然而科幻更可為未來的可能發展籌思謀畫、指引方向，中文科幻創

作要深刻而偉大，不也是需要如此條件嗎？（陳瑞麟，
2006：217～219）

　　陳瑞麟對中西科幻小說差異作了粗淺的解釋，但是更深一
層面的文化性差異卻沒有提出。雖然我們都知道中西科幻小說
表面的差異，但是為什麼未造成如此的差異，從他的文章中我
們還是看不出來。

　　吳岩也表示科幻小說作為人類文化的產品，必然受到不同
國家、民族、社會歷史、文化條件的制約。要研究科幻小說不
可避免地一定會去探討科幻小說發展時的背景：

　　美國為什麼重視科幻小說的創作與出版，這不單單是一
　　個科技發展水準的問題。以往評論注意到了技術的進
　　步，卻忽視了文化因素。眾所周知，美國是一個移民國
　　家，公民來自全世界。他們依據個人不同的需要、目
　　標、動機的引導，去開發一片新的處女地。這種開發無
　　疑是艱苦的、殘酷的，但征服的過程培養了人們傳統心
　　理上的探索、開拓和嘗試一切的品質。而這種凸出的品
　　質，無疑又反映到文學作品之中。但是隨著交通、生
　　產、甚至戰爭與掠奪的發展，新的邊疆變得愈來愈少，
　　人們自然地將自己的視線轉向更遙遠的部分。於是在文
　　學領域，科幻小說應運發展，成了美國文壇上頗具影響
　　力的文學品種。（呂應鐘、吳岩，2001：53）

　　從這段話知道吳岩對科幻小說的分析已經深入到心理層面，但也只是到心理層面，並未深入到觀念系統的部分。對於中國的分析，吳岩認為中國擁有悠久的歷史，而這悠久輝煌的歷史也逐漸變成沉重的負擔（對於科幻小說發展而言）。他認為中國封建王朝輪迴衍生，把原本具有開拓性的民族束縛起來，加上王權意志和愚民政策推行，使中國人個性形成一種內向、保守傾向。對新事物退避三舍、不敢嘗試創造，只援引歷史上現有的知識、案例和思想。經過長時間的累積，這種傳統習慣已經內化到中國人的心裡面，也就是榮格（Carl Jung）所說的集體潛意識。這對中華民族文化、科技的發展是一種阻礙作用：

　　　　再回頭看看中國，長期封建社會和儒教禮儀傳統，使人們的注意力往往集中在過去，或者更確切地說，多集中在已有的事物上面，甚至不惜花費時間和精力去編纂古籍，去考證某一已經發生的過去事件；而對未來，則時常採取一種理想主義或宿命的態度……這種文化心態反映在科幻小說方面，有兩大特點。首先是作品的雷同化和作家創作思想的貧乏……這種文化心態的第二個特點表現在中國評論家的因循守舊和對技術細節的反覆考證，他們置作品的主題意義於不顧，對作家的擔憂與警告置之不理，從小說中挑出某些細節，質問其科學上的考靠性和未來發生的可能性。這樣科幻小說從對可能未來的多樣性進行探究而一下子還原成某一技術細節的反覆爭論，在很大程度上偏離了科幻小說的主旨，影響了

科幻作品的價值，錯誤地吸引人們的注意力，使人們放棄對未來的關注，或回到歷史的舊紙堆，或侷限於現實的狹隘天地。（呂應鐘、吳岩，2001：55～56）

從以上這段話，可看出吳岩認為會造成中國人因循守舊的主要原因是封建制度和儒家教育，這也間接造成在科幻小說創作上缺乏想像力；但是吳岩卻沒有看出中國人始終維持封建制度和儒家教育（直到西方文化強勢侵入）的主要原因。這也是本研究所主要探討的方向。

最後，姜韞霞在大陸期刊《學術探索》中發表一篇名為〈解讀中國科幻：中國科幻文學的人文精神與科學意識〉中提到：

西方科幻中所表現的人與自然，往往是征服與被征服、統治與被統治的關係：人類在達到了對地球的完全控制後，又妄圖征服宇宙，控制外星人，甚至殖民整個銀河系（如英國威爾斯《星際戰爭》、美國保爾·安德森《特洛伊星》中都有表現）。人文主義作為歐洲文藝復興的主要思潮，是在長達十幾個世紀的封建神學統治下的一次人性大爆發，故西方人文精神所提倡的「以人為本」，是作為「以神為本」的對立物出現的……人成了世界的新神。同樣是尊敬人，肯定人的力量，西方人是建立在把人類看作世界中心的基礎上……

在美國《跨文化傳通之基礎》一書中刊載了一個文化價值分類表，此表中，對於「個性」，西方文化認為

它是首要的——值得為之戰鬥和獻身的，而東方文化將
其放在第三等——不太重要的；對於「和睦」，西方文
化認為它是第三等的，而東方文化卻認為是首要的。這
個分類比較從某個側面印證了上述事實。同樣是肯定和
尊重個人價值，西方傾向於對個體個性的極度張揚，東
方（中國）則建立在把個人當作社會機體一個組成部分
的基礎上。（姜韞霞，2005）

　　姜韞霞提到的西方重視個人主義，中國重視集體生活，由此
影響到科幻小說的創作，是相當有用的分類；但是從她的文章中
並沒看到深層的文化性的發掘，所以我們應該比她更深入去探討
這差異的原因。

　　根據上述學者們的論述，可以歸納出：（一）西方科幻
創作起步早，作品較富創造力，作品特色具征服、挑戰自然意
味。（二）中方科幻由西方傳入，不是本土產生，起步較晚，
而且由於政治因素，對科幻創作限制較多（大陸方面）；或民
眾普遍認為科幻創作較不入流，接受度不高（臺灣方面），作
品較缺乏想像力，易受傳統觀念束縛，不易開展。

　　這些比較均屬表層分析，缺乏概念性架構來統貫整個中西
科幻小說的差異，所以要進行本研究來建構一個可以統攝相關
材料的理論，以便將來更有效的探討分析科幻小說。

第三章　科幻小說的文化性

第一節　文化性界定

在探討科幻小說的文化性前，首要工作就是對「文化」一詞作界定。當今中西學界對於「文化」的定義往往莫衷一是，在第一章第二節研究方法中有簡略提到，而在這一章節要再作深入分析以便釐清各家說法的差異，並選定可行的說法以便後續對科幻小說的文化性差異作論述。

文化（culture）來自動字（Colere），原是耕耘種植的意思，是西賽羅第一位使用它為種地種葡萄的意思，也有居住的意思，還有維持、照管、保護、敬禮、尊重的意思，大概都是西賽羅與維爾基（原名未詳）的使用；至於文化這個名詞（Cultura）也是由西賽羅開始使用：有耕耘、栽培、修理農作物的意義，後來西賽羅又寓意的使用它為理智和道德的修習，又有注意，並有授課與敬禮的意思。（趙雅博，1975：3）

在殷海光的《中國文化的展望》一書中，引述美國人類學家克魯伯（Alfred Louis Kroeber）和克羅孔（Clyde Kluckhohn）合著的*Culture, A Critical Review of Concepts and Definitions*提及西方學者對於文化的定義至少有一百六十四種，以下則稍微列舉一些特別精采的定義。

首先，泰勒（Edward Burnett Tylor）認為文化或文明是一種複雜叢結的全體；這種複雜叢結的全體包括知識、信仰、藝術、法律、道德、風俗，以及任何其他的人所獲得的才能和習慣。

其次，洛維（Robert Harry Lowie）認為我們所了解的文化是一個人從他的社會所獲得的事物的總和。這些事物包含信仰、風俗、藝術形式、食物習慣和手工藝。這些事物並非由他自己的創造活動而來，而是由過去正式或非正式的教育所傳遞下來的。

再次，赫爾柯維茲（Melville Jean Herskovits）認為文化根本就是一種造型。我們藉著這種造型來記述全部的信仰、行為、知識、制裁、價值，以及那標誌任何民族的特殊生活方式的目的。這也就是說，雖然文化可作客觀的研究，但畢竟是一般人所有的資產，是他們所做的事情，以及他們所想的念頭。（殷海光，1979：33～35）

此外，杜威（John Dewey）認為人類日常生活上聯繫和共同生活的條件，這種錯綜複雜的關係就是文化。馬林諾斯基（Bronislaw Malinowski）認為文化是包括器具與消費貨物、各種社群的憲章、人們的思想與公藝、信仰與習慣。（蔣丙英，1963：6）

在維基百科中對文化的定義：「文化實際上主要包含器物、制度和觀念三個方面，具體包括語言、文字、習俗、思想、國力等，客觀的說文化就是社會價值系統的總和。文化和文明有時候在用法上混淆不清。於是有學者提出區別：文明偏在外，凡是政治、法律、經濟、教育等生活上的表現，以及工藝與科學的成果，可以認為是文明的表現。至於文化偏在內，偏重於精神方面，包含了宗教、哲學、藝術等思想與習俗。雖然早在原始社會時期，人類就已經形成的第一次分工，產生了農業民族和畜牧民族，但早期文化都是在農業民族中產生的，因為畜牧民族要逐水草而居，居無定所，不容易產生大規模的聚居，對文字沒有迫切的需要；而農業民族容易形成大部落，興修水利需要大量協同工作的人群，所以最早的大國家和奴隸制都產生於農業民族。有了大國家和奴隸制才能產生大批聚集的有閒階級，他們發明了文字，促使形成腦力勞動和體力勞動的人類第二次分工，從而產生狹義的文化。廣義上的文化指所有人類的活動，都可以叫作文化。」（維基百科，2011a）

至於在漢語中，「文化」是從《周易》〈賁卦・彖辭〉「觀乎天文以察時變，觀乎人文以化成天下」截取而來，有人治教化的意思（詳見第一章第三節），如《說苑》〈指武〉「凡武之興，為不服也；文化不改，然後加誅」、王融〈三月三日曲水序〉「設神理以景俗，敷文化以柔遠」、束晢〈補亡詩〉「文化內緝，武功外悠」等，說的都是這個意思，而跟西方的文化概念頗有差距。可是現在已經沒有人再從人治教化的角度去談文化，只要一提起文化問題，幾乎都是西方的概念。這顯示了文化在漢

語世界的個別論述脈絡裡，終於要擔任一個「重新」出發者的角色。而事實上，（就漢語世界來說）這也是任何一個新的解釋系統的形成所要經歷的。（周慶華，1997a：73～74）

　　依文化學者的研究，文化這個概念可以從不同的角度來追訴它的類型學上的起源。如（一）文化為一智識或認知的範疇：文化被理解為一種普遍的心態，當中包含著完美的理念，就是對於人類個人成就或解放的目標或渴望。在某一層面上，這可能反映出一種極度個人主義的哲學；而在另一層面上，這正是對人類的特殊和不同、甚至是對「選民說」或人類優越性的哲學信念的例證。這又和後來作品中的救贖主題相連，例如馬克思（Karl Heinrich Marx）的假意識以及法蘭克福學派的憂鬱科學等等。但我們在柯立芝（Samuel Taylor Coolidge）、卡萊爾（Thomas Carlyle）等浪漫主義文學和文化批評作品中，最能清楚發現根源。（二）文化為一種更包容和集體的範疇：文化代表著社會中知識／或道德發展的狀態。這個立場把文化和文明的概念相連，是由達爾文的進化論所啟發的，後來則由一群現被稱為「早期進化論者」並為人類學研究先驅的社會學家所接收，提出了「退化」和「進步」兩種彼此競爭的概念，進而跟十九世紀的帝國主義相連。然而，這種觀念卻將文化概念納入集體生活的領域，而非個人意識層面中。（三）文化為一敘述和具體的範疇；文化被視為任一社會中藝術和智識作品的集合體：這幾乎就是日常用語中的「文化」一詞，並且蘊涵獨特性、排他性、菁英主義、專門知識和訓練或社會化過程等意義。包括一種對文化牢不可破的既成概念，視文化為人造的、經過沉澱的象徵物，一個社會中奧秘

難解的象徵主義當然也包括在內。（四）文化為一社會範疇；文化被視為一個民族的整體生活方式：這就是文化的多元論，並隱然有民主意涵的觀點，現在已經成為社會學和人類學關切的領域，而在較地區性的層面上，也是文化研究的關注重點。（簡克斯〔Jenks Chris〕，1998：23〜25）由此可見，文化包含很多層面，為了將來方便「統攝材料」，必須選擇一個有效性強的定義來作論述。

參考各家的界定後，基於方便討論的理由，最後採用了由比利時學者賴醉葉（Jean Ladrière）所提出和本國學者沈清松所增補的一個文化定義：「文化是一個歷史性的生活團體——也就是其成員在時間中共同成長發展的團體——表現其創造力的歷程和結果的整體，其中包含了終極信仰、觀念系統、規範系統、表現系統和行動系統」。（詳見第一章第二節）我們可以把文化當作是一個大系統，其內涵的五個部分：終極信仰、觀念系統、規範系統、表現系統和行動系統，就是屬於文化這個大系統的五個次系統。以下便將這五個次系統分別再作詳盡一點的說明：

終極信仰是指一個歷史性的生活團體的成員，由於對人生與世界的究竟意義的終極關懷，而將自己的生命所投向的最後根基。如希伯來民族和基督宗教的終極信仰是投向一個有位格的創造主，中國人所相信的天、老天爺、常道等等也表現了中國人的終極信仰。終極信仰有時明顯，有時隱微，視當事人是否知覺而定。其次，有些終極信仰是超越的，有些是內在的，有些則是既超越又內在的，視信仰的對象與信仰的主體間的關係而定。最後，終極信仰在歷史上的發展，常會經歷俗化的歷程，而這種俗

化歷程在知識階層和在民間百姓身上所表現者，並不一定相同。前者走向理性化和內在化，後者走向功利化。但是無論隱微或明顯、超越或內在、聖化或俗化，終極信仰畢竟不可化約為以下任一系統，尤其不可視為觀念系統的一種型態而已。

　　觀念系統是指一個歷史性的生活團體，認識自己和世界的方式，並由此產生一套認知體系，和一套延續並發展其認知體系的方法。如神話、傳說、以及各種程度的知識和各種哲學思想，都屬於觀念系統。科學作為一種精神、方法和研究成果而言，也都是屬於觀念系統的構成因素，而且在一切觀念系統中愈來愈佔有主導地位。其中世界觀最為關鍵，可以標別不同系統而為深層的文化性所在。

　　規範系統是指一個歷史性的生活團體，依據其終極信仰，以及自己對自身和對世界的了解（就是觀念系統），而制定的一套行為規範，並依據這些規範而產生一套行為模式。這套行為規範便是這個團體及其中的個人所據以判斷一切事物的價值標準，因此也決定了行為的道德性質。此外，這團體也會根據此一價值標準，來組織其社會型態，因為這個價值標準特別重視某些價值而輕視某些非價值，於是便環繞這些價值的趨避，來型構社會組織，制定典章制度，規範個人行動。這個規範系統便構成了文化中的道德部分。

　　表現系統主要在用一種感性的方式，來表現該團體的終極信仰、觀念系統和規範系統，因而產生了各種文學與藝術作品。後者如建築、雕刻、繪畫、音樂，甚至各種歷史文物等等。這些便構成了文化中的具審美價值的東西。

　　行動系統指的是一個歷史性的生活團體,對於自然和人群所採取的開發或管理的全套辦法。人對於自然所採取的辦法,就是透過一些工具與程序去開發自然、控制自然、利用自然,以便有益於人群的物質生活。人對於自然所設立的行動系統中,最重要的就是自然技術。此外,任何歷史性團體,對於人群有一套管理的技術,就是社會技術或社會工程,其中包含政治、經濟、社會三部分。政治涉及權力的構成和分配;經濟涉及生產財和消費財的製造與分配;社會涉及群體的整合、發展與變遷,以及社會福利等等問題。每一個歷史團體都有一套對應自然的技術和治理人群的技術,此二者就構成了該團體的行動系統。(沈清松,1986:27~28)

　　依照這個定義所涵蓋的五個次系統,作為一個解釋所需的概念架構,的確有難以取代的地位,所以本研究接下來所要做的論述都在這個概念架構下進行。

　　我們把文化的五個次系統「整編」起來,就可以形成一個「文化五個次系統圖」(詳見圖1-3-1)。在這一關係圖中,終極信仰是最優位的,它塑造出了觀念系統,而觀念系統再衍化出了規範系統;表現系統和行動系統,則分別上承規範系統/觀念系統/終極信仰等(表現系統和行動系統之間並無「誰承誰」的情況;但它們可以「互通」〔所以用虛線來連接〕。如「政治可以藝術化」而「文學也會受政治/經濟/社會影響」之類)。(周慶華,2007b:185)由文化五個次系統圖來分析以後所要論述的相關課題,就清楚明白許多,而且各個課題也容易在此圖的五個次系統一一取得對應。

　　由此概念架構出發，依周慶華的研究，可以把整個世界現存的三大文化系統簡易區分為創造觀型文化、氣化觀型文化與緣起觀型文化。創造觀型文化主要是指歐美等西方國家所形成的文化，它的知識建構，都根源於相信宇宙萬物都受造於某一主宰（神／上帝）。氣化觀型文化主要是指漢民族所形成的文化，它的知識建構，都根源於相信宇宙萬物為自然氣化而成。緣起觀型文化主要是指印度佛教所開啟的文化，它的知識建構，都根源於相信宇宙萬物為因緣和合所致。（周慶華，2007b：185）

　　三大文化系統長久以來已經各自形成專屬的傳統，保有彼此的特色，並不容易互相交流；而在這三大文化系統下所產生的文學作品（包括科幻小說）也明顯呈現出各自文化的特色。因此，我們研究科幻小說時，就可藉由這些特色判斷出所屬的文化系統並印證小說背後深層的世界觀。

第二節　科幻小說文化性的涵蓋範圍

　　上一節介紹了許多學者對文化性的界定，其中包括二分法、三分法都缺乏單一標準，不足以對文化性作整體性的界定，唯有文化的五個次系統劃分（終極信仰、觀念系統、規範系統、表現系統和行動系統）符合單一標準，才能夠有效的對文化性作界定。既然了解了文化性界定後，本節就來探討科幻小說中所內蘊的文化意象屬於文化的五個次系統中的哪一層級。

　　舉例來說，在李政猷編譯的美國科幻小說精選《太空任務》其中一篇〈沙蝗〉，故事主角克勒斯喜歡飼養獨特的寵

物，有一天在一家特殊的貿易公司裡發現一種奇特的生物「沙蝗」（形狀像昆蟲，但結構比昆蟲複雜的生命體，具有群居的和建築城堡的智慧，體型會隨著飼養的容器擴大而增大，各族群的沙蝗會因利害衝突而打仗，建造出的城堡會雕塑出飼養者的臉，臉的表情會因為飼養者對待沙蝗的友善或不友善而有改變）。克勒斯把四種顏色（紅、黑、桔黃、白）的沙蝗飼養在水族箱中，藉由控制供給沙蝗的食物量，讓這四種顏色的沙蝗起衝突，而引發牠們間的戰爭。不久後，引發戰爭已經不能滿足克勒斯的興趣，利用另一些有毒的動物來攻擊沙蝗並以此下注，成為克勒斯和他朋友間的娛樂消遣，最後導致克勒斯的女朋友不滿這種野蠻殘酷的行為，氣憤之下要脅搗毀飼養箱，克勒斯失手殺死女朋友，飼養箱也因此崩毀，沙蝗四處逃竄。克勒斯召集武裝傭兵，企圖消滅沙蝗，不料沙蝗們生命強韌，反噬傭兵，而且愈長愈大。克勒斯認為場面已經失控反而轉向跟沙蝗締結「和平條約」（設計殺害傭兵以餵食沙蝗，從中並獲得興奮的快感），最終沙蝗已經進化成具有四手二足的類人型生物，不再需要克勒斯的食物供給。面臨這樣的局面，克勒斯決定放棄房子逃到遠方，可是在逃跑的過程中卻被桔黃色沙蝗所進化成的生物抓住。（李政猷編譯，1982：34～115）

在這一篇科幻小說裡隱含著人類對其他生命的支配（包括沙蝗與其他人類），支配生死的問題在不同的文化性下，會有不同的對應態度。在這篇〈沙蝗〉中作者描寫的筆法，很明顯地呈現出想要模仿上帝，企圖以至高無上的力量支配控制其他生命，但是卻因私心作祟，模仿不成，反而被這股力量所反噬，自食惡

果。從這樣的手法中我們可以很清楚地看到這是一種人類想要媲美上帝的觀念，但終究是不能成功的，媲美上帝不成反而墮入地獄。在這樣的文化性中，是屬於創造觀型的，而其終極信仰自然就是上帝。所以以〈沙蝗〉為例，我們可以用一個簡單的圖形來表示它的文化意象的內涵，如圖3-2-1所示：

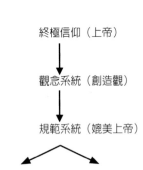

文化

終極信仰（上帝）

↓

觀念系統（創造觀）

↓

規範系統（媲美上帝）

（寵物沙蝗的進化情節）表現系統--------------行動系統（役使萬物、支配生死）

圖3-2-1　科幻小說〈沙蝗〉文化意象示意圖

從上圖可以看出跟人最有切身關係的要屬行動系統，因為這是人所能直接經驗或直接觀察的範圍。文本中的克勒斯為了滿足自己對它種生物支配的慾望，而飼養了一缸沙蝗，沙蝗在城堡上雕出克勒斯的臉的圖像已經無法滿足克勒斯，故意製造出爭奪食物的戰爭。這種權力意志無止境的延伸，讓克勒斯有了類似神的力量，役使萬物、支配生死，這就是屬於行動系統的範圍。如：

　　　黑色的城堡是最先建造完成的，接下來是白色和紅色的城堡。克勒斯坐在長臥榻上，如此它可以坐著觀察。他盼望著現在就爆發戰爭。（李政猷編譯，1982：40）

　　　……有時夜裡睡不著，克勒斯就會拿著一瓶酒走進客廳裡，在那兒飼養箱小型沙漠上朦朧的紅光是唯一的光線來源。他必定會抱著酒瓶一邊飲酒一邊觀看上好幾個小時，單獨一個人。通常必定在某處會有一場戰事發生；如果沒有戰事發生，他只要將一些些少量的食物經由餵食器放進去，輕而易舉地他就能製造一次戰爭場面。（同上，59）

　　這種役使萬物、支配生死的行動系統，向上追溯就是為西方人為了模仿上帝的力量，進而媲美上帝，這就屬於規範系統的範圍；而其中所體現的觀念系統就是創造觀；至於終極信仰當然就是上帝。作者在文本中不知是有意還是無意，將沙蝗分為四種顏色類別（紅、黑、桔黃、白），這不就是人類種族的膚色嗎？而不管作者是否刻意寫成這四種顏色，或許在文化性的影響下不知不覺就反映出西方文化想要支配其他人種的權力意志。而最後模仿上帝不成，反而墮入地獄遭到毀滅：從克勒斯被桔黃色沙蝗捉住（桔黃色沙蝗早期被克勒斯整治的最慘），賣沙蝗給克勒斯的商人吳嘉蘭（在文本中描寫成中國人），讓人不難聯想到西方人想支配其他種族不成，反而自食惡果，就如同人類想造巴別塔來媲美上帝，反遭毀滅一樣。從文本中內蘊的意涵，不難看出這是屬於創造觀型文化下作者所寫出的作品。

　　再看收錄於向鴻全主編《臺灣科幻小說選》的楊照的〈溫柔考古〉，故事設定在一個人類腦內的知識資訊可藉由網絡隨意增加刪減的時代，故事的主角阿基頭腦毫無預兆地出現系統自主性交雜的現象（也就是腦子裡裝了太多訊息，嚴重侵佔了本來用作分類隔間架構用的空間，於是出現訊息交雜的現象，造成短暫虛幻與現實交錯的情形），一道女人愛戀著男人的思想訊息進入了阿基的腦中，阿基對此訊息感到迷惑與驚恐，因為他身處的時代已經沒有女人存在的必要，人的繁衍全靠精子和皮膚細胞的複製這種科學技術就可以無限期地延續下去，因此女人也就消失在世界上，所以也沒有女人對男人「溫柔」的概念。阿基接收到「溫柔」的概念後，感到迷惘並且積極去尋找相關的資訊，意外發現到這是三四千年前（以阿基所處時代計算）一段女人的記憶，這段記憶愈來愈深入阿基的腦中，而阿基也挖掘出愈來愈多關於這個女人所處的時代背景的資訊，其中男女情愛的深刻經驗吸引著阿基，令阿基的腦內空間不斷萎縮，最後醫生警告阿基要刪除多餘記憶，不然會嚴重威脅阿基的生命。最終阿基選擇放棄其他記憶和資訊，只保留關於「女人」與「溫柔」的訊息，死時表情帶著欲笑未笑、很滿足的神情。（向鴻全主編，2003：409～439）

　　從這篇小說中可看出，雖然文中利用很多科幻術語塑造出一個超未來的時代，但是故事的主角卻厭倦資訊十分發達的狀況，反而追求屬於舊時代的男女之間的關係，即使朋友一再好言相勸，也無法阻止他挖掘屬於過去的歷史。從這裡我們可以理出一個文化意象示意圖（圖3-2-2）：

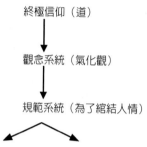

文化

終極信仰（道）

觀念系統（氣化觀）

規範系統（為了縮結人情）

（科技人刪除記憶情節）表現系統--------------行動系統（放棄現實，追求愛情）

圖3-2-2　科幻小說〈溫柔考古〉文化意象示意圖

　　文中藉由一段又一段古代女人闡述對相愛男人的話語，顯現出男女之間深刻的愛情，即使在科技如此發達的時代，這種愛情還是歷久不衰，這也是對科技掛帥的時代所作的反思。文中並沒有充足的想像力發揮，科技的描述只是為了烘托出人與人之間的情感，中心思想是為了縮結人情，表示男女之間的感情不可能因為時代的變遷而消滅，這是人類種族繁衍的必要條件。再上溯到觀念系統就是東方的氣化觀，因為人由精氣化生，精氣分陰陽，陰陽必定相交，不可能只有單一方（陽）的存在，如果這樣必定破壞平衡；而終極信仰當然是「道」。故事的情節始終環繞在人的情感，沒有想像力充分發揮的空間，這也相應了氣化觀型文化精氣只存在一個空間循環不已，並不像創造觀型文化有上帝跟人世兩個空間令人遙想。氣化觀型文化始終表現出「內感外應」的情況，也就是我們對外在環境所觸發的情感而有所回

應，像楊照的〈溫柔考古〉就是對科技高度發展所作的省思，應
該回歸於人的本質。

　　再看收錄在李政猷編譯的《又見隱形人》的Arthur C. Clarke
作的〈太空船大賽〉，故事描寫一場太陽能動力太空船的競速
比賽，主角梅敦親手建造了一艘不需燃料只靠太陽能就能推動
的太空船參加比賽，比賽過程中遇到種種危機，有些選手克服
不了，中途棄權收場。但是梅敦憑藉著對太陽能的知識、太空
飛行的經驗和堅強的意志，克服困難的考驗，終於到了最後關
頭要跟蘇聯選手一決高下；可是天不從人願，剛好太陽的高溫
電離器噴發，嚴重威脅到比賽進行。大會不得不中止比賽，梅
敦離開太空船看著它逐漸飛離，但是在梅敦的心中這艘太空船
已經創造了一項史上最快的無動力太陽能太空船的紀錄。（李
政猷編譯，1986：116～147）

　　文本中對科學技術的描寫相當深刻，對場景的模擬也非常
細緻，這些手法都需要想像力的發揮。這呼應了西方創造觀型
文化對未知世界的追尋探討，背後源於對另一個世界的想像：

> 在母太空船粗直的救生艇向他身邊靠近時，他心情終於
> 平靜下來。雖然他永遠不能贏得飛航到月球的比賽，然
> 而他的芸芸號將是所有長程飛向群星的人類太空船中的
> 第一艘。（李政猷編譯，1986：147）

　　至於梅敦他歷經重重冒險，完成一項創舉，也反映出創造觀
型文化人生在世要努力追求榮耀，不僅僅尋求上帝救贖的機會，

還要榮耀上帝造人的美德。從這篇科幻小說可以很明顯看出是屬
於創造觀型文化下的產物。為此我們可以整理出一個文化意象示
意圖（圖3-2-3）：

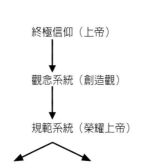

文化

終極信仰（上帝）

↓

觀念系統（創造觀）

↓

規範系統（榮耀上帝）

（太陽能太空船競技情節）表現系統--------------行動系統（追求創舉）

圖3-2-3　科幻小說〈太空船大賽〉文化意象示意圖

再看收錄於向鴻全主編《臺灣科幻小說選》的張曉風的〈潘
渡娜〉，故事描寫主角張大仁巧遇一位生化學家劉克用，劉克用
從事培育人造人的秘密實驗。有天劉克用把培育出的人造人潘渡
娜介紹給張大仁，張大仁並不知情，只是隱約感覺潘渡娜完美無
比但卻少了那麼一點靈性。後來兩人結婚了，有一天潘渡娜抱著
瓶瓶罐罐哭泣地回憶起她是由一堆科學家從瓶子中培育出來的，
兩人生不出小孩也是這個原因。最後潘渡娜被科學家回收，而劉
克用也因為實驗宣告失敗而發了瘋，故事在劉克用的自白中結
束。（向鴻全主編，2003：22〜69）

　　雖然這篇科幻小說在描述人類模仿上帝造人的本事，但是實質上還是在說人造人缺乏靈魂，根本不能算是真正的「人」。而這由劉克用最後對張大仁的自白中可以看出：

> 讓一切照本來的樣子下去，讓男人和女人受苦，讓受精的卵子在子宮裡生長，讓小小的嬰兒把母親的青春吮盡，讓青年人老，讓老年人死。大仁，這一切並不可怕，它們美麗、神聖而莊嚴，大仁，真的，它們美麗、神聖而又莊嚴。（向鴻全主編，2003：68）

　　這無疑在強調人類本該追隨自然，別妄想製造出人類，缺乏靈魂的有機體並不是真正的人，講究科技，試圖改變自然定律，最終還是會失敗的。在氣化觀型文化裡人由精氣所化生，死後回歸精氣，何必追求造人的本事，這一切是天經地義的事就該讓它順其自然，試圖改變破壞，反而有可能會自食惡果。這也就呼應了氣化觀型文化「諧和自然」的道理。由此分析，我們可以理出一個文化示意圖（圖3-2-4）。

　　再看由胡耀明翻譯的印度拉什曼·隆德赫（原名未詳）的〈愛因斯坦第二〉，故事中的主角斯里尼瓦桑博士負責研究一項偉大的科學研究計畫──統一場論，但是不幸的他得了肺癌，生命所剩無幾。全印度都希望能延續他的生命，好讓計畫進行下去，於是派出奇塔萊醫生醫治博士的病，但是病症已經過於嚴重，藥石無救。奇塔萊醫生苦思替代方案，最後決定移植博士的腦，因為他認為雖然肉體死亡只要腦內的知識保存下

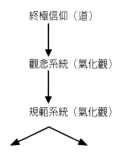

圖3-2-4　科幻小說〈潘渡娜〉文化意象示意圖

來，計畫照樣可以進行。他徵詢博士的意願，博士卻認為只有腦子存活並不算是一個活生生的人，因此拒絕了這項建議。但是醫生卻因為強烈的自尊心作祟執意要進行手術，總理也因為想獲得這項偉大的科學計畫不顧博士的反對，同意進行移植手術。手術成功後，博士照舊完成了統一場論的研究。在發表那天，博士說：人類還不足以成熟到掌握此科技，人類即使可以航行宇宙，但卻對同類剝削、虐待，每個發明都使人類更加殘暴，人類的文明還不夠接受這項新科技，所以他要把這項研究鎖在他的腦子裡，直到人類具備接受這項科技的條件。（拉什曼‧隆德赫，2011）

　　從這篇科幻小說可看出，博士深刻明瞭人類還不夠文明，執意強求的科技反而會造成人類的毀滅，要放下執念才能真正得到解脫。由此我們可以整理出一個文化意象示意圖（圖3-2-5）：

文化

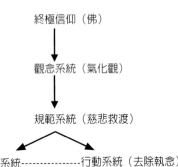

終極信仰（佛）

↓

觀念系統（氣化觀）

↓

規範系統（慈悲救渡）

（移植人腦的殘暴情節）表現系統----------------行動系統（去除執念）

圖3-2-5　科幻小說〈愛因斯坦第二〉文化意象示意圖

　　文中很明顯的表示了兩個概念：（一）人的生命到了盡頭就可以無所顧慮地走，不要再有牽掛；（二）人不該強求不應得到的技術，學會放下一切才能得到解脫。由這兩個概念很明顯可以看出在行動系統上就是去除執念，規範系統就是慈悲救渡，不只自渡還降格來求他渡；再向上推及觀念系統當然就是緣起觀；而終極信仰就是佛。

　　這是一篇緣起觀濃厚的科幻小說，處處反映了要戒除各種執念才能達到寂靜境界，科技概念的使用與想像力的發揮並不多。這是緣起觀型文化的普遍現象，因為既然要戒除所有執念，何必要運用科技，而對於人世間的情愛也要學會放下，所以這就是緣起觀型文化有別於創造觀型文化和氣化觀型文化的地方。

　　再看由方陵生、何志鵬翻譯的印度西里爾‧M‧古帕塔（原名未詳）的〈危險的發明〉，故事中的主角羅恩是一位科

學家，因為發明「物質傳送機」受到印度政府的重視，不過總理和將軍計畫將物質傳送機運用在軍事方面，表面上整個世界經濟因為傳送機的發明有了前所未有的改變，但是事實上世界各國已經臣服在印度政府之下，因為將軍把傳送機分布到世界各國的首都與重要機關。總理為了統一世界命令將軍把核子武器透過傳送機送到世界各地，為此羅恩悔恨萬分，希望自己從沒發明過傳送機，但是事實已經造成，世界各國集合殘餘勢力圍攻印度。最終，印度雖然獲得勝利，但是世界已經滿目瘡痍，羅恩在牢中自白：「這場浩劫都是因為我——人類的殺手，抵抗力量的人就是這麼稱呼我的。我心甘情願地被困在囚室中。唯有死亡才能讓我獲得解脫，我會耐心等待死亡的到來，我每天都在祈禱，在世人的記憶中不要把我當成一個魔鬼，我不是魔鬼。」（西里爾‧M‧古帕塔，2011）

　　這篇科幻小說對科學技術的描寫並不深刻，只是輕描淡寫，我們並不能從中獲得相關的科學知識，所以整篇小說著重在對科學技術的反省：創新發明並不一定能推進人類文明，也有可能造成人類的毀滅。羅恩了解這點，從支持自己的論點到成為反對者只是一夕之間。這可以看出羅恩「去除執念」，對於人文關懷，他並不積極，只求「自我解脫」。觀念系統屬於緣起觀，終極信仰當然就是佛。由此我們可以整理出一個文化意象示意圖（圖3-2-6）。

　　從以上兩篇緣起觀型文化的科幻小說，可以發現對科學技術的描寫都輕輕帶過，並不像創造觀型文化中的科幻小說鉅細靡遺地描述科學技術；對於人文的關懷也不像氣化觀型文化中

文化

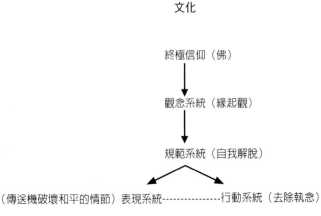

終極信仰（佛）

觀念系統（緣起觀）

規範系統（自我解脫）

（傳送機破壞和平的情節）表現系統---------------行動系統（去除執念）

圖3-2-6　科幻小說〈危險的發明〉文化意象示意圖

的科幻小說著重在改善現實環境、講求諧和自然。這都是相應於緣起觀型文化去執滅苦以進入絕對寂靜境界為終極目標所作的反應。

　　由於本研究著重在中西科幻小說的文化性比較，所以對於緣起觀型文化中的科幻小說僅簡單帶過。

第三節　世界觀作為科幻小說深層文化性的標誌

　　從上一節可以了解科幻小說作家在創作時，會因為所處的文化背景不同而呈現出不一樣的寫作風格，這是根源於所處文化長期影響之下的結果。科幻小說的文化性要有區別作用，必須以深層性的觀念系統中的世界觀作為標誌，也才會有前述三大文化系統的稱呼，包括創造觀型文化、氣化觀型文化和緣起觀型文化。

世界觀（人認識自己和世界的方式）是根源於終極信仰而形塑成的，從此所有後續的思想觀念、文學藝術、典章制度、科學技術等等，都由它所促發並縣延伸展，而寫作就是背後的「推動者」。西方歷來的世界觀（宇宙觀），表面上繁複多樣，實際上卻有相當的同質性，就是都肯定一個造物主（上帝或神）以及揣摩該造物主的旨意而預設世界所朝向的某一特殊目的：如古希臘人認為世界是由神所創造的，所以它是絕對完美的，但它並非是不朽的；世界本身就含有衰退的種子。因此，歷史自身可視為一種過程。在這種過程中，事物的原初秩序在黃金時代裡，一直保持完美的狀態，只有在往後的歷史階段中，才無可避免地陷入衰退的命運。最後當世界接近終極的混沌狀態時，神又再度介入而恢復原初的完美，於是整個過程又重新開始。這樣歷史就不是朝向完美的一種累積性進展，而是一種由秩序邁向混亂的不斷交替。這種觀念就影響到古希臘人對社會究竟要怎樣建立秩序的理念。如柏拉圖（Plato）、亞里斯多德（Aristotle）相信，最好的社會秩序乃是變動最少的社會；在他們的世界觀裡，根本未存有不斷更動和成長的概念。因此，他們最大的心願是儘可能保持世界的原狀，以留傳給下一代。又如基督宗教的歷史觀主宰著整個中古世紀的西歐，它認為現世的生命，只是朝向下一個世界的中途站而已。在基督宗教的神學裡，歷史具有開創期、中間期及終止期的明顯區分，而以創始、救贖及最後審判等三種形式表現出來。這種世界觀認為人類歷史乃是直線型，而非交替型的。它並不認為歷史正朝向某種完美化狀態前進；相反地，歷史被視為一種不斷向前的鬥

爭，當中罪惡力不斷地在塵世播下混亂和崩潰的種子。在這裡，原罪學說已徹底排除了人類改善生活命運的可能性。對中古世紀的心靈來說，世界乃是一個秩序嚴密的結構。在這種結構下，上帝主宰世上每一事物，人類根本沒有什麼個人目標；只有上帝的誡命，值得他忠實的服膺。這種神學綜合世界觀，個別人根本沒有一席之地。人生在世的目的，必不在於「貪得」，而在於尋求「救贖」。到了十八世紀，以適當、速度和精確為最高價值的機械世界觀，經培根（Francis Bacon）、笛卡兒（René Descartes）、牛頓（Isaac Newton）等人的大力推闡，早已席捲了全世界的人心。機器儼然佔有了人類生活的全部，而人類的世界觀念也因為機器而結合為一。大家把世界看成永世法則，由一位至高無上的技師（神）所推動的一部龐大無比的機器。由於這部機器設計得極為精巧，以致它可以絲毫不差地「運作自如」。人類對自己在世界裡所看到的精確性深感神迷，進而意圖在地球上模仿它的風采。這樣的歷史已被視為由混亂而困惑的狀態，邁向井然有序且全然可測的狀態的一種進步旅程；而中世紀追求後世救贖的目標，也成了過時之物。於是爾後所取而代之的是追求今世完美的新理念。在這種機械世界觀的啟示下，人類也紛紛展開探索這些普遍法則和社會運作之間關係的工作。（雷夫金〔Jeremy Rifkin〕，1988：32～65）由古希臘時代的「神造」世界觀到中古世紀基督宗教的「神學綜合」世界觀以及十八世紀以來的「機械」世界觀可以統稱為「上帝（神）創造宇宙外物觀」，長期以來一直支配著西方的人心，並在十九世紀以後逐漸蔓延到全世界。（周慶華，2001：76～78）

　　傳統中國的「自然氣化宇宙萬物觀」，以為宇宙萬物為陰陽二氣所化生（自然氣化的過程及其理則，稱為道或理），所謂「道生一，一生二，二生三，三生萬物。萬物負陰而抱陽，沖氣以為和」（王弼，1978：26～27）、「夫混合之殊異，行氣之虛實」（張湛，1978：9）、「無極而太極。太極動而生陽；動極而靜，靜而生陰。靜極而動。一動一靜，互為其根。分陰分陽，兩儀立焉。陽變陰合而生水火木金土，五氣順布，四時行焉。五行一陰陽也，陰陽一太極也，太極本無極也。五行之生也，各一其性。無極之真，二五之精，妙合而凝。乾道成男，坤道成女。二氣交感，化生萬物。萬物生生，而變化無窮焉」（周敦頤，1978：4～14）等，都在說明這個意思。傳統中國所見這種世界觀既然以宇宙萬物為陰陽二氣所化生，那麼宇宙萬物的起源演變就在「自然」中進行；這不無暗示了人也該體會此一「自然」價值，不必作出違反自然之理的事。道家向來就是這樣主張的，而儒家所強調的道德形上學，也無不合轍。傳統中國人信守這樣的世界觀，所表現出來的多半是為使自然和人性、個人和社會以及人和人之間達成和諧融通、相互依存境界的行為方式和道德工夫。（周慶華，2001：78～79）

　　印度由佛教所開啟而多重轉折的發展著的「因緣和合宇宙萬物觀」，以為宇宙萬物的出現和消失，都是因緣和合所致。也就是說，有造成宇宙萬物存在的原因或條件，才能促使宇宙萬物的實際存在；反過來說，沒有造成宇宙萬物存在的原因或條件，也就不能促使宇宙萬物的實際存在（或者當造成宇宙萬物存在的原因或條件消失了，宇宙萬物也要跟著消失）。而由

此「衍生」出人生是一大苦集，最後要以去執滅苦而進入絕對寂靜或不生不滅的境界為終極目標。這種世界觀的具體顯現，普遍流露在講究修鍊冥想、瑜伽術以及其他的心身冶鍊等行為而將能量的消耗降到最低限度。這被認為可以給當今凜於生態急務迫切要建立起來的「新能趨疲時代的宗教」起帶頭示範作用，並將為人類社會的長治久安帶來更多的保障。（周慶華，2001：79）

　　以上三種文化系統，各有其終極信仰、觀念系統、規範系統、表現系統和行動系統；而屬於觀念系統中的世界觀，就成了衍展突進的關鍵，可以分別簡稱為「創造觀型文化」、「氣化觀型文化」和「緣起觀型文化」。（周慶華，2001：79）這三種文化系統各有其不同特色，彼此不可共量，所以可以由行動系統或表現系統來判斷所屬的世界觀。我們不妨把這三大文化依五個次系統整理出個別特色內涵，如圖3-3-1所示。

　　藉由此圖，可以看出創造觀型文化、氣化觀型文化和緣起觀型文化彼此之間差異極大。就以跟科幻小說創作有密切關係的「科學技術」議題來說，西方人所崇拜的唯一真神是上帝，體現的世界觀是創造觀。基督宗教的教義：上帝用五天時間造出了萬物，第六天造人，第七天歇息。人是由至高、至美的上帝所創，人有別於其他動物在於會思考、有創造力。既然上帝賦予了人創造力，人類必須善用這份能耐來榮耀上帝，也媲美上帝，因此強調科學。再來西方有原罪說，人類始祖亞當和夏娃受蛇的誘惑，吃了禁果，違反上帝的禁令，被逐出伊甸園，從此人有了原罪。所以人生在世就是要贖罪，以得到救贖；而

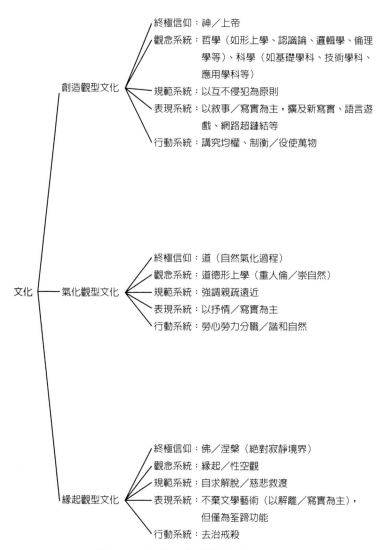

圖3-3-1 三大文化系統內涵特色圖

（資料來源：周慶華，2005：226）

如何得到救贖的機會，就看怎樣在現世表現自己的能力。如對科學有興趣的人努力研究科學，在科學上創造一番事業，來讓上帝看到他的存在；對體育有專擅的，在運動方面得到頂尖的稱號，一方面榮耀上帝，一方面讓上帝在芸芸眾生中看到他的成就。綜合這些理由，人們會竭盡所能去開發自然、利用自然，以體現上帝造人的美意。

　　反觀信守氣化觀的中國終極信仰是自然化生過程的「道」，認為人為精氣化生，死後回歸精氣、回歸自然，不必追求創新，對未來不會想望，科學發明也沒有可以榮耀、媲美的對象，也就不會「戡天役物」而去窮盡力量發展科學了。（周慶華，2001：84）從這裡，不難看出中西方對於科技文明的觀點有根本性的差異。而緣起觀型文化更是要去掉執念，根本沒必要對科學追根究柢，又何必發展科學？

　　由此可見，各文化系統所以形態互異，全是源於彼此都隱含著「不可共量」的世界觀。（周慶華，2001：84）因為沒有各自的世界觀是發展不出獨特的文化性，以致閱讀科幻小說用文化的五個次系統來區分科幻小說所呈現的文化性，是有一定效力的。也因此，我們可以用世界觀來作為科幻小說深層文化性的標誌。

第四章　中西科幻小說文化性中的世界觀差異

第一節　世界觀差異的差異性

　　探討完科幻小說的文化性後，可以確定中西方存在不同的世界觀，在文學的表現上也就有世界觀的差異性，而這種差異性最明顯的就是在「想像」的層面上。西方人所信守的創造觀這種世界觀，預設著天國和塵世兩個世界，不啻提供了他們可以「遙想」或「揣測」的廣大空間，以致發展出了極盡馳騁想像力式的文學傳統；而東方的中國人所信守的氣化觀這種世界觀和印度佛教徒所信守的緣起觀這種世界觀，則分別預設著精氣化生流轉的單一世界和另有超脫趨入的絕對寂靜的佛境界（僅為生沒有生的感覺／死沒有死的感覺的解脫狀態；截然不同於創造觀型文化中的天國），而少了可以遙想或揣測的廣大空間，以致儘往內感外應和逆緣起解脫的途徑去形塑各自的文學傳統。（周慶華，2008a：157～161）我們可以一簡單圖形作表示（圖4-1-1）：

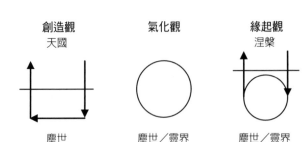

圖4-1-1　三大文化系統塵世／靈界關係圖

（資料來源：周慶華，2008b：106～108）

　　西方傳統深受創造觀的影響而有詩性的思維在揣想人／神的關係；而中國傳統深受氣化觀的影響而有情志的思維在試著綰結人情和諧和自然，以致這裡就出現了「詩性的思維VS.情志的思維」這樣一組中介型的概念。（周慶華，2007c：15）依照西方人的說法，詩的思維是一種非邏輯的思維；它已近於野蠻人的「創思」，大量運用隱喻、換喻、借喻和諷喻等技巧來傳達情意。（列維－布留爾〔Lucien Levy-Bruhl〕，2001；李維－史特勞斯〔Claude Lévi-Strauss〕，1998）這就跟我們所見的馳騁想像力的現象一致，而可以解釋西方古來流派創新不斷的根本原因（也就是競相馳騁想像力就會有「進路」不一而迭出異采）。反觀中國傳統因為「視域拘限」而一逕往吐屬盡關現境（靈界和現實界所共在）的途徑伸展，導致「藉物喻志」專擅於象徵的方式始終如一，並不像前者那樣形式一波翻新又一波而充分顯現出「取譬成性」的特色。（周慶華等，2009：11）

　　彼此都在規模詩的樣態，西方的詩長於比喻；中國傳統的詩長於象徵，使得詩的國度不再是「一副面貌」可以形容盡。前者（指長於比喻），西方人習慣「獨佔」式的說那是緣於詩性思維的需求（維柯〔Giambattista Vico〕，1997；懷特〔Hayden White〕，2003），它以各種比喻手段來創新事物，從而找到寄寓化解人／神衝突的方式（也就是試圖藉由詩創作來昇華人性終而解決人不能成為神的困窘的「化解」跟神性衝突的一種作法）。如「無色的綠思想喧鬧地睡覺」、「她拳頭般的臉緊握在圓形的痛苦上死去」和「時間的熾熱一直持續到睡眠為止」等等，這些讓語言學家和哲學家無法捉摸語義的「非正常」的句子（查普曼〔Raymond Chapman〕，1989：1～2；安傑利斯〔Peter A. Angeles〕，2001：59），卻成功的隱喻創新了一個有關「茂長的思緒」、「死亡的絢美」和「無止盡的煩躁」等感性的世界。像這種情況，所締造的勢必是一波又一波的創新風潮。它從前現代寫實性的詩奠定了「模象」的基礎，再經過現代新寫實性的詩轉而開啟了「造象」的道路，然後又躍進到後現代解構性的詩和網路時代的多向詩展衍出「語言遊戲」和「超鏈結」的新天地，這中間都看不出會有「停滯發展」的可能性；而西方人在這裡得到的已經不僅是審美創造上的快悅，它還有涉及脫困的倫理抉擇方面的滿足，直接或間接體現作為一個受造者所能極盡「回應」造物主美意的本事。（周慶華，2007c：15～16）

　　至於中國傳統的情志思維，是指純為抒發情志（情性或性靈）的思維，它的目的不在馳騁想像力而在盡可能的「感物

應事」。所謂「氣之動物，物之感人，故搖盪性情，形諸舞詠……若乃春風春鳥，秋月秋蟬，夏雲暑雨，冬月祁寒，斯四候之感諸詩者也」（鍾嶸，1988：3147）、「屈平疾王聽之不聰也，讒陷之蔽明也，邪曲之害公也，方正之不容也，故憂愁幽思而作〈離騷〉」（司馬遷，1979：2482）、「大凡物不得其平則鳴。草木之無聲，風撓之鳴；水之無聲，風蕩之鳴，其躍也或激之，其趨也或梗之，其沸也或炙之；金石之無聲，或擊之鳴。人之於言也亦然，有不得已而後言，其歌也有思，其哭也有懷」（韓愈，1983：136）、「夫文生於情，情生於哀樂，哀樂生於治亂。故君子感哀樂而為文章，以知治亂之本」（董浩等編，1974：6790）等等，這所提到的人因外物的刺激而舞詠陳詩、因身世的坎壈而憂懷賦詞、因心有不平而疾詞鳴冤、因治亂不定而情切摛文等等，都展現了共系統的同一理路。（周慶華，2007c：16）因此，相對於詩性的思維，情志的思維很明顯就少了那麼一點野蠻／強創造的氣勢；它完全從人有內感外應的需求去找著「文學的出路」。而這無慮是緣於氣化觀底下以為回應上述的「縮結人情和諧和自然」的文化特色使然（因為氣化成人，大家如「氣」聚般的糾結在一起，必須分親疏遠近才能過有秩序的生活，以致專門致力於經營良好的人際關係或無意世路以為逆向保有人我實存的自在，也就「勢所必趨」；而同樣都是氣化，萬物一體，當然就不會像有受造意識的西方人那樣為達媲美上帝的目的而窮於堪天役物）。（周慶華，2007a）不過，這種傳統的中國文化意識，漸漸被西方強勢的文化「壓迫」、「引誘」，因此也不再發揮應世的

功能。時間一久，人們就會遺忘了這種存有優質益世的文化意識。我們應該身負起重任，把這種情志思維再召喚回來。

　　就以文學作品中最精鍊的文字——「詩」為例，詩具有抒情的功能，同時也可藉由連結兩種不同範疇來創新世界。詩人蕭蕭曾說：「想像，是詩的靈魂。沒有想像就沒有詩。創作詩，需要想像；欣賞詩，也需要想像。」（蕭蕭，1989：33）詩的語言可以突破邏輯思考，馳騁想像力。詩人的情志透過意象將想像力化為語言，讓讀者產生共鳴。以文學類型來作一個光譜，有「詩」、「非詩」和「介於詩／非詩之間」，可以畫成一個光譜圖（圖4-1-2）：

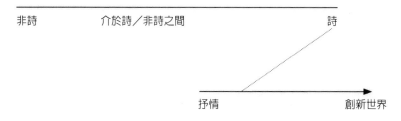

圖4-1-2　詩與非詩的光譜圖

（資料來源：周慶華等，2009：14）

　　這在詩端又自成一道前進式的光譜：「從抒情到創新世界」。這一道前進式的光譜，不再有兩端相對立的現象（因為在這上面的都是詩）；它只有越向右越夾帶創新世界的成分。而這能夾帶創新世界成分的詩作表現，就是創造觀型文化所蘊蓄或支持的；氣化觀型文化終究要在左端繼續守著感物應事的抒情風格

（而讓創造觀型文化去無止盡的開啟別樣另須的昇華人性的抒情風格且向創新世界端邁進）。（周慶華等，2009：14）彼此的這種質距，可以透過下列兩首詩來說明：

迴旋曲　余光中

琴聲疎疎，注不盈清冷的下午
雨中，我向你游泳
我是垂死的泳者，曳著長髮
　　向你游泳

音樂斷時，悲鬱不斷如藕絲
立你在雨中，立你在波上
倒影翩翩，成一朵白蓮
　　在水中央

在水中央，在水中央，我是負傷
的泳者，只為採一朵蓮
一朵蓮影，泅一整個夏天
　　仍在池上
……

我已溺斃，我已溺斃，我已忘記
自己是水鬼，忘記你

是一朵水神，這只是秋

　　蓮已凋盡

（余光中，2007：160～162）

女人的身體　聶魯達（Pablo Neruda）

女人的身體，白色的山丘，白色的大腿
你像一個世界，棄降般地躺著。
我粗獷的農夫的肉身掘入你，
並製造出從地底深處躍出的孩子。
……
為了拯救我自己，我鍛鑄你成武器，
如我弓上之箭，彈弓上的石頭。

但復仇的時刻降臨，而我愛你。
皮膚的身體，苔蘚的身體，渴望與豐厚乳汁的身體。
喔，胸部的高腳杯！喔，失神的雙眼！
喔，恥骨邊的玫瑰！喔，你的聲音，緩慢而哀傷！

我的女人的身體，我將執迷於你的優雅。
我的渴求，我無止盡的欲望，我不定的去向！
黑色的河床上流動著永恆的渴求，
隨後是疲倦，與無限的痛。

（聶魯達，1999：16～17）

　　前一首白話新詩為中國詩人仿西方自由詩寫成的，僅以白蓮／泳者和水神／水鬼兩組意象的對列來象徵一場情愛不成的遺憾；這除了形式和西方自由詩類似，整體上還是傳統那一觸景生情／睹物思人的遺緒（並沒有創新什麼）。後一首為西方道地的自由詩，意象彩麗紛繁，將詩人所鍾愛的女子妝飾到難以復加；當中所借為隱喻該女子身體的「白色山丘」、「苔蘚的身體」、「胸部的高腳杯」、「恥骨邊的玫瑰」等構詞，則不啻有意要創新一個引人迷戀的女子的形象。可見詩固然都在抒情，但所表出方式卻有跨域上的位差，直把詩的可能樣貌實在的拉出一道（前進式的）光譜來。（周慶華等，2009：16）

　　由這兩首詩我們可以體會出創造觀型文化的詩作極盡所能的連結兩個不同的範疇以創造一個新的世界，情感是外放的，所以詩句中包含許多比喻技巧，拉大了想像的範圍，甚至提供讀者一個更大的想像空間。這也體現了西方人模仿上帝創造世界的本事，進而媲美上帝。而氣化觀型文化下的詩作情感是內斂的，「蓮」、「泳者」、「水神」和「水鬼」的意象相較於西方，是淺白和實際的，並不能激發起讀者的想像空間，純粹是作者內心的情感抒發所反應出來的表現（內感外應）。這也是緣於氣化觀型文化的塵世／靈界為一體，缺乏另一個世界供我們想像的緣故。再看以下兩首詩：

黃鶴樓　崔顥

昔人已乘黃鶴去，
此地空餘黃鶴樓。
黃鶴一去不復返，
白雲千載空悠悠。
晴川歷歷漢陽樹，
芳草萋萋鸚鵡洲。
日暮鄉關何處是，
煙波江上使人愁。

（清聖祖敕編，1974：1329）

十四行詩（二）　莎士比亞（William Shankespeare）

四十個冬天將圍攻你的額角，
將在你美的田地裡挖淺溝深渠，
你青春的錦袍，如今教多少人傾倒，
將變成一堆破爛，值一片空虛。
那時候有人會問：「你的美質──
你少壯時代的寶貝，如今在何方？」
回答是：在你那雙深陷的眼睛裡，
只有貪慾的恥辱，浪費的讚賞。
要是你回答說：「我這美麗的小孩
將會完成我，我老了可以交賬──」

> 從而讓後代把美繼承下來，
>
> 那你就活用了美，該大受頌揚！
>
> 你老了，你的美應當恢復青春，
>
> 你的血一度冷了，該再度沸騰。
>
> （方平等譯，2000：216）

　　前一首被譽為唐代七言律詩的壓卷之作（嚴羽，1983：452）且連詩仙李白都嘆服不已（楊慎，1983：1003），但也僅止於「斂形」式的描景寫情寓事寄意罷了（重點在情意；景事則為寫寄象徵所選用的意象）。後一首則顯得聯想翩翩（光前四句就遍採隱喻、換喻、借喻和諷喻等比喻技巧），儼然一副奔放自如且「主導權在我」的樣子。（周慶華等，2009：10）從這兩首詩也可看出中西方詩作的差異：西方詩作深受創造觀型文化影響，多用比喻、極盡可能馳騁想像力，不只作家的想像力奔馳，也引發讀者的想像力，甚至能激起讀者的創作欲望。而中方詩作深受氣化觀型文化的影響，並不能像創造觀型文化盡力發揮想像力，只能藉由外界的美好景色來抒發詩人內心的感受，運用象徵手法來抒情，想像力不容易醞釀，所以創造的詩作多屬「內感外應」的類型。因此，我們可以歸納出表4-1-1（緣起觀型文化介於其他二者之間，不過不在本研究範圍，因此只表不提）：

表4-1-1　詩歌的表現

詩歌的表現		
創造觀型文化	緣起觀型文化	氣化觀型文化
馳騁想像力	兼具	內感外應
多比喻	兼具	多象徵
詩性思維	解離思維	情志思維
美感多崇高、悲壯	以無情感為情感 （二者之間）	美感多優美

　　就以前現代寫實性的模象詩中愛情類的表現為例，西方人可以這般張揚迷狂的「極盡逞藝」：

> 我植物般的愛情會不斷生長，
> 比帝國還要遼闊，還要緩慢；
> 我會用一百年的時間讚美
> 你的眼睛，凝視你的額眉；
> 花兩百年愛慕你的每個乳房，
> 三萬年才讚美完其他的地方；
> 每個部分至少花上一個世代，
> 在最後一世代才把你的心秀出來。
> 因為，小姐，你值得這樣的禮遇，
> 我也不願用更低的格調愛你。
> （陳黎等譯著，2005：93引馬維爾〈致羞怯的情人〉）

> 我將愛你，親親，我將愛你
> 直到中國和非洲相連

河流跳躍過山

鮭魚在街上唱歌。

我將愛你直到大洋

摺疊起來掛著晾乾

七星咯咯大叫

如飛在空中的雁鴨。

（史蒂芬斯〔Anthony Stevens〕，2006：193～194引奧

登〈我走出的一夕〉）

我最親愛的小露我愛你

我親愛的心悸的小星我愛你

美妙地彈性胴體我愛你

外陰緊似榛子夾我愛你

左乳如此粉紅如此咄咄逼人我愛你

右乳如此溫情的粉紅我愛你

……

小陰唇因你頻繁接觸而肥厚我愛你

臀部正好往後閃出完美的靈活我愛你

肚臍像陰暗的空心月我愛你

體毛像冬日森林我愛你

多毛的腋窩如新生天鵝我愛你

肩膀斜坡清純可愛我愛你

大腿線條美如古神殿的圓柱我愛你

秀髮浸過愛的血我愛你

　　腳靈巧的腳硬挺我愛你

　　騎士般的腰有勁的腰我愛你

　　身材不需緊身胸衣柔軟身材我愛你

　　完美的背部順從我我愛你

　　嘴我的可口啊我的仙蜜我愛你

　　獨一的秋波星星的秋波我愛你

　　雙手我愛慕其動作我愛你

　　鼻子非凡的高雅我愛你

　　扭擺的舞蹈的步伐我愛你

　　喔小露我愛你我愛你我愛你

　　（莫渝，2007：165～166引阿波里奈爾〈我最親愛的小
　　露〉）

　　像這類近於崇高或近於悲壯而讓人「兩相著魔」的情愛表
現（被愛戀的人有如此繁複的麗美內蘊或外煥；而寫詩的人也有
如此善於想像興感的造美手段），只有西方人擅長。反觀我們傳
統中的人，就僅及「強忍思長」的階段：「蒹葭蒼蒼，白露為
霜。所謂伊人，在水一方。溯洄從之，道阻且長。溯游從之，宛
在水中央。蒹葭悽悽，白露未晞。所謂伊人，在水之湄。溯洄從
之，道阻且躋。溯游從之，宛在水中坻。蒹葭采采，白露未已。
所謂伊人，在水之涘。溯洄從之，道阻且右。溯游從之，宛在水
中沚」（孔穎達，1982：241～242）、「長相思，長相思。欲把
相思說與誰？淺情人不知」（唐圭璋編，1973：255）。這是稟
自氣化觀這種世界觀而體現為「含蓄宛轉」的獨特優美風格的結

果。（周慶華等，2009：24）二者在世界觀的差異上幾乎不可共量。倘若從文學上的表現來看，把人類的文化／文學的演變情況列成一張表，大體上可以依三種世界觀及其相應的模象／造象／語言遊戲等文學表現來綜合的標示，如圖4-1-3所示：

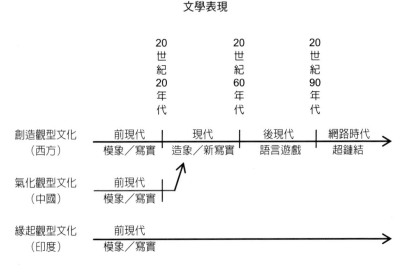

文學表現

圖4-1-3　文學的表現圖

（資料來源：周慶華，2004b：143）

　　創造觀型文化內的文學表現從二十世紀九〇年代以來一直有新的發展（也就是網路超文本化）；而氣化觀型文化的文學表現從二十世紀初以來就幾近停頓而轉向西方取經，從此沒有了「自家面目」；至於緣起觀型文化內的文學表現本來就「不積極」，也無心他顧，所以雖然略顯素樸卻也還能維持一貫的格調。（周慶華，2004b：143～144）

　　敘述完以抒情性文體為代表的詩後，再看以敘事性文體為代表的小說，中西方小說依然有世界觀的差異，首先分析中國傳統小說和西方小說在寫作技巧上的差異所示：（周慶華，2011：75）

表4-1-2　中西方小說寫作技巧比較

中國傳統小說	西方小說
大多採取全知觀點	除了全知觀點 另外擴及限制觀點／旁知觀點
多採順序／插敘手法	採順序／插敘／倒敘／意識流手法
以情節為結構中心	兼顧人物性格的刻畫和背景氛圍的描寫

　　從小說的寫作技巧也可看出這是相應於中西世界觀的差異性，西方小說寫作除了運用全知觀點更擴及限制觀點、旁知觀點，並採用順序、插敘、倒敘和意識流寫法，這是源於西方信守的馳騁想像力的創造觀，從前現代的寫實主義已經沒法滿足作家的創作的欲望，因而發展出新寫實主義、存在主義、超現實主義、魔幻寫實主義等，這就是體現上帝造人，人再度創新寫作風格（二度創新）的結果。例如詹姆斯・喬伊斯（James Augustine Aloysius Joyce）的《尤里西斯》、馬賽爾・普魯斯特（Marcel Proust）的《追憶似水年華》和維吉妮亞・吳爾芙（Virginia Woolf）的《戴洛維夫人》都是運用意識流的寫法，這些作品倘若是缺乏高度的想像力，如何能書寫出如此驚人的作品。西方小說除了以情節為結構中心，還兼顧人物性格的刻畫和背景氛圍的描寫，這也相應作家為了體現上帝造人，人人都是獨立的個體、萬物分別清楚，所形成的寫作手法。而中國傳統小說相較之下缺乏高度的想像力（源於氣化觀型文化，

塵世／靈界為一體，缺乏另一世界可供人想像），寫作大多採順序／插敘手法，這是相應於氣化觀型文化中氣循環流動的觀念。人物的刻畫和背景氛圍的描寫不如西方細膩，是源於人為精氣化生，認為萬事萬物都合乎自然，一切都理所當然，不必刻意著墨，也就缺乏西方小說的細膩描寫手法。

試以底下幾本小說情節來作說明：

> 早上，戈勒各爾·薩摩札從朦朧的夢中醒來，發現自己躺在床上，變成了大毒蟲。堅硬得像鐵甲般的背朝下，仰臥在那裡。擡起頭來一看，褐色的肚皮，被分作好幾段弓形的肌肉，硬繃繃地鼓著。棉被拖在那鼓著的肚皮上，快要滑下去了。比起偌大的身軀來，細小得可憐兮兮的許多腳，顯得特別脆弱無力。（弗朗茨·卡夫卡〔Franz Kafka〕，2006：19）

> 我姓沙蒙，念起來就像英文的「鮭魚」，名叫蘇西。我在1973年12月6日被殺了，當時我才十四歲。七〇年代報上刊登的失蹤女孩的照片中，大部分看起來都和我一個模樣：白種女孩、一頭灰褐色頭髮。在那個年代，各種種族及不同性別的小孩照片，還沒有出現在牛奶盒或是每天的廣告郵件上；在那個年代，大家還不認為會發生小孩遭到謀殺之類的事情。（艾莉絲·希柏德〔Alice Sebold〕，2006：7）

這一晚，他們巫山雲雨直至凌晨三點。離開之際，杜提勒
在穿越牆壁時，覺得髖部和肩膀出現不尋常的摩擦感，不
過他不以為意。在穿越隔板的時候，他才明顯感受到阻
力。他彷彿在液態的物質裡移動，接著這個物質變成糊
狀，他每一用力，這個物質就變得更為濃稠。當他整個人
進到密實的牆中，發現自己動彈不得……杜提勒彷彿被凍
結在牆的內部。到現在他還在那裡，與石牆合而為一……
（馬歇爾・埃梅〔Marcel Aymé〕，2006：18～19）

人人都奮不顧身地衝向那個天使，撲向他，把他按倒在地
上……接著一陣刀砍劍削，斧劈錘打，只見他的關節被敲
碎了，骨頭被打斷了。不一會工夫，天使已經被大卸三十
塊了，這野人每個都抓住一塊，趕緊退到一旁，貪婪地
啃食著。過了半小時之後，葛奴乙就徹底從地面上消失
了，連一根毛髮都不留下……（派區克・徐四金〔Patrick
Suskind〕，2006：276～277）

　　這分別出現於弗朗茨・卡夫卡的《蛻變》、艾莉絲・希柏
德的《蘇西的世界》、馬歇爾・埃梅的〈穿牆人〉和派區克・
徐四金的《香水》，各自描述著人轉變成蟲的形體、死後顯靈
釋放警示、穿牆人最終因特異功能而自食惡果和壞事做盡總會
得到報應的情節，這些都是充滿想像力、極度吸引人的小說，
也都是想像力高度運作的結果，倘若不是身處在創造觀型文化
下的人是作不出來的，尤其是身處在內感外應的氣化觀型文化

下的人所無法想像的（這也呼應了第一章第一節所說：科幻小說是由西方傳入中國）。而我們從二十世紀六〇年代開始就轉向西方學習，但卻忽略了我們氣化觀型文化內感外應的思維，本質難變卻強求仿效創造觀型文化馳騁想像力的創造模式，只會造成「不中不西」的樣子。

再舉一例：

> 即便在這樣疼痛的時刻，她仍感到直挺挺的面向上躺臥時，她的下體張開處，冷冷的風直灌進空蕩蕩的陰戶內，沿著腸、胃、食道氣管，直上達嘴。而整個疼痛的體腔內，仍留著這樣一管未被填滿、空蕩蕩的陰道，連疼痛都塞不進去，空洞的敞開在那裡。
>
> ……
>
> 所幸他像其他絕大多數男人，他們的撫摸不為取悅她的身體，而是要使自己能勃起。那雙濕淋淋的手變永遠都只能繞著她的乳房遊走，一遍又一遍的擠弄乳房那點面積，濕淋淋的汗漬全累積在上面，變像毛毛蟲的蟲體戳破，流滿一攤青綠、褐色、甚且雜色的濃液，腥腥的羶味。（李昂，1997：126～127）

> 你會在康蘇拉的身體上注意到兩件事。首先是，那對乳房。可以說是我見過最漂亮的乳房……這是一對圓圓、豐滿、完美，有著淺碟般乳頭的乳房。不是那種母牛垂掛式的乳頭，而是大而淡玫瑰膚色的乳頭，叫人心蕩神馳。

第二件事是，她的恥毛如絲。一般人的應是捲的，她卻有著像亞洲人的恥毛。光滑而服貼，數量不多……

……

……她是我認識的少數藉著推擠陰戶達到高潮的女人之一，不由自主地向外推，彷彿貝類柔軟連接的、吐著泡泡的肉身……通常你看女人的陰道，你可以用手撥開它，但是蘇康拉的，像花一樣綻放。那陰戶自己從藏匿的地方露臉……暴露的私密令人心醉神迷。席勒會不計一切代價要畫它，畢卡索會把它變成一把吉他。（飛利浦・羅斯〔Philip Roth〕，2006：37～112）

這表面看來都在寫女性的私密處，似乎都「窮盡了力氣」，但仔細瞧瞧卻又發現前者的白描（唯一的明喻「像毛毛蟲的蟲體戳破」也嫌單薄），跟後者的頻密的形容譬況不可併比，彼此一為「寫實」而一為「想像創新」，都相應著各自的文化特性。（周慶華，2011：133）

由此可見，我們在文學的表現上一味地仿效西方，但是沒有背後深刻的世界觀支持，根本發展不出創造觀型文化般的詩性思維，而造成如今「中不中，西不西」的局面。如果我們能認清這一點，再思索前進的方向，或許可以理出一個適合氣化觀型文化的新路徑。

第二節　西方科幻小說
源自深具馳騁想像力的創造觀

不只是一般的通俗小說，科幻小說更是如此，而且更須想像力的發揮，從第一章提到科幻小說是從西方世界興起的，這不僅是因為西方致力於科學發明，更是因為西方信守創造觀型文化的影響。科學發明促進科幻想像，科幻想像引發科學發明，這二者是相輔相成的。西方創造觀型文化提供了西方人想像的場域，這是信守氣化觀型文化的我們所沒辦法觸及的。即使我們學習西方科幻小說馳騁想像力的寫作，但是因為本質難變，還是無法跳脫侷限在內感外應的範疇裡。

西方科幻小說作家人數非常多，而且每位作家的作品都相當豐富。舉例來說：美國麥克・克萊頓（Michael Crichton）就創作了《剛果》、《天外病菌》、《神秘之球》、《侏羅紀公園》、《失落的世界》和《時間線》等科幻小說，創作量十分驚人，這不僅為他帶來豐富的版稅，更為他帶來崇高的名聲。這也呼應了西方創造觀型文化，為了榮耀上帝（在人世間迅速累積名聲與財富）、媲美上帝（上帝造人，人再創作文學作品的二度創造），更可以得到西方人渴求的救贖的機會。

創作需要想像，創作科幻小說更是需要想像力的充分發揮，西方的科幻小說就是在創作與想像的融合下誕生。為什麼西方科幻小說甚至是科幻電影如此興盛？追尋原因就是源自於馳騁想像力的創造觀。以下便一一舉例來驗證：

　　在麥克‧克萊頓的《時間線》中描述了科學家利用量子力學，進行平行宇宙間的旅行，把一隊考古學家送回到中古世紀的法國，進行一項援救任務，那時的法國正處於最混亂的時候，考古學家不僅要利用他們的機智，還要克服種種危機，找到回到現代的路。（麥克‧克萊頓，2002）這部小說從人物的刻畫、情節的構設、場景的描寫、到科學技術理論的運用，都顯示出想像力的高度發揮；尤其是科學技術理論的說明簡直到了說服讀者這項「時空旅行」技術可行的地步。

　　　　1957年，一位名叫修‧艾佛瑞特的物理學家，大膽提出一個新解釋。艾佛瑞特宣稱，我們的宇宙——我們所見到的宇宙，擁有岩石、樹木、人類和太空中的銀河的宇宙——只是無限大數量宇宙中的一個，而這些宇宙一個個彼此相鄰。這些宇宙都不停地分裂，所以有一個希特勒敗戰的宇宙，也有一個他獲勝的宇宙；一個甘迺迪遇刺的宇宙，也有他仍活著的宇宙。同樣，有一個你在早上刷牙的宇宙，也有一個你沒這麼做的宇宙。如此推下去，不斷擴張，世界的數量就變成了無限大。
　　　　……
　　　　在多元宇宙中，世界是不斷在分裂的，也就是說，有許多世界和我們的世界極為類似。造成影響的，就是那些和我們最相似的世界。每次我們在這個世界打開一道光束，在其他許多類似的世界中，也同時有光束開啟，就是這些世界的光子影響我們這個世界的光子，造

成實驗出現干擾的結果。（麥克‧克萊頓，2002：152～157）

　　在書中甚至用了一個「光線打在牆壁上」，人人都懂得的簡單實驗來證明這一理論的可靠性，試圖把科學、幻想和小說融合在一起，讓讀者覺得好像真的有許多平行宇宙存在一樣。這種「說服式」的科幻小說情節經常出現在西方的科幻小說中，而這種說服別人甚至說服自己的能力靠的就是想像力的發揮。說服只是馳騁想像力後產生的結果，代表著作者權力意志的延伸，背後所反映的是創造觀型文化中人追求「高人一等」、「支配萬物」的觀念。

　　　　所有壓縮程式運作的方法都一樣。它們尋找相似的資料。假如你有一張玫瑰的照片，由一百萬個像素組成。每個像素都有特定的位置和色彩，這樣就有三百萬個資訊——一大堆資料。但這些像素大部分都是紅的，旁邊還有其他紅色像素。所以程式會一條一條掃描照片，判斷哪些相連的像素是同一顏色。如果相同，它就會寫下一個命令，說製造這種紅色像素，而接下來線上的五十個像素也是如此。然後就換成灰色，製造接下來的十個灰色像素。就這樣。它並沒有一一把單獨的像素儲存起來，它儲存的是如何重建相片的指令。如此一來，資料的大小就會縮減成原來的十分之一。

　　　　……

　　一般電腦使用電子的兩種狀態來運算，標示為1與0。這就是電腦運作的方式，利用無數個1與0來運算。但在二十年前，里查・費曼提出概念，認為有可能利用電子的三十二種不同的量子狀態，製造出效能更強大的電腦。現在有許多實驗室都在研究如何製造這種量子電腦。它們的好處是無法想像的巨大力量——巨大到你能實際描述和壓縮一個三度空間的活體進入一個電子流，就像傳真機一樣。然後你能傳送這電子流穿透量子沫蟲洞，在另一個世界重建，這就是我們在做的事。它不是量子傳送，它不是粒子糾纏，而是直接傳送到另一個世界。（麥克・克萊頓，2002：164～165）

　　從這一段可看出作者利用現有的電腦技術知識，創發出「壓縮三度空間活體」的科幻技術，這就是創造觀型文化馳騁想像力的表現。西方因為有原罪的觀念，人人都想要獲得救贖的機會，但救贖並不是每人應得的，而是要表現卓越讓上帝看得見，才可獲得救贖。物理學家鑽研原子、分子、粒子等（在一般人看來並不會影響生活的微小「東西」），他們卻竭盡心力去研究，無疑地就是要在科學的領域中有卓越的表現，以期待被上帝看見，而獲得救贖。科幻小說作家則利用科學家絞盡腦汁的研究成果，再度創新，讓科學幻想躍然紙上，不僅在文本中體現媲美上帝造物的精神，更可為創造者帶來可觀的財富與名聲（例如版稅、電影版權的權利金、廣告收益……），迅速累積財富讓自己在芸芸眾生中被上帝注視，也是獲得救贖的

一種機會。基於這一層的關係，所以科幻小說作家都竭盡所能的馳騁想像，要比別人的創意想法更有「創意」、更容易說服、取信讀者，才能在眾多科幻小說作家中闖出一片天。

　　　巴瑞托的機器在變大的同時，也離他們越來越遠，地板的區域不斷加寬。原本只有幾步之遙的地板，現在變成了一個廣大的暗黑色橡膠平原，一直向遠方延伸。更多強光。橡膠地板上有一個個凸起的圓型顆粒，現在這些圓型顆粒開始上升，圍繞著他們，像一座座黑色的懸崖。很快地，這些黑色的崖壁長得越來越高，有如無數棟黑色摩天大樓，逐漸在高空中接合，阻斷由上射下的光線。終於，這些摩天大樓完全接觸，他們的世界頓時陷入黑暗。更多強光。他們墜入一片漆黑之中，一會兒後，他才辨認出極細微的光線，排列成格狀，向四面八方延伸。他們好像置身在某個巨大發光的水晶結構中。克里士看著這些光線，原本如針尖的微光開始變亮變粗，邊緣有點模糊，直到每個光線都變成一個模糊發亮的球體。他懷疑，不知道這些東西是否就是原子。

　　……

　　　但是，他仍能看見他們還在不停下降，直墜向黑暗中一座表面翻滾起泡的黑色海洋。黑海喧騰翻攪，製造出一個個淡藍色的泡沫。他們越往下墜，泡沫變得越巨大。克里士看見其中一個泡沫，非常特別地發出明亮的藍光。機器加快速度，像這團光亮飛去，速度越來越

快；他有種奇怪的感覺，覺得自己就要墜毀在這個泡沫
中……（麥克‧克萊頓，2002：202～203）

　　這一段是描寫考古學家進入傳送機被傳回到中古世紀法國
的情節，文本中運用大量的比喻手法來描寫進入一個未知領域
的情形，刻畫得十分細膩，很容易在讀者的腦海中重現畫面，
猶如身歷其境一般。從科幻小說作家腦海中的想像延伸到讀者
的腦海中，全都是靠想像力的運作（幻想著自己被上帝接引到
天堂的情形）。因為越豐富的想像力運作就能使用越大量的比
喻手法，進而呈現出一個豐富的畫面，也就越容易取信於讀者
（也可說是作者權力意志的延伸）。

　　再看由德國法蘭克‧薛慶（Frank Schatzing）著的《群》，
書中講述人類肆無忌憚的破壞大自然、汙染海洋，藏在海洋
深處的高等智慧群體Yrr（作者虛構）開始有了行動，決定有
計畫、有策略地撲殺人類。牠使用了現代化的海洋物理、化
學、生物、地質知識，讓巨量的冰蟲進入甲烷冰層內釋放二氧
化碳，引發大陸棚崩塌，造成巨大的海嘯，毀滅歐洲沿岸各
國，並用數層細胞膜形成巨大的管子引導火山附近的暖水去擾
亂海洋中的溫鹽梯度，藉此停止墨西哥灣流，截斷地球熱平衡
的輸送，以造成氣候的改變。利用公共衛生的觀念設計帶毒藻
素的螃蟹進入紐約下水道系統中，造成無法控制的瘟疫恐慌。
用簡單的水母堵塞引擎冷卻系統，讓配備高科技衛星、聲納設
備的船艦，變成海上漂浮的木頭，附著在座頭鯨、虎鯨腦中控
制牠們攻擊船隻……作者運用了大量的生物知識，費洛蒙、化

學分子溝通、細胞膜特殊受體、離子管道、DNA植入、網路神經元、細胞凋亡現象、控制其他生物的思想行為、結合或分散自己的形體、集體記憶和思想複製，來描繪這些單細胞生物（Yrr）的所作所為（法蘭克・薛慶，2007：901方力行導讀），這無疑是充滿想像力的。由此可見，這是深植在創造觀型文化下的作者所構設出來的科幻小說。然而，這部《群》還有一個特殊的地方，作者傳達出人類不該破壞大自然，看似相通於應該諧和自然的氣化觀型文化思維：

> 然而世上還是有希望，首先就是我們重新思考自己在這個星球上扮演的角色。人們試圖理解生物的多樣性，以便徹底清除階級制度，體會大自然為一的法則，看清萬物之間的真正關係。畢竟，我們與自然的聯繫是我們繼續生存下去的關鍵。人類可曾想過，一顆耗損枯竭的星球對後代會產生何等心理衝擊？眾所周知，其他物種的生存對人類的心智健康影響甚鉅。我們的心靈渴望森林、珊瑚礁和豐饒的大海、潔淨的空氣、清澈的河流和海水。如果我們繼續傷害地球、毀滅豐富的生物，我們就是在破壞一個複雜的系統，我們既無法解釋，也取代不了這系統。被人類切掉的東西，再也無法復原。我們能放棄自然這巨大網絡中的哪一部分而繼續生存，誰能告訴我們？萬物相連之鑰，有賴大自然繼續保持完整無缺。我們人類已經犯過一次錯，逾越了規矩，差點被這張生物之網除名。此時戰火停了。不管Yrr會得出什麼結

論，我們都要盡全力讓它們簡潔明快的下決定……（法蘭克・薛慶，2007：898～899）

因此，我們可以說《群》這部科幻小說是以創造觀型文化的筆調，寫出類似氣化觀型文化的思維；但是它仍然有要依賴科技來拯救生態災難的構想（分析Yrr的成分，試圖研發病毒殺死此一物種，只是最後失敗了），這就不關氣化觀型文化了。

第三節　中方科幻小說源自但憑內感外應的氣化觀

對比於西方的科幻小說，中方的科幻小說讀起來就明顯感覺場面、格局小很多，這並不是我們的科幻小說作家缺乏創作的想像力，而是根源於所屬氣化觀型文化的關係。中方的氣化觀型文化信守人由精氣化生，死後回歸精氣，並沒有另一個世界（天國）令我們想望（詳見圖4-1-1），所以我們只能藉由外在的景色、事物來觸發內心的情感，這就是所謂的「內感外應」。因此，中方的科幻小說題材大多圍繞在人與人之間的關係，科學技術的運用只是陳述事件的一種手段，描寫的主軸大多是「科技發展」與「人性」的衝突。這種現象同樣也發生在中方的科幻電影上，舉例來說近期電影《未來警察》雖包裹著科幻的外衣，實際上仍是圍繞在親情、愛情上，科幻只是一種表達的方式而已。

我們從更深的層面去探析原因，西方對生命是線性觀的，人在世上只有一世，肉體死後靈魂不是回歸天國就是下降地

獄；為了避免墮入地獄就必須在這僅存的一世裡創造一番事業以期待上帝看到他的成就而被引渡到天國。那創造一番事業的方式有很多種，科學家試圖去研發奈米技術、運動選手爭奪奧運金牌、文學家創作大量作品、商人製造大量財富……每個人都需要發揮創造力在各自的領域裡奪得第一，因此西方人創造力相對豐富，科學幻想濃厚；中國對生命是非線性觀，生死是輪迴，沒有唯一真神可以榮耀也就沒有像西方那麼明確的目標。中國崇尚自然，與自然取得和諧，對科學的態度相對的就沒有追根究柢的慾望，也沒有創新的欲求。而且在氣化觀的社會裡，人與人生活在交織的網絡裡，太過創新凸出會遭受旁人異樣的眼光，因而不見容於團體，所以也就不願去創新改變。

因為中西文化在本質上的差異，所以在科學幻想上就有相當程度的差異。科幻小說的題材也有迥然的差別：西方科幻小說的題材大多著重在提供新知、想望未來、冒險遊記、預設外星生物入侵；而東方科幻小說題材則偏重在關懷人群、探討人類前途問題、藉由科幻的外衣對宇宙人生作省思。

> 九歌出版社的現代兒童文學獎，也常以科幻作品入圍或得獎，形成了臺灣　科幻文學追求「文以載道」，不與通俗文學合流的傳統；21世紀初的今天回顧過往，臺灣科幻文學從1980年以來的一大特色，表達了生態環保概念與反烏托邦思潮──包括探索科技發展帶來的負面影響與反省。（黃海，2007：142）

　　試舉幾個例子，宋澤萊的《廢墟臺灣》（宋澤萊，1986）內容描寫核能電廠災變和電視洗腦，透過小說讓我們反省核能的必要性；劉臺痕的《五十一世紀》（劉臺痕，1993）描寫臭氧層破壞後，人類躲到地底生活，綠色植物因而滅絕、疾病反撲；許順鏜的〈外遇〉（許順鏜，1988）描述電腦受邪惡人性的挑戰慫恿下，不斷發出「必須友善人類」的訊息來抵抗人類的不當使用，這讓我們反省科技倘若為人類不當使用下的後果。經由黃海的觀察臺灣三十年來的科幻文學，都不知不覺以生態環保與科學技術的善惡為探索主題。

　　在文旦的科幻小說《冰戀》中，描述著十一個人性衝突與矛盾的故事。其中〈黑白山茶花〉描寫在一個時光旅行已經是家常便飯的年代，一對男女相戀，男生在約定終身前夕猶豫了，乘著時光機飛到十五年後偷偷觀察女主角，發現女主角身材肥胖、面貌醜陋，立刻回到現代解除婚約，雙方和平地分手。直到十五年後，男主角才意外發現原來是他自己解除婚約造成女主角罹患憂鬱暴食症，男主角看了她身材發福、暴飲暴食才解除婚約。時光機只是呈現人性衝突的一個配件，主要還是著重在人與人之間的關係（情愛）。文本中男生在追求女生時並不像西方小說運用大量的比喻手法來形容愛人，呈現的是含蓄內蘊的情感：

　　　　她一笑，連亂翹的頭髮都柔軟下來，我的問題之一立刻
　　　　有了答案：她刁蠻的面具之後藏著無盡的溫柔，那溫柔
　　　　比刁蠻更具殺傷力。整晚我用盡心思博得她的每一個笑

容，從此這些笑容就像失神者的妄夢，不時造訪我因愛戀而狂癲的脆弱神經。（文旦，2003：14）

〈紡錘開關〉描述男女主角發明一項科學新技術，藉由打開紡錘開關可以大大增進猿類的腦細胞活化，使得猿猴的智力到達大學生的程度。企業看上這種技術想試驗在人類身上，引發男女主角對這種新技術的疑慮：

我雖然說服了素娟出售紡錘開關的專利，卻沒有完全說服我自己。如果人類只有一部分人變聰明了，這些人真的不會去奴役那些腦力平凡的人嗎？就算所有使用者都能變成天才，可是紡錘開關的製劑極為昂貴，那麼就只有有錢的人能買得起這種超級腦力，當錢的威力足以壟斷智慧的時候，這會是一個怎麼樣的世界？就算是有一天紡錘開關普及全人類，我們真的需要這麼多智商兩百的人嗎？這些人在成為超級物理學家、超級電腦菁英的時候，也有一批人正在成為超級恐怖分子和超級犯罪專家吧？（文旦，2003：94）

故事的主軸還是圍繞在人與人之間的關係，關心的是科學技術的發明會不會引發不可預知的可怕後果。科學發明沒有道德標準，只有運用的手段有道德標準，科學家可以只顧發明，但是卻沒辦法顧慮到發明後人類應該如何面對或運用這項新技術，這會造成一種不可預知的局面，而氣化觀型文化所關懷的就是人性與科技發明造成的衝突。

　　在〈等你三十年〉這篇中描述在近未來的時代，可以藉由冷凍技術把罹患不治之症的患者持續冰凍保持生命直到發明疫苗為止。故事中的女主角王韻雪就是在這種新技術下被救活，而救活她的人正是她的初戀情人陸逸槐。王韻雪還是停留在三十年前青春年少的心靈與肉體，而陸逸槐則已經成家立業邁入中年的成人。在陸逸槐的內心深處產生初戀情人與相伴二十年的老婆的抉擇衝突：

　　　　這兩個美好的女人，一個像乾柴上生起的烈火，一個像生生不息的燼火，隨時有把我燒成灰燼的危險，我的神經簡直像取代拔河繩索的細線，緊張得眼看就要崩斷。正在這欲享齊人之福又沒有膽量，想慧劍斬情絲又缺乏勇氣的關卡上，王韻雪逼我作下最後的決定。
　　　　……
　　　　在秀滿的調養之下，韻雪美得令人情不自禁，她對我更是新戀舊情無法自拔。在廚房裡，她攀上我的肩給我熱情的一吻，我撫摸著她那顆明亮的黑痣，我吻著她那窪深深的酒窩，這裡藏著我眷戀三十年的醇酒蜜液，我陶醉了，她卻嬌笑起來：「這酒窩是假的，我考上北么那年，我爸發了財，他讓我去生生整型醫院挖了這個酒窩。」難怪有人說真的酒窩是笑時才出現的，像秀滿那樣的。王韻雪這酒窩竟然是假的，就像逸槐、Yvette這些空中閣樓的名字一樣，都是假的！（文旦，2003：112）

　　在文本中對科學技術著墨不多，帶來的反而是人性愛情的衝突，人生在世難免一死。如果運用科學技術無限延長人的生命，這種破壞自然和諧的方式勢必會造成氣化觀型文化下的人的困擾（塵世／靈界的失調）。以現階段的科學醫療技術的進步速度，我們勢必會面臨這種狀況：藉由科幻小說作品讓我們反省是否竭盡所能的發展新技術，又或者暫緩發明的腳步來釐清人生的價值。

　　在〈第二個上帝〉這篇中人類已經絕跡，取而代之的是自以為是人類的界面人（由人類造出來的生化人），界面人活著並沒有重大的人生意義，就只是活著。其中一個界面人繼承了上古人類的自我知識與人生經驗，立志要復活真正的人類：

> 萃取古人類遺骸體內的遺傳物質DNA，把這種DNA移入其他動物的胚胎細胞核內，古人類的復活就指日可待了。古強冬問：「為什麼用古人類？用二十三世紀後具有超智慧的人類不是更好？」「因為這種超高智慧正是人類絕種的原因。二十三世紀的基因躍進並非自然發生的，而是人造的。人類是無法滿足的動物，他們總是要更好看更強壯更聰明，他們用基因改造來實現這些夢想的同時，也無意間改造了人類對抗普通感冒病毒的基因，他們像自焚的蛾蛺，終於全部毀滅。」（文旦，2003：167）

　　在〈二八六駭客〉中一個守舊、念舊的男人在內心中默默對抗著時代快速的變遷，卻怎樣都無能為力：

不是我老頑固，手機是一項令人討厭的發明，真有那麼多非隨時隨地說不可的話嗎？這三個不到二十歲的年輕人有一個共同點：都各提著一個手提型電腦。電腦！電腦！誰料得到一個不過在0與1之間徘徊打滾的東西，會是劃時代的產物，也是深沉代溝的無形巨斧。（文旦，2003：172）

在〈父子的定義〉中人類利用細胞複製技術，再透過母體懷孕，產生父親就是兒子的窘境，人倫關係徹底被打破：「祖父也算是父親，父親和自己一樣，姊姊也可以說是女兒，未出生的小女孩到底是自己的女兒還是妹妹。」（文旦，2003：220）這就是恣意運用科技的後果：其中還隱藏了一段反諷：

如果有人問我二十世紀末最偉大的發明是什麼，我一定毫不遲疑的答是電腦網路。在這個知識速成的時代，電腦網路上可以找得到一切浮面的資訊，在這個人情淡薄的社會裡，人們可以在網路上溝通而不必研究對方的表情。像我這種自封為高級知識分子卻又懶得專精學問，怕寂寞又不願意投資感情的人，電腦網路自然成了我的救星。（文旦，2003：201）

以上這三篇都屬於氣化觀型文化下面對新科學技術所產生的困惑，呈現出「內感外應」的寫作風格。再看張之路的《非法智慧》，文中描述科學家發明超微電腦晶片取名為「七星瓢

蟲」，藉由「七星瓢蟲」可以提升人類的智力，但是這種技術卻為壞人所利用，藉由無線電波控制植入晶片的人的行為，造成不可挽救的後果。（張之路，2001）對比於西方科幻小說，《非法智慧》還是沒辦法跳脫侷限在人與人的關係，無法呈現像西方馳騁想像力的科幻小說。然而，這就是中方科幻小說的特色，所呈現的是面對外在的狀況（科技的發明），內心所產生的情感（人性的衝突）：

> 他不甘於兒子的「平庸」，他要讓兒子「優秀」，他想讓兒子「思維敏捷」、「過目不忘」；讓兒子「博學多才」；讓兒子「才華橫溢」、「出類拔萃」……（張之路，2003：304）

　　這就是中國傳統「望子成龍，望女成鳳」的觀念，當欲望大於理智，妄想運用科學技術來改變自然規則，最後造成無法抹滅的傷害。張之路在面對電腦網路快速發展的年代，預先想到先進技術如果使用不當會造成不可預期的後果。文末呈現出他的思考，也值得我們作為借鏡：

> 今天，我們所有的人就像坐在一輛飛馳的跑車上。我們都已經不由自主，唯恐自己從上面掉下來，唯恐自己跟不上時代。可是我們到底要去哪裡？我們要去幹什麼？我們說不清楚！我們根本沒時間來思考！人類離自然越來越遠！科學和道德理想的關係已經成為了一個未知

數！人類的知識能不能給人類帶來幸福？今天，當我們到連續不斷的動盪不安，把人、社會、自然環境的不安全都展現在我們面前的時候，我們是應該考慮科學人性化的問題了。有些東西我們有能力去做，但是我們不應該做，就像許多年前我們可以製造核武器進行戰爭；我們可以用水銀提煉黃金；我們可以用DDT農藥殺蟲。可我們最後決定不去用這些最終毀滅人和環境的東西。如今，令人眼花撩亂的嶄新的科學技術潮水般地向我們湧來。如果我們沒有人性化的思考，人類終究會有一天遇到自己製造出來的天大的災難！尤其當這種技術掌握在陰謀家手中的時候⋯⋯（張之路，2001：375～376）

第五章　西方科幻小說的文化性舉隅

第一節　英雄歷險的系統內部差異

　　科幻小說源自於西方科學技術對現實的衝擊所交織而成的一種想望，到現代科學技術持續不斷翻新，也造就西方人憧憬未來世界的想像，只要科學技術沒有停滯，這種對未來世界的想望也就不會停止。由大量的科幻小說和好萊塢商業科幻片的熱門程度，就可以看得出這種風潮已經由西方世界傳入傳統的中方和佛教世界。西方科幻小說和電影再搭配資本主義後，更是以一股銳不可擋的力量席捲全球。科幻小說的題材範圍非常廣，甚至每一部科幻小說都可改編成熱門的科幻電影，要如何在眾多的科幻小說中選擇數本以為文化區別作用，就要根據題材的內容選擇一種單一標準來分析西方科幻小說。

　　在陳瑞麟〈科幻與哲學的親密關係〉中提出科幻創作的常見情節歸納出十種模式：

（一）對科技創造的曖昧心態：人類試圖創造新事物卻又恐懼新事物，如《科學怪人》；（二）驚異的冒險旅程：使用高科術產品而經歷一段冒險犯難的過程，如海萊因（Robert A. Heinlein）的《4-71》；（三）超越現實的障礙進入新的維度中（包括外太空、異世界、內心的精神世界等等）：特別著重在不同於現實裡解的「異維度」或「異世界」中，人物非比尋常的遭遇，如科幻電影《聯合縮小軍》中的人體世界、又如電影《無底洞》中的心靈世界；（四）與異型生物遭遇：著墨在遇到過去所不曾遇過的有力或有智慧、善或惡的生物，此類例子太多了，《外星人》、《異形》等等都是；（五）科學家的角色刻畫：創造科技產品的科學家，有什麼性格？究竟在什麼情況下產生驚人的創造？與其創造物的互動又如何？如《科學怪人》、電影《透明人》（Hollow Man，1999）；（六）人類創造物或智能機器的角色刻畫：有力機器或智能機器乃是人類（科學家）的創造產物，如果它有智能意識，會怎麼面對自己的角色？如艾西莫夫和席維伯格的《正子人》，艾西莫夫的「機器人」系列；（七）人面對人為創造物或生化機器人：生化機器人是當前人類科技最可能在未來創作出來的人造產物，他們會如何與人類互動？如電影《銀翼殺手》、《A.I.人工智慧》，身為創造者的科學家角色、被創造物的角色以及人類和被創造物的互動，可說是三合一的典型科幻情節；（八）超大型城市環境的描繪：龐大的城市是科技的象徵，如艾西莫夫的《鋼

穴》中的地球超大都市、《基地》中的銀河帝國首都川陀
（Trantor）；（九）烏托邦的追尋與反烏托邦的省思：最
好的社會憧憬與描繪是烏托邦，想像中的最好社會的幻滅
與恐懼則是反烏托邦，此為科幻創作的經典類型，如赫胥
黎（Aldous Huxley）的《美麗新世界》、克拉克（Arthur
C. Clarke）的《童年末日》；（十）天啟的人類命運或人
類終局的描繪：人類命運揭示，要不是福音就是滅絕，如
克拉克的《童年末日》、張草的「滅亡三部曲」。（葉李
華主編，2004：29～30）

　　雖然科幻小說題材類型涵蓋了陳瑞麟歸納的十種，但是因
為標準不一，以致於無法對西方科幻小說的文化性有所區別，
所以必須尋求一種單一標準來作界定。在范伯群、孔慶東主編
的《大眾文學的15堂課》中提到：

幻想性文學可以分為多種，大多起源於《聖經》。《聖
經》中有許多明顯的幻想成分，《舊約》裡的「摩西
奇蹟」和一些戰爭，《新約》裡的耶穌的一些「特異功
能」，都是如此。西方文學裡有一類專門的「烏托邦文
學」，如柏拉圖的《理想國》，托馬斯・莫爾的《烏托
邦》……雖然不是「科幻」，但反映出西方人對理想生活
的嚮往。擬遊記小說，是西方文學裡的一大類。西元150
年，古希臘盧西恩的《真實的故事》，寫在月球上發現的
智慧生物。文藝復興之後，擬遊記小說更是興盛一時。賽

　　　　凡提斯的《唐吉訶德》，開普勒的《夢》，希拉諾的《日
　　　　月──兩個世界的旅行》，笛福的《魯賓遜漂流記》，斯
　　　　威夫特的《格列佛遊記》，伏爾泰的《麥克羅梅嘉》等
　　　　等。這些擬遊記小說大都體現了一種探索更廣闊的世界的
　　　　願望。（范伯群、孔慶東主編，2010：234～235）

　　這一段話中提到了兩個重點：西方科幻小說題材大多跟基
督教和擬遊記有關，但是還是缺乏明確的分類標準，因此我們
必須尋求更精準的區分依據。

　　在克里斯多夫・佛格勒（Christopher Vogler）的《作家之
路──從英雄的旅程學習說一個好故事》裡提到：所有的故事
都包含幾項在神話、童話、夢境與電影中都找得到的基本元素
──「英雄旅程」。神話學大師坎貝爾（Joseph Campbell）發
現所有的神話講的都是同一個故事，並且以各種不同的面貌
被一再傳頌。而所有故事的敘述方式，無論有意無意，都依循
著古代神話的模式。這個看法和瑞士心理學家卡爾・榮格不謀
而合。榮格對「原型」的描述是：反覆出現於人類夢境，以及
各類文化中的神話角色或精神力。這些原型會反映出人類不同
層面的思維，而每個人的性格會自行分成各種角色，演出自己
的戲劇人生。因此，以神話模式為架構的神話和大多數的故事
中，都有心理事實的特質。（克里斯多夫・佛格勒，2009：
26～28）該英雄旅程分成十二階段：

　　（一）平凡世界：大部分的故事中，英雄都是從平凡無奇
　　　　　的世界前往陌生的「非常世界」。《綠野仙蹤》的

桃樂絲在闖入神奇的奧茲國前，是一個住在堪薩斯州，過著單調而平凡日子的普通女孩。

（二）歷程的召喚：英雄遭遇困難或冒險，一旦接到歷程的召喚，就不能再留在平凡世界了。在《福爾摩斯》的偵探故事中，只要一有刑案發生，私家偵探被要求出馬展開新任務，就是歷程的召喚。

（三）拒絕召喚（不情願當英雄的英雄）：這和恐懼有關，英雄在面對冒險時，不見得是心甘情願的。《星際大戰》中的路克一開始拒絕了歐比王召喚他上路冒險的要求，但後來牽連到叔叔嬸嬸，害他們被帝國風暴兵殺害，路克無法置身事外，才挺身歷險。

（四）師傅（智叟）：神話故事中常出現的英雄與恩師間的關係，象徵著父母與孩子、老師與學生、醫生與病人、神祇與凡人的聯繫。像《睡美人》裡的好女巫在壞女巫下了惡毒咒語之後，將睡美人被預言死亡的咒語減輕為沉睡一百年。

（五）跨越第一道門檻：英雄故事在此正式展開，開始歷險。像是《比佛利山超級警探》的英雄佛里，決定違抗長官命令，離開底特律的平凡世界，踏入險境，到比佛利山的非常世界，調查朋友命案。

（六）試煉、盟友與敵人：英雄跨入險境後，通常會遇到新的試煉，結交盟友，樹立敵人。比如在《綠野仙蹤》，桃樂絲結交了稻草人、錫樵夫、獅子為友，但也和魔法果樹園中性格乖張的大樹為敵。

（七）進逼洞穴最深處：英雄到了最危險的地方，就要節
　　　節進逼，包括對抗死亡或到大的險境。在亞瑟王的
　　　故事裡，洞穴最深處就是危險的教堂，也就是藏匿
　　　聖杯的地方。

（八）苦難折磨：英雄與自己內心最大的恐懼交戰，可能
　　　會面對死亡或是敵方一觸即發的對抗。這是故事中
　　　關鍵的時刻，歷經苦難的英雄一定得看起來活不
　　　成，才能重生。像《白雪公主》吃了毒蘋果後，昏
　　　倒在地，好像死了一樣。

（九）獎賞（取得寶劍）：英雄逃過死亡，尋覓到追尋已
　　　久的寶貝，或是掌握了知識和經驗。《星際大戰》
　　　中，路克救出莉亞公主，破壞死星的陰謀，這是他
　　　擊敗黑武士的關鍵。

（十）回歸之路：在回歸路途上，寶物被英雄取走，敵對
　　　勢力想報復，還在後面窮追猛打。像是《外星人》
　　　中，艾略特和外星人在月光下騎著腳踏車升空，逃
　　　離糾纏不休的政府官員。

（十一）復甦：在古代，獵人和戰士因為手上沾染了血腥，
　　　　　所以在歸返部族前必須淨身。歷盡千辛外苦的英雄
　　　　　一定會重生，並遭受最後一次死亡與復活的考驗，
　　　　　然後回到平凡世界。《哈利波特》系列故事都有這
　　　　　個狀況，哈利波特眼看就快沒命，卻奇蹟生還，每
　　　　　經歷一次磨難，還變得更強。

（十二）帶著仙丹妙藥歸返：英雄回到平凡世界，一定要
　　　　從非常世界帶點寶藏或是寶貴經驗回來，才是有
　　　　意義的旅程。像《綠野仙蹤》的桃樂絲最後了解
　　　　到家是最溫暖的地方；外星人ET帶著溫暖的友
　　　　誼回到自己的星球。（克里斯多夫・佛格勒，
　　　　2009：33～44）

以上這十二階段，可以圖示（如圖5-1-1）：

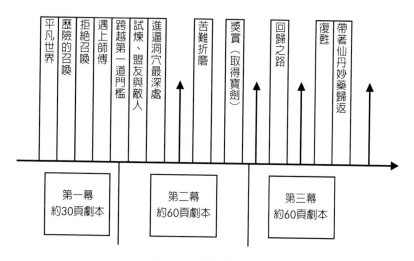

圖5-1-1　英雄模式旅程

（資料來源：克里斯多夫・佛格勒，2009：31）

　　英雄歷險旅程是西方小說的一種常見模式，這是根源於西
方人崇拜上帝、媲美上帝，所構設每個人要成就一番事業必須經
歷的一段啟蒙旅程；在成就英雄美名之前必須遇到許多磨練與困
境，最後突破難關，才能夠成為一個英雄。根據基督教的教義：

「原罪」：基督教重要教義之一。為人類的始祖亞當和夏娃受造後被置於伊甸園，因受蛇誘違背上帝命令吃了禁果，這一罪過成為整個人類的原始罪過，故名。認為此罪一直傳至亞當的所有後代，成為人類一切罪惡和災禍的根由；即使是剛出世即死去的嬰兒，雖未犯任何罪過，但因具有與生俱來的原罪，故仍是罪人，需要基督的救贖。（任繼愈主編，2002：708）

「救贖」：基督教主要教義之一，認為由於人類的始祖犯罪，致使整個人類都具有與生俱來的原罪，且無法自救，既犯了罪，便需付出「贖價」來補償，而人又無力自己補償，故上帝聖父差其獨子耶穌基督為人類的罪代售死亡，流出寶血，以贖相信者的罪。關於「贖價」究竟付給誰？歷代教父見解不全相同，奧古斯丁認為人既犯了罪，便是魔鬼的奴僕，為贖其脫離魔鬼的奴役，便由耶穌的血作為「以重價買回」者。安瑟倫認為人犯了罪，便向上帝欠下了債，自己無力償還，耶穌的血乃是代向上帝償付的贖價。（同上，754）

「得救」：基督教教義用語。該教認為世人都有罪，故皆應沉淪地獄，無法自救；但如信奉耶穌基督，便能得到救贖，稱為「得救」。認為不得救者不進天堂；得救者死後靈魂可進入天堂享永生。（同上，782）

英雄啟蒙旅程的過程就好比人類犯了原罪，尋求救贖，最後救贖成功。在救贖的三階段論：犯錯知錯、尋求救贖、獲

得救贖，是西方人所嚮往的。但如果沒有被救贖成功就會形成二階段論：在電影《我倆沒有明天》裡雌雄大盜克萊‧巴洛和邦尼‧派克，並不希望過了平凡無奇的人生，率領幫眾搶劫銀行，他們追求名利，享受人生，最後被亂槍打死，這就是沒有獲得救贖的結果，但這也留給觀眾更多思考的面向（並不一定尋求救贖就能獲得上帝的愛憐而上天堂，有可能必須承擔自己的罪過而自食惡果）。當然在英雄啟蒙旅程的模式裡，大多是屬於犯錯知錯、尋求救贖、獲得救贖的三階段論。

西方科幻小說也依循這種模式寫作。舉例來說，約翰‧克里斯多夫（John Christopher）的三腳四部曲──《白色山脈》、《金鉛之城》、《火焰之池》和《三腳入侵》裡的主人翁威爾原本是個平凡無奇的少年，受到自由人的感召才明白原來三腳是來占領地球、奴役人類的外星生物，於是擺脫加冠的儀式（三腳控制人類的方法）和兩個同伴踏上掙脫三腳與反抗三腳的旅程。在這段艱辛的過程中，威爾經歷了非常人能忍受的痛苦，使他改變了衝動的個性成為一個有智慧的人，最後幫助反抗軍摧毀了外星人的基地，使所有人類重獲自由。（約翰‧克里斯多夫，2006a；2006b；2006c；2006d）這是一個非常典型的英雄歷險旅程：受感召、歷經磨練、成就英雄美名。在這個故事裡「追求自由、不受奴役」貫穿全文，歷經的痛苦與磨難都是為了這個目的，這就相應了西方創造觀型文化為了贖罪必須經過一番歷練，最終破壞外星人的計畫，解放地球使人類重獲自由，就相應了獲得上帝的救贖重回天堂。

　　再看科幻電影《駭客任務》，也是循著英雄歷險的模式進行。影片中的主角尼歐原本是個平凡人，經過莫菲斯（師傅）的解說才認清自己一直活在虛擬世界中。經過莫菲斯的調教，尼歐終於變成可以獨當一面的救世主，在對抗機器帝國的過程中，尼歐愈戰愈勇，最後率領殘存的人類打敗電腦人，解放世界。這也是一個非常典型的英雄歷險旅程：尼歐原本平凡無奇，卻被深信救世主傳說的莫菲斯所救，過程從不相信自己的能力到認定自己就是救世主，尼歐必須從各種磨練中來成長自己的能力，最後他就像上帝一般拯救了所有人類。

　　因此，我們可以用英雄歷險旅程來含括西方科幻小說，所選出的艾西莫夫的《正子人》、海萊因的《4＝71》、威爾斯的《時間機器》和凡爾納的《海底兩萬里》正可以驗證西方科幻小說的英雄歷險模式。艾西莫夫、海萊因、威爾斯和凡爾納正是西方科幻小說的代表作家，他們的創作數量的非常多，其中《正子人》、《4＝71》、《時間機器》和《海底兩萬里》分別代表身體歷險模式、超地域歷險模式（未知領域）、時間歷險模式和地域歷險模式（已知領域）。其餘的西方科幻小說題材因為礙於篇幅的關係所以只能略微提到，沒辦法作深入的討論。以下便依西方科幻小說的英雄歷險模式作一簡圖（圖5-1-2）。

　　然而，我們必須了解造成西方科幻小說模式的創造觀型文化有其盲點，這盲點就是從基督教的「原罪」觀念而來。基督教為招徠信徒所以在教義裡加入「原罪」的教條，此教條導致必須尋求救贖以便重回天堂而出現明顯的「塵世急迫感」。這種急迫感的「積重難返」，就是到了16世紀宗教改革後新教徒（並一起

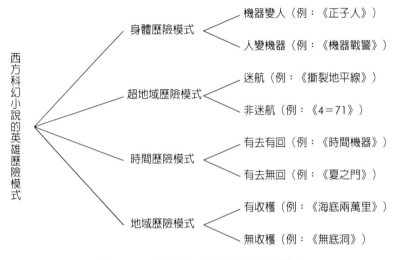

圖5-1-2 西方科幻小說的英雄歷險模式

「刺激」帶動舊教徒）的相關反應的「逾量」表現：新教徒脫離天主教教會後所強調的「因信稱義」觀念，逐漸演變成要以在塵世累積財富和創造發明（包含哲學、科學、文學、藝術等等建樹翻新）來榮耀上帝或當作特能仰體上帝造人「賜給他無窮潛能」的旨意而不免躁急蹙迫；尤其在資本主義和殖民主義隨著矯為成形後，更見這種「過度的煩憂」。（周慶華，2007b：243）而它可以透過列圖（圖5-1-3）來看出「整體」的型態。

對新教徒來說，「優選觀」是在他們漸次締造現世巨大成就以武力殖民取得支配優勢後才滋生出來的；而這一觀念既然定型了，相伴的殖民災難就隨後四處蔓延，一直到今日仍未稍見緩和。新教徒所以要有累積巨大財富的現世成就，一方面是想藉它來尋求救贖（冀望可以獲得上帝的優先接納而重回

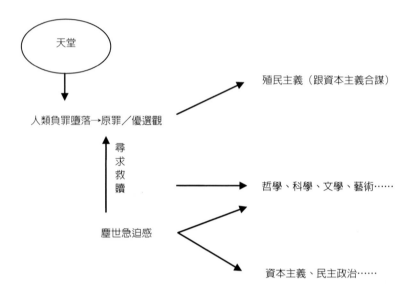

圖5-1-3　創造觀型文化「塵世急迫感」關係圖

（資料來源：周慶華，2007b：243）

天堂）；一方面則是想展現自己的本事而媲美上帝的風采。此外，新教徒所認為的為社會謀福利（創造更多的物質財富）一事，明顯是基於「自利將促進物質福分的增加」這個理念，但它所以可能是建立在「塵世是短暫的，不值得珍惜」（可以無止盡的開發利用；即使耗用完了也不足惜）的前提上；而這已經衍生成地球的資源日益枯竭，且因科技不斷發達所帶來的汙染、臭氧層破壞、溫室效應、核武恐怖、生化戰爭風險等後遺症無法解決。（周慶華，2007b：243～244）

　　或許有人認為研究科幻小說竟然扯到資源耗竭、環境汙染問題，太過遠也太過沉重了。其實不然！這是關於深植人心的文

化問題，「科學技術引發科幻想像，科幻想像造就科學技術」這都是一體兩面的相互關聯。身處在氣化觀型文化的我們必須研究分析這個潛在的問題，才有辦法阻止這種加速地球破壞的嚴重後果，不然今日的作為將由我們和我們的後代來承擔。

第二節　艾西莫夫《正子人》的變身歷險

在分析艾西莫夫的《正子人》之前，必須先對艾西莫夫的身世背景和所處文化有些了解。艾西莫夫是猶太裔美國人，生於前蘇聯，三歲時隨父母移民美國，定居紐約市。雖然身為猶太人，他卻始終不能算是猶太教徒，後來更成為徹底的無神論者。未滿十六歲，艾西莫夫已完成高中學業，進入哥倫比亞大學攻讀化學。他於1948年獲得化學博士學位，次年成為波士頓大學醫學院生化科講師；1955年升任副教授；三年後，由於太熱衷寫作，他不得不辭去教職，成為專業作家。

艾西莫夫與科幻結緣甚早，九歲時在父親開的糖果店發現科幻雜誌，便迷上這種獨具一格的文體，從此終身不渝。十九歲就正式發表一篇科幻作品，並開始創作他最有名的「機器人」系列；二十一歲時，發表了題為〈夜幕低垂〉（Nightfall）的短篇小說後，立時在科幻界聲名大噪，其不朽之作「基地」系列的首篇也在同年完成。

艾西莫夫除了寫科幻小說，也寫推理小說，非文學類作品寫得更多。他一生編寫的書籍近五百本，其創作力豐沛，產量驚人，而且文筆流暢，平易近人，更難能可貴的是始終質量並重。

他所以如此多產，除了天分過人、記憶力超強之外，更因為他熱愛寫作，視寫作為快樂的泉源、生命中最重要的一件事。他是個勤奮的作家，就連住院時只要病情稍為穩定，也會在病床上寫將起來。他不喜歡旅行（因為有懼高症，他幾乎沒搭過飛機），也沒其他嗜好，最大樂趣就是窩在家裡寫個不停。

二十世紀四〇、五〇年代，艾氏的作品以科幻為主，重要科幻著作泰半在這個時期完成，包括「基地」三部曲、「帝國」三部曲，以及「機械人」系列的《我，機械人》（I, Robert）、《鋼穴》（The Caves of Stell）與《裸陽》（The Naked Sun）。1957年，前蘇聯發射世界第一枚人造衛星，美國大感震撼，艾氏遂決心致力科學知識的推廣。

在人文科學方面，文學、宗教、歷史、地理等等題材，他也一律不輕易放過，而且經常下筆萬言，洋洋灑灑。其中最著名的有《聖經導讀》、《莎士比亞導讀》等，是上知天文、下知地理，文理全才的百科全書派。

艾西莫夫著作逾身，他曾贏得五次雨果獎（Hugo Award）與三次星雲獎（Nebula Award），二者是科幻界的最高榮譽。其中尤以1987年的第三次星雲獎最為特殊，那是他以終身成就榮獲的科幻「大師獎」。除了科幻創作，他也寫科幻評論、編纂過百餘本科幻選集，並協助出版科幻刊物。以他的大名為號召的《艾西莫夫科幻雜誌》，是美國當今數一數二的科幻文學重鎮。

艾氏晚年健康狀況相當差，到最後根本寫不了長篇小說。聰明的出版商就突發奇想，建議他選出最心愛的短篇舊作當骨架，和另一位美國科幻小說作家席維伯格（Robert Silverberg）協

力，擴充成有血有肉的長篇科幻小說。艾氏非常喜歡這個構想，於是不久之後，他的三篇最愛*Nightfall*、*The Ugly Little Boy*與*The Bicentennial Man*，先後脫胎換骨成三本精采萬分的科幻長篇《夜幕低垂》（*Nightfall*）、《醜小孩》（*The Ugly Little Boy*）、《正子人》（*Positronic Man*）。

席維伯格是美國籍知名科幻作家，畢業於哥倫比亞大學英文系，出版過上百本科幻小說，至今榮獲四次雨果獎與五次星雲獎。其科幻代表作包括短篇小說〈隱刑人〉、〈過客〉、〈太陽舞〉，長篇小說《荊棘》、《夜翼》、《玻璃塔》，以及和艾西莫夫合著的《夜幕低垂》、《醜小孩》與《正子人》。除科幻外，他還寫過多本歷史小說，以及考古學方面的著作。（艾西莫夫，2000：II〜IV）

《正子人》是艾西莫夫晚年的作品，故事中描述2027年機械人已被廣泛利用，在眾多機械人中一具擁有正子腦的機械人被送入洲議員的家中，它的代號是NDR113，但議員的家人們認為這樣念很拗口，就把它取名為「安德魯・馬丁」，從此安德魯就成了它的名字。在議員家人們的友善對待下，安德魯的電子路徑裡產生了某種變化，使它漸漸具有了類似人性的思考，它可以創作出細膩的木雕藝術品，也可以感受到類似人類的情緒（當它覺得開心時，電路會流得流暢些；當它難過時，電路會流得困難些）。當它漸漸發展出特殊的思考模式後，它對它的主人——洲議員提出一個史無前例的請求，讓它成為一個「自由」的機械人，不屬於任何人的機械人，當然它還是會服從機械人學三大法則：（一）機械人不得傷害人類，或坐視人類受到傷害而袖手旁

觀；（二）除非違背第一法則，機械人必須服從人類的命令；
（三）在不違背第一法則及第二法則的情況下，機械人必須保護
自己。

不過安德魯強調即使它成為首位「獲得自由的機械人」，
它還是會繼續服務洲議員一家人。最後在議員家人的支持下把
這份請願書遞交法院，經過一連串的辯論，法院總算承認了安
德魯是史上一位「自由」的機械人。爾後它開始穿起了衣服，
並被人類取笑，差點被拆解掉。從此以後它開始鑽研一切知
識，改造自己，使用生化器官，最後它了解到自己與人類最大
的差別在於它是永生的，不會死的。因此，它在自己的正子腦
上調整了介面，電位慢慢地流失掉，終於他成為了人類，以人
類的身分，無怨無悔投向死神的懷抱。

從這部科幻小說中就可看出西方創造觀型文化馳騁想像力
的特色。艾西莫夫塑造了擁有人類心靈的機械人——安德魯，
安德魯在經歷過身邊「親人」一個一個死亡後，終於了解到
自己跟人類最大的不同在於：自己是永遠不死的；人類必然會
死。但這樣的永生並不會使自己快樂，反而是一種遺憾。在讓
人類承認它的「人類」身分前，它必須把自己永生的能力去除
掉，才能使人類不會畏懼它的身分，也才可以接受它是人類。
這段話聽起來拗口，但簡單來說，安德魯出生為機械人，死時
卻為人類。這裡面隱含了兩種創新：（一）人類製造機械人
——安德魯，這是一度創新；（二）安德魯改造自己成為真正
的人類，這是二度創新。從這裡就可看出西方科幻小說家藉由
筆下的文字，創造出一個類似人類心靈的機械人，再由這機械

人二度創新創造出真人的企圖心。這反映出西方創造觀型文化試圖模仿上帝／媲美上帝的文化觀。西方傳統深受創造觀的影響而有了詩性的思維在揣想人／神的關係。詩性的思維是指非邏輯的思維（原始的思維或野性的思維），它以隱喻、換喻、借喻和諷喻等手段來創新事物，從而找到寄寓化解人／神衝突的方式（也就是試圖藉由文學創作來昇華人性中而解決人不能成為神的困窘的「化解」跟神性衝突的一種作法。（周慶華，2007c：15）西方人因為有這樣的想法所以一再地創新。例如科學一度創新：用以證明上帝的英明賦予人類聰明的頭腦，並用發明創造來媲美上帝；科學二度創新：促成科學幻想，科學幻想又提供科技改良的想法，相輔相成。

　　西方人在這裡得到的已經不只是審美創造上的快悅，它還有涉及脫困的倫理抉擇方面的滿足，直接或間接體現作為一個受造者所能極盡「回應」造物主美意的本事。（周慶華，2007c：16）《正子人》中的主角安德魯就是由人所創造的，人模仿上帝造人的本事，機械不再只是機械，而有了「人性」會去追求自己所想望的事物，這個機械「人」甚至一再地改造自己，實施各種手術來安裝生化器官，為什麼它不甘安於機械人的身分而一再創新改變？它要「回應」人類賦予它生命，再度創新，也模仿了上帝造物，創造了一個和人類一樣會生命消失殆盡的機械「人」。這樣的再度創新，體現了創造觀型文化的思維。綜合以上觀點，我們可以構成《正子人》的文化類型圖（圖5-2-1）。

　　《正子人》創造出具有人類意識、情感的機械人，表現出的美感是「崇高」的，在規範系統上是「模仿上帝／媲美上帝」，

創造觀文化

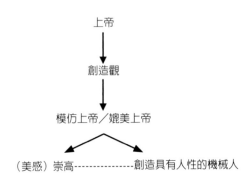

上帝

↓

創造觀

↓

模仿上帝／媲美上帝

（美感）崇高----------------創造具有人性的機械人

圖5-2-1 《正子人》的文化類型圖（一）

這是屬於「創造觀型文化」所特有的，而終極信仰當然就是「上帝」。

從文中科學技術的描寫也可體會到西方人特有的馳騁想像力，文中的正子腦、光電眼、氧化室、原子電池、模擬神經束、代謝轉換器……都是在想像上帝造人時應該呈現的情形，就像人類從母體的子宮中孕育而出，機械人也應該有蘊育出機械人的狀況。《正子人》是一「長篇敘事」，表現出的美感是「崇高」的，在規範系統上是「外鑠／馳騁想像」，這是屬於「創造觀型文化」所特有的，而終極信仰當然就是「上帝」，因此也可構成以圖5-2-2所示。

從英雄歷險的旅程來看《正子人》，剛好可以驗證基督教救贖的三階段論：犯錯知錯、尋求救贖、獲得救贖。機械人安德魯的原罪就是「安德魯是機械人而不是人類」，當它獲得周遭人類

創造觀文化

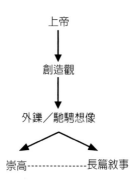

上帝

↓

創造觀

↓

外鑠／馳騁想像

崇高----------------長篇敘事

圖5-2-2　《正子人》的文化類型圖（二）

的關懷使它有了人性，而捉弄、歧視它的人使它了解為何人類不能接受它具有人性，於是它踏上尋求救贖之路──研究機械人歷史、改造自己的身體，最終獲得救贖──使它成為真正的人類。

倘若依克里斯多夫・佛格勒的英雄歷險旅程來分析《正子人》，則可構成以下階段：

（一）平凡世界：在送到吉拉德・馬丁洲議員家前，NDR113只是個平凡普通的機械人。

（二）歷程的召喚：自從NDR113進入馬丁的家庭後，他就擁有了一個新名字「安德魯」，和小姐、小小姐朝夕相處後，為了使小小姐開心，安德魯作了一個精緻的木工藝術品，因此它不再是平凡的機械人，而是擁有美感的「藝術家」。

（三）拒絕召喚：當小小姐日漸成長，安德魯都隨時隨地盡心地保護小小姐，對於小小姐安德魯有一份特殊的情感，文中描述「每回安德魯看著小小姐，喜悅與溫暖的感覺便會傳遍它的正子腦──他將這種感覺稱為「愛」。然而它又必須時時刻刻提醒自己：它只是個鉻鋼軀殼內裝有人工鉑銥大腦的機器；它沒有權力體驗任何感情，或是思考自相矛盾的觀念，或是進行其他任何專屬人類的複雜行為……」（艾西莫夫，2000）雖然它擁有人類的靈魂卻禁錮在金屬的軀殼內，似乎意味著安德魯害怕接受這份特殊的能力。

（四）師傅：在《正子人》中師傅的角色正是小小姐，她是安德魯的啟蒙老師，她啟發了安德魯的藝術天分，也讓它充分了解到它並不是一步尋常的機械人，並鼓勵它追尋自由。

（五）跨越第一道門檻：在經過一段長時間得深思熟慮後，安德魯終於下定決心告訴老爺它要贖回它的自由，這可是在機械人中史無前例的行為。從此以後安德魯踏上尋求救贖的道路。

（六）試煉、盟友與敵人：爭取自由的過程中，安德魯碰到許多麻煩，不信任它的人類認為機械人竟然不受人類的約束，想獨立自主。美國機械人公司認為安德魯是個找麻煩又不受控制的產品。不過，當然安德魯也得到小小姐和喬治的支持，進而繼續追尋它的自由。

（七）進逼洞穴最深處：在安德魯開始學人類穿衣服後，它
　　　受到人們的恥笑，不過它毫不氣餒，並開始研究機械
　　　人歷史來釐清人類與機械人的關係。

（八）苦難折磨：認清自己與人類的差別後，安德魯積極地
　　　研究生化器官，並說服美國機械人公司幫它進行改
　　　造、安裝。

（九）獎賞：經過一連串的升級與改造，安德魯獲得一具仿
　　　製人軀體，從此它可以呼吸、可以進食、可以代謝、
　　　可以排泄（雖然這些行為對它的機能沒有任何增進，
　　　但這對安德魯別有一番意義）。

（十）回歸之路：雖然安德魯的外表與一般人無異，但在它
　　　的老友眼中它依然是一具機械人，周遭的老友一一死
　　　去，唯獨它單獨活下來，甚至可以活到永遠，這對安
　　　德魯是一項痛苦的事實。

（十一）復甦：每每遇到老友死亡，都讓安德魯更深切地認
　　　　清他與人類的差異，最後它終於了解到最大的差異
　　　　在於人有生老病死，而它卻是永恆。因此，它下
　　　　定決心要作一次重大的改變。

（十二）帶著仙丹妙藥歸返：藉由它的發明——延長壽命
　　　　的生化器官，安德魯已經成為人類的「救命仙
　　　　丹」，但是它毅然決然在不告訴任何人下，進行
　　　　手術讓自己腦內的電位慢慢的流失掉，終於以人
　　　　類的身分，無怨無悔投向死神的懷抱。在尋求救
　　　　贖的道路上，「他」已經獲得救贖。

　　從上述這十二階段，可以構成《正子人》的英雄歷險旅程
且綜合救贖三階段論：（一）犯錯、知錯：約第一章到第七章。
（二）尋求救贖：約第八章到第十八章。（三）獲得救贖：約第
十九章到第二十五章。如圖5-2-3所示：

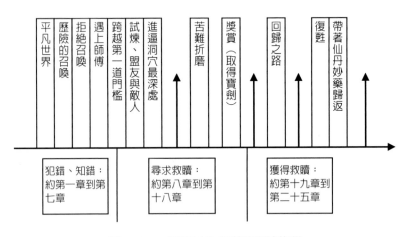

圖5-2-3　《正子人》的英雄歷險旅程

　　歸納出《正子人》的英雄歷險旅程後，再把它納入西方科
幻小說的英雄歷險模式中（圖5-2-4）。

　　透過英雄歷險旅程和救贖三階段論來分析，可看出科幻小說
《正子人》依循著創造觀型文化的觀點作成的，艾西莫夫在文本中
塑造出一個有血有肉有靈魂的機械人，藉由它的自我追尋、自我創
造體現了創造觀型文化上帝賦予人類智慧，人類積極運用智慧創
造出機械人，藉由機械人的二度創造行為來榮耀上帝。同時安德魯
追求自由的情節，也隱喻了西方人所崇尚的個人自由（上帝造人，
每個人都是獨立的個體），因此這是一本創造觀型文化下的產物。

　　當我們了解到這一點後，不僅更了解西方創造觀型文化的文化特性，更可以作深入的省思：西方科學技術高度發展，連帶醫學技術也日新月異，但這樣的進展勢必會陷入一個窘境──人有機械器官，機械人有生化器官，人與機械的界線也愈來愈模糊，這真的是我們所想要的情況嗎？科學技術的發明沒有道德觀，科學技術的使用才有道德觀，科學家可以只求創新發明，不需顧慮道德層面的問題，但是當一項科學技術被發明

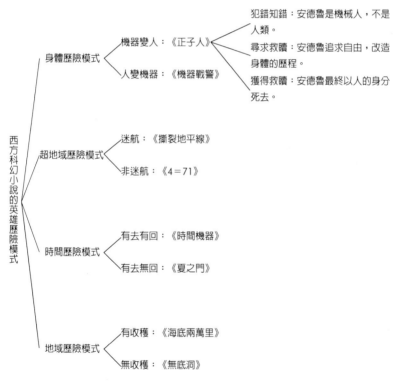

圖5-2-4　西方科幻小說的英雄歷險模式

後，或許對人類的生活會造成無法預測的影響（例如原子彈、核能的發明等），這是一個值得我們思考的問題。

第三節　海萊因《4＝71》的穿梭太空歷險

海萊因（Robert A. Heinlein）與艾西莫夫及克拉克（Arthur C. Clarke）齊名，他生於美國密蘇里州，成長於堪薩斯州的首邑堪薩斯城，是三位科幻巨頭中唯一土生土長的美國人。高中畢業後，海萊因進入美國海軍學院，1929年以優異的成績畢業，分發到美國第一艘航空母艦「華盛頓號」服役；後來由於感染肺結核，無法繼續軍旅生涯，於是在1934年以中尉退役。退役後面對生活壓力，海萊因做過中學教師、果農，甚至還開過銀礦。1939年，他看到一本月刊上的最佳業餘小說徵文啟事，靈機一動，想到何不在寫作上尋找出路，於是創作了生平第一篇小說〈生命線〉。不過最後他並沒有拿去參賽，而是投到當年美國科幻教父坎貝爾（John Campbell）主編的雜誌《震撼科幻小說》。坎貝爾相當欣賞這篇作品，於是在科幻教父的鼓勵下，海萊因以三十二歲「高齡」展開了他的科幻寫作生涯。

海萊因一生總共完成三十幾部長篇科幻，在科幻文學發展史上佔有極重要的地位，同行甚至戲稱他為「科幻先生」（Mr. SF）。他不只在題材範圍上開疆闢土，更在寫作技巧上探索新境界，創造出一種令人驚嘆的真實文風。讀他的科幻小說，能得到身歷其境的感受，這正是他的作品極受歡迎的原因。

海萊因筆下的科幻主題，其實很多早已有人寫過，但他是第一個將這些主題寫得栩栩如生的作家。例如「未來史」雖然並不新鮮，可是到了海萊因手上，卻化腐朽為神奇，創造出嶄新的境界。海萊因作品涉及的主題極廣，幾乎涵蓋了所有的科幻題材。在硬科幻方面，他寫過外星人、異次元、基因改造、核能、複製人、時光旅行等等，其中最重要的是太空旅行與外星殖民。而在軟科幻方面，則包括長生不老、語言學、法律、犯罪學、經濟學、哲學、性愛、心靈感應、神祕主義等等，但最重要的是未來史與政治這兩大主題。（海萊因，2001：269～270）

海萊因的作品《雙星》、《星艦戰將》、《異鄉異客》、《嚴厲的月亮》得過四次雨果獎，並於1975年榮獲星雲獎的第一屆科幻大師獎。海萊因的少年文學作品造就了後來一代科學和社會方面敏感的成年讀者。他的少年文學系列多數重複使用一系列題材。然而，1959年的《星艦戰將》被出版社編輯認為太有爭議而拒絕出版。海萊因認為這倒是解除了兒童作品對他的束縛，開始「以我自己的風格寫我自己的東西」，寫出了一系列有挑戰性，重新劃定科幻界限的小說。這些小說包括他最著名的1961年的《異鄉異客》和被認為是他最佳作品的1966年的《嚴厲的月亮》。

1970年以後，海萊因經歷了一系列的健康危機，他曾患上一場腹膜炎，休養了兩年多才恢復。但恢復後他馬上提筆寫作《Time Enough for Love》。1976年他第三次受邀成為世界科幻大會的嘉賓。隔年，他因為一根阻塞的心血管幾乎中風，爾後為此接受了當時為數不多的最早期的心臟搭橋手術。同年，他

在美國國會兩院特別委員會的聽證會上，以親身經驗作證空間技術的副產品對老年體弱者的幫助。手術後，海萊因的精力再次旺盛。從1980 年到1988年5月8日因肺氣腫和充血性心力衰竭在睡夢中去世。他共寫了五部小說，最後還在組織早期材料寫作第六部《World as Myth》。（維基百科，2011b）

《4＝71》這部科幻小說，在描寫未來的時空人類為了到外太空殖民所以必須研發一種新的通訊技術好維持太空梭與地球本部的通訊，因此「心靈感應」變成為這兩端溝通的橋樑。文本中的雙胞胎主角湯馬士‧巴利特（阿湯）和哥哥派崔克‧巴特利（阿派）便成為這項太空探險計畫的最佳利器。他們兄弟倆接受「長程基金會」的訓練，加強心電感應的能力，即使兄弟相隔數百公里遠也能直接用心靈溝通。長程基金會就是要利用這項技術來聯絡數億光年外的太空梭與地球間的通訊；不然單靠衛星連線可能得經過數萬年後才知道地球外的某個星區可以殖民。

阿湯原本期望這項計畫中上太空歷險的是自己，然而家庭的因素使阿派成為上太空的明日之星，阿湯只好留在地球上成為接收通訊的一方。不過在出發前夕，阿派因故摔斷腿，阿湯就陰錯陽差遞補上去，成為太空梭「拓荒英雄號」的船員。

隨著太空梭加速愈來愈接近光速，阿湯的熱情也愈來愈減少，因為太空探險並不像想像中那麼刺激、有趣，取而代之的是繁重又沒法推拖的通訊任務。而阿湯和阿派之間的心靈感應雖然不會隨著距離增加而中斷，但大腦是血肉組成的，思考需要時間，他們溝通的時間律失常了。阿派抱怨阿湯說話慢吞吞的；而阿湯卻覺得阿派說話快得像機關槍。而且隨著時間的增

長，阿派在太空的時間兩三年等於地球的四五十年，阿湯還停留在少年，阿派卻已結婚生子進入老年，取而代之的是由阿派的曾孫維琪來與阿湯溝通。

後來他們終於發現了足以提供人類生活的星球，不過他們並沒有停留進行深入探查，而是把這項消息回傳給地球，繼續前往下一個星域探險。最後他們來到了一個星球，看似寧靜但卻隱藏著殺機。登陸後，探險隊受到兩棲類原生動物的攻擊，人員死傷大半，在考量人力物力已經面臨匱乏邊緣後，船長下定決心返航。當他們回到地球時，才發現原本他們乘坐的最新太空梭，對當時來說已經算是老骨董了，而人類的足跡也踏遍了各個銀河系，他們期待的英雄式回歸也變成新聞上的一小段插曲而已。阿湯回到老家看到年邁的阿派心中感觸甚多，然而心裡另一個期待的是看到青春年華的維琪……

《4＝71》書名很特別，說穿了其實很簡單就是阿湯在太空中的四年等於阿派在地球七十一年的時光。藉由這對雙胞胎的分離構成這一部科幻小說，文本中對於太空梭引擎、心靈感應溝通的理論、光速飛行的描寫、太空生活的心理反應、太空旅行突發狀況的設想、時間的滑移、船員情感的描述、星球景色的構思……這些都是需要發揮高度想像力才能創作出來的，尤其是心靈感應溝通的描寫更是全由作者靈感想像的發揮（因為作者不可能有「星際間心靈感應溝通」的經驗），這也就是根源於創造觀型文化下的作者去構思和上帝溝通的想像，所引發出來的創造力。

　　不管是科幻小說或科幻電影，「外太空探險」這個主題已經多得不可勝數，為什麼西方人對這個主題這麼有興趣，可以由兩方面來說明：（一）探索星際是對上帝的居所／天國的的想像，進而引發的實際行動，用以證明上帝的存在；（二）探索星際，試圖尋找其他外星生物，是要確定上帝所造的高等智慧生物只有人類。在《聖經・創世紀》中提到上帝以祂的形象造人，那如果外星有比人類更高等的智慧生物，那他們又是由誰的形象所造？所以西方人對於外太空探險主題的喜愛是歷久不衰的。西方科幻小說作家雖然不能像科學家把想法化為行動（透過望遠鏡觀察、實際製造噴射火箭、發射人造衛星……）然而他們卻在腦中構思一場驚心動魄的太空歷險，把設想會碰到的狀況寫進文本中，就如同他們也上了太空經歷一場冒險一般。像《4＝71》這類太空歷險作品屬於長篇敘事科幻小說，呈現了追求外太空另一新天地的創舉，展現出「崇高」的美感，也體現了創造觀型文化極盡所能「馳騁想像力」，終極信仰當然是「上帝」。因此，可以構成圖5-3-1。

　　《4＝71》這部科幻小說正好結合了西方最喜愛的英雄歷險與太空探險（超地域）題材，在文本中阿湯因為有心靈感應這項特殊能力而成為星際探險的英雄角色，故事前半部描寫很多心靈感應的溝通情節和人物內心的掙扎糾葛，後半部描寫星際探險的奇妙遭遇，由此可看出整部作品把英雄歷險和星際探險結合在一起。故事的主軸是尋找地球以外的殖民地，最後並描述到「殖民行星成了一種流行，每天都有新貨上市，我們在六十幾年前發現的行星，怎麼會令人感到興奮？即使是幾個月

創造觀文化

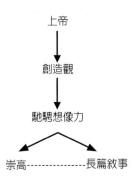

圖5-3-1　《4＝71》的文化類型圖（一）

前找到的行星，也比不上剛發現的。至於探星太空船——看看報紙，就能找到近期出發的班次。」（海萊因，2001：259）從文中可以明顯體會到星際探險就是為了「殖民」，顯示西方從事太空探險不只是單純的興趣喜好，某種程度上還包含開發新資源，佔領新天地。這就好比大航海時代，西歐各國為了自身的利益強勢移民和殖民美洲、非洲。從創造觀型文化的觀點來看，這是為了體現上帝賦與人類智慧，使人類擁有優於其他物種的能力，進而可以利用自然、創造工具，征服其他地域。一方面藉由這項能力來榮耀上帝造人的美意；另一方面也模仿上帝創造萬物，來創造地球以外的新天地。從這論點分析，這是一部深具創造觀型文化的科幻小說。因此，可以構成圖5-3-2。

　　從英雄歷險的旅程來看《4＝71》，也可看出基督教救贖三階段論的影子，人類耗盡的地球資源，所以必須踏上尋求救贖

創造觀文化

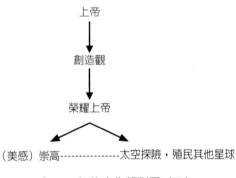

圖5-3-2　《4＝71》的文化類型圖（二）

的道路──尋找更適合人類居住的行星，最後找到新天地為人類開拓更寬廣的生存空間。依克里斯多夫‧佛格勒的英雄歷險旅程來分析《4＝71》，可構成以下十二階段：

（一）平凡世界：故事一開始同卵雙胞胎阿湯和阿派還不了解他們有優於常人的能力──無遠弗屆的心電感應。

（二）歷程的召喚：地球人口爆炸、資源即將耗盡，必須尋找更適合人類生存的行星，長程基金會找來許多擁有心電感應的雙胞胎擔任太空船的通訊員，阿湯與阿派擁有上太空探險的門票。

（三）拒絕召喚：上太空的門票只有一張，阿湯與阿派只能有一個去探險，另一個則像受到無形的監牢被管束（為了確保太空船和地球的溝通無虞，留在地球的一方哪都不能去只能留在最安全的地方），為此

雙胞胎之間的冷戰、家庭會議的戰爭使雙方內心掙
扎糾葛。

（四）師傅：在阿湯上太空後，阿湯的舅舅盧卡斯、心靈
　　　感應通訊員阿福烈一直是阿湯的心靈導師，旅途中
　　　提供阿湯許多寶貴意見，也陪伴著阿湯成長。

（五）跨越第一道門檻：隨著太空探險的旅程越長，阿湯
　　　和阿派不管在身體上或是心靈上的距離也越來越
　　　遠，最後阿湯終於認清這種若有似無的感覺，離家
　　　的感情也越來越淡薄，終於把「拓荒英雄號」當成
　　　自己的家，船上好友是自己的家人。

（六）試煉、盟友與敵人：在一艘太空船上總有自己喜歡
　　　的人與討厭的人，阿湯也不例外，船長、廚師、船
　　　醫……都是阿湯的好友，但阿湯最討厭的人剛好是
　　　與他同寢室的灰仔，在旅途中他們有衝突吵架，也
　　　藉由這種磨合使雙方成長。

（七）進逼洞穴最深處：隨著太空船的速度越接近光速，
　　　阿湯與阿派間心靈感應越來越困難，時間滑移的量
　　　越來越大，二人的生理年齡相差11歲。

（八）苦難折磨：在康妮行星上感染可怕的瘟疫，總共失
　　　去32人，阿湯輪值的工作越來越沉重，也發現他與
　　　阿派間幾乎沒有任何共同話題了。

（九）獎賞：雖然失去與阿派的聯結，但卻獲得阿派的曾孫
　　　「維琪」這個新連結，維琪使阿湯有了甜蜜的感覺。

（十）回歸之路：在樂園星上遭遇可怕的兩棲武裝生物攻擊，登陸部隊幾乎滅亡，探險隊只剩下三十幾個船員，因此大家考量人力物力後決定踏上回歸之路。

（十一）復甦：船長以任務為優先考量，而任務是「尋找適合的可耕地」，所以決定繼續執行任務，阿湯和其他船員試圖在心理上叛變。不過，他們不了解船長的苦心，其實船長一直以密碼和總部溝通，要以「船上人力不足、士氣低落」請求返航，但卻不能跟船員們明講。

（十二）帶著仙丹妙藥歸返：最後總部同意船長的請求，派出救援部隊營救。藉由心靈感應原理研發的無關聯性引擎能夠提供更快速的星際旅行，已經使得星際探險變得容易，阿湯他們的太空船也就成為歷史上的老骨董。最後阿湯踏上地球，回到老家阿派已經變成八十九歲的老人，和維琪的見面宛如一場火花，不到二十秒的時間，維琪已經決定和阿湯結婚。

從上述這十二階段，可以構成《4＝71》的英雄歷險旅程且綜合救贖三階段論：（一）犯錯、知錯：約第一章到第九章。（二）尋求救贖：約第十章到第十四章。（三）獲得救贖：約第十五章到第十七章。如圖5-3-3所示：

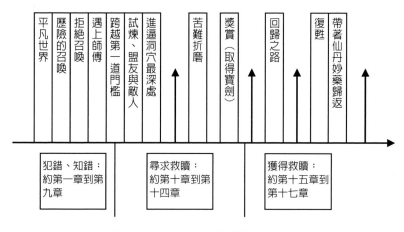

圖5-3-3 《4＝71》的英雄歷險旅程

歸納出《4＝71》的英雄歷險旅程後，再把它納入西方科幻小說英雄歷險模式中（圖5-3-4）。

值得一提的是文本中阿湯回到地球，年邁的阿派請求他接管家族事業，但是阿湯有他自己的主意：

> 一個人硬要另一個人接受他的意願，無論用強的乃至示弱都是不對的。我就是我自己⋯⋯而我打算再出去探訪群星。我突然明白了這一點。喔，也許先去上大學──但是終究要去。我欠這老人一份恩情⋯⋯但不該用自己的生活方式來償還，畢竟那是我的人生。（海萊因，2001：264）

這段話凸顯西方創造觀型文化重視個人自願的特色，這是源自於上帝造人，人人都是獨立的個體，不必拘泥於家族的考

量，即使是最親密的雙胞胎兄弟也無法影響個人的意願。這和我們氣化觀型文化重視家族團體的觀念差異極大，從文本中就可以體會出這種深植人心的文化影響力。

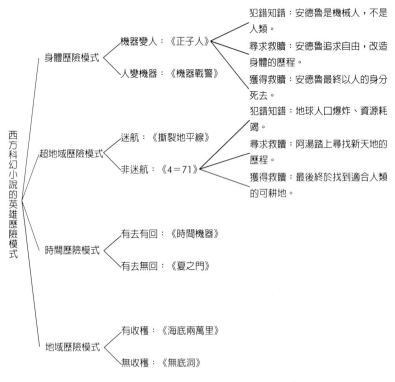

圖5-3-4　西方科幻小說的英雄歷險模式

透過英雄歷險旅程和救贖三階段論來分析，可看出科幻小說《4＝71》依循著創造觀型文化的觀點作成的。不管是科幻小說或是科幻電影，西方人對於太空冒險絕大部分都依循著這種

模式描寫；也就是在創造觀型文化的影響下這種探尋未知地域的創舉成為西方人努力的目標，用以榮耀上帝。這和我們氣化觀型文化安土重遷的觀念差異極大；倘若要把這種觀念強勢移植到我們的文化上，是非常不恰當的，因此我們沒有必要跟隨西方的腳步開拓外星資源。

當我們明瞭這些差異後，應該問：為什麼會資源耗竭？需要找尋新天地。追根究柢，不外乎原罪觀念跟資本主義結合，資本家生產大量商品鼓勵人們消費，使他可以獲得大量財富，這些大量商品（例如手機、電腦、汽車）都是取之於自然的資源，人類消耗資源的速度近一百年來已經遠超過一兩千年。而資本家卻鼓勵人們追求新產品不管舊產品還堪用，甚至把這種行為當成潮流，如果我們不辨是非盲目跟隨，只會變成毀滅地球的幫兇。就以現在最熱門的蘋果手機為例，不到二年的時間已經改版了四代，我們捫心自問手機這種商品堪用就好，為什麼要短期間一再改版，鼓吹大家購買。不斷消耗資源，舊的產品變成垃圾製造環境汙染，難道是我們所希望看到的結局嗎？「尋找新天地，開發外星資源」表面上在追求全人類的福祉，但追根究柢不就是極度耗費地球資源的結果嗎？

第四節　威爾斯《時間機器》的未來歷險

威爾斯（Herbert George Wells），1866年9月出身於英國肯特一個小店主家庭。由於家境清寒，十四歲便開始當學徒，十七歲在鄉間小學教書。他在學習上勤奮努力，千方百計透過

各種方式獲取知識，後來成績優異使他成為一名助教。隨著年齡增長，他的思想也發生了重大變化。他開始注意科學，熱衷於科學。為繼續求學深造，十八歲時獲得獎學金後直赴倫敦科技師範學校學習，邊打工邊在大學裡學習科學。在這段期間，他所學的學科很多，如物理、化學、生物學、地質學等，但威爾斯對政治和文學有更多的偏愛，曾是著名生物學家赫胥黎（Thomas Henry Huxley）的學生。

畢業後，他邊教書邊寫作，也就從這時候起，拉開了他寫作生涯的帷幕。但不久就辭職，而專心從事新聞和寫作事業。1893年創作生物教科書，在一流雜誌上發表，但真正使他一夜成名的代表作是1895年的《時間機器》一書。隨後陸續有作品問世，如動物人性化的《莫洛博士島》、人類透明化的《隱形人》、火星人從火星襲來的《星際戰爭》等，因此也奠定了他在科幻小說界不可動搖的地位。

後來，威爾斯潛心鑽研的小說及評論在風格上發生變化，同時他也開始注重國際性的交流往來，與專家、學者通力合作，準備再創曠世大作《世界文化史大系》，但遺憾的是1946年因癌症與世長辭。威爾斯一生為科幻小說發展作出了不可磨滅的貢獻，可與現代科幻小說的開山鼻祖的法國作家朱利·凡爾納（Jules Verne）相媲美，但作品內容卻迥然不同。凡爾納的發明、發現題材一般都有實現的可能，威爾斯則幾乎無可能性，完全是憑空想像的，但這並沒有引起讀者的反感，反而給人一種似有若無的感覺，讓人不得不張開想像的翅膀，遐想著未來及過去，這也是威爾斯作品的魅力所在。（威爾斯，2001：2～4）

　　《時間機器》這部科幻小說描述時間旅行者發明一臺時光機器，並向眾人解說時光旅行的理論，最後實際進行一項探險。他乘坐時光機來到八十萬年後的未來，結果跟他預期的未來世界不一樣。原本他以為會是一個科技高度發展的世界，但是他卻發現八十萬年後的地球雖然地表上風光明媚，人民卻好吃懶做，對什麼事都只有幾分熱度，一下子就感到無聊；而且他發現原本倫敦雄偉的建築物都變的荒廢頹敗。雖然他對世界的演變感到莫名其妙，但他也開始著手探險。隨著愈深入探險，他發現這個世界的人民不能用英語溝通，對生活並沒有什麼特別意義，整天只是吃喝玩樂、無所事事。不過這個世界地面上到處都有「井」，他聽到井底傳來陣陣的機器聲，似乎有通風的機器在運作。當他回到時間機器的所在地才發現時間機器不見了，他緊張地到處尋找，最後終於發現附近的草坪上有東西被拖動的痕跡，延伸到一座雕像平臺的底部。他試圖敲壞底座，但是沒有工具使他筋疲力竭。

　　後來他在河邊救了一個溺水的小女生「葳娜」，葳娜從此黏著時間旅行者跟著他到處逛。每到晚上這個世界的人民都很害怕黑暗，都聚一起圍著營火睡覺。時間旅行者發現有一種膚色灰白的生物在黑暗中出現，他感到好奇並進到井底探查，才明瞭地底隱藏著另一種生物。隨著越深入探查，他的思路越清晰：原來未來的世界分成兩種人，地上人叫「埃洛依」、地下人叫「摩洛克」，他猜測原本埃洛伊屬於較高貴的人類一直壓迫摩洛克在地底下工作，隨著時間的推演，埃洛依愈來愈習慣舒適的生活變成好吃懶做的一族，而摩洛克一直在地底勤奮

工作演變成怕強光的一族。地底的摩洛克因為食物來源不足，轉而以埃洛伊為食物。時間旅行者發現這個殘酷的事實後，想趕緊離開這個世界，於是開始尋找工具要撬開底座找出時間機器。他來到博物館的舊址，找到鐵棍與火柴，為了避免摩洛克靠近，他點燃樹葉引起森林大火。

最後他終於找到時間機器，經過一番纏鬥擺脫摩洛克的糾纏，啟動時間機器，陰錯陽差來到三千萬年後的未來。那時的世界已經一片荒涼，只剩巨大的飛行動物和類似螃蟹般的怪物。這樣的場景令時間旅行者心灰意冷，決定踏上歸途。等到他回到家後，他把這段奇特的經歷告訴他的朋友，朋友們並不太相信，於是他帶著照相機再度踏上旅程。

文本透過時間旅行者的朋友視角寫成，運用倒敘的方式描寫時間旅行者回到現實世界以講述的方式講述給讀者聽。雖然在文末提到時間旅行者進行第二次時間旅行到現在一直沒回來，但是因為他有過「回來的經驗」講述給朋友聽，所以把這類時光旅行小說歸納為「有去有回」的時間歷險模式科幻小說。

《時間機器》這部科幻小說充滿對未來世界的想像，作者威爾斯正好生活在工業革命蓬勃發展的時代，當時蒸氣機的發明成為人力作業與機器作業的分界點，工業的模式改變了。引起威爾斯對「十九世紀末的資本家與勞動者的關係一直制衡下去，世界將會是怎樣的情景？」「隨著科學技術的不斷進步，世界又會怎樣？」的預想。（威爾斯，2001：6）這部小說其實除了反映當時倫敦資本家與勞動階層的對立外，也可看出對未來世界的好奇心。科幻小說裡描述的時間機器由鎳、象牙、石英晶體和一些

不知名金屬構成，雖然在現代時常接觸科技機器得我們看來似乎略嫌簡陋，但是對當時的威爾斯來說，這部時間機器純粹是由他的想像而來，而這種想像力的發揮是源於創造觀型文化的影響。藉由時間機器，他可以旅行到數千年後的未來，世界的構成是威爾斯對天國的想望，就好像處在「伊甸園」的世界裡，這是屬於氣化觀型文化的我們所無法想像的。小說中的時光旅行者歷經一場時空冒險，也帶給他的朋友創造想像的世界。上帝賦予人類智慧，人類發明可以穿越時空的機器，這是一種榮耀上帝的行為（因為他可以做到旁人所無法做到的創舉），整部作品呈現的美感是「崇高」的。綜合以上觀點，可以構成《時間機器》的文化類型圖（圖5-4-1）：

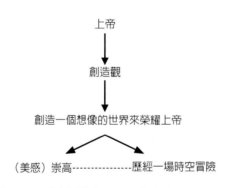

創造觀文化

上帝

↓

創造觀

↓

創造一個想像的世界來榮耀上帝

（美感）崇高----------------歷經一場時空冒險

圖5-4-1　《時間機器》的文化類型圖（一）

　　倘若從文本中對於八十萬年、三千萬年的未來世界描繪，對於地底人類摩洛克的描述、時光機器運作的機制、時光旅行

中星辰、日月的變化……這些都可看出作者的馳騁想像力。又
《時間機器》一書屬長篇敘事小說，因此也可構成以圖5-4-2：

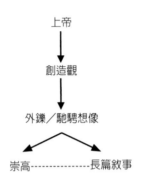

創造觀文化

上帝

↓

創造觀

↓

外鑠／馳騁想像

崇高----------------長篇敘事

圖5-4-2　《時間機器》的文化類型圖（二）

　　從基督教救贖的三階段論來看《時間機器》，時光旅行者
的原罪是「好奇心」，就如同伊甸園裡的亞當和夏娃因好奇心的
驅使和蛇的誘惑而吃了禁果。時光行者為了滿足好奇心因而發明
時間機器，所以踏上尋求救贖的道路。在經歷一場緊張刺激的冒
險旅程後，終於明瞭未來世界的演變，回到現實世界講述給朋友
聽，滿足朋友們的好奇心。

　　《時間機器》這部科幻小說曾被改編成科幻電影《時間機
器》，電影中賦予時光旅行者更「英雄式」的冒險，電影中描述
他因為心愛的未婚妻被歹徒槍殺，所以他致力發明時光機，想要
回到未婚妻存在的世界，不過卻看見她死於一場交通意外。後來
他明白無法改變既定的事實，而進到更久遠的未來世界。在這個

未來世界地上人軟弱無力，地下人像野獸般強而有力，他和地上
人瑪拉結為好友。有一日瑪拉被地下人擄走，他為了救瑪拉進到
地底世界。後來發現時間機器被地下人藏起來，經過一番纏鬥，
終於打倒地下人的首領，並前進更未來的時空……這種「英雄
式」的歷險和時光旅行最常出現在西方科幻小說與科幻電影中，
因為英雄反映西方創造觀型文化崇拜上帝／模仿上帝無所不能的
概念。而「時光旅行」的構想則可能有為了見證上帝創造萬物／
耶穌誕生，或見證上帝接引得救者上天國的想法。

　　依克里斯多夫・佛格勒的英雄歷險旅程來分析《時間機
器》，則可構成以下階段：

（一）平凡世界：時光旅行者原本只是個平凡的科學家。

（二）歷程的召喚：和朋友辯論時間旅行的理論後，為了
　　　證明自己有能力進行時間旅行，而踏上時間機器。

（三）拒絕召喚：拒絕召喚這部分在文本中並不明顯，不
　　　過在電影中有「不願相信未婚妻必定要死」的情
　　　節，來凸顯時光旅行者拒絕召喚的歷程。

（四）師傅（智叟）：在故事中時間旅行者大多獨自一個
　　　人冒險，所以稱不上有師傅的存在。不過在電影版
　　　中，時間旅行者遇到的公眾圖書館中的真人交互式
　　　訪問系統勉強算得上是智叟的角色。

（五）跨越第一道門檻：在時間旅行者和朋友們辯論完時
　　　間旅行的可行性後，示範了一個時間機器的雛形，
　　　並讓它進入時光的洪流中（只是不知是回到過去還

是進入未來），然後他就埋頭建造大型的時間機器，並且親自踏進未來探險，以證明自己的理論。

（六）試煉、盟友與敵人：在探險途中，時間旅行者碰到許多挫折，首先遇到未來的人類並沒辦法用英語溝通，而後時間機器又被地下人藏了起來，每晚睡覺總不安穩深怕被地下人傷害。葳娜是他在未來世界的唯一盟友，總在他身邊陪伴使他感到溫暖；而地下人摩洛克就是歷險中的敵人，一直想傷害他與葳娜。

（七）進逼洞穴最深處：發現時間機器不見後，時間旅行者進入井底探險，竟然發現地底下隱藏著另一種人類──摩洛克，他們並不像埃洛依那麼溫和，是冷血殘暴的。

（八）苦難折磨：發現摩洛克這個種族後，時間旅行者漸漸感到不安，積極想要找到時間機器好離開這個世界，他開始尋找有力的工具（鐵棒、火柴）來抵禦摩洛克的襲擊。

（九）獎賞：故事中的葳娜可說是時間旅行者探險途中的獎賞，因為有她的陪伴才能使他感覺到溫暖，甚至想把她帶回現實世界。

（十）回歸之路：時間旅行者在破敗的博物館中找到鐵棒與火柴後，決定破壞雕像底座找出時間機器回到過去，可是途中遭到摩洛克人襲擊，引燃森林大火，並與葳娜走散。

（十一）復甦：進入雕像底座後發現原來這是摩洛克人設的陷阱，引誘他進入黑暗中，看到地底下的屍

塊，讓他想到葳娜可能已經變成如此下場，決心趕快離開這個世界。

（十二）帶著仙丹妙藥歸返：前進到更未來的世界，時間旅行者感覺未來是一個「荒蕪」的結果，看夠了世界的演變，滿足了好奇心。時間旅行者踏上歸途回到家中，把所見所聞講述給朋友們聽。

　　從上述這十二階段，可以構成《時間機器》的英雄歷險旅程且綜合救贖三階段論：（一）犯錯、知錯：約第一章到第二章。（二）尋求救贖：約第三章到第八章。（三）獲得救贖：約第九章到第十章。如圖5-4-3所示：

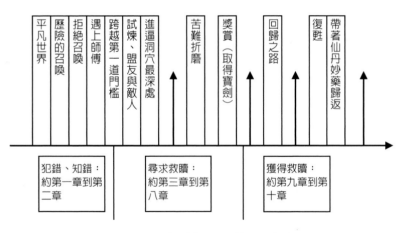

圖5-4-3　《時間機器》的英雄歷險旅程

　　歸納出《時間旅行》的英雄歷險旅程後，再把它納入西方科幻小說英雄歷險模式中（圖5-4-4）：

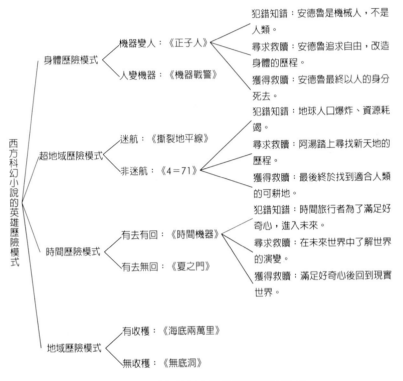

圖5-4-4　西方科幻小說的英雄歷險模式

　　《時間機器》描繪出對未來世界的想望，雖然其中反映著威爾斯對當時的社會現況（資本家與勞動者的對立），但是整體而言這部科幻小說塑造出西方人對未來世界的想像，就如同上帝創造世界，作家在紙上創造一個想像的未來世界，隱含著他可模仿上帝創造萬物一般。這是需要想像力的高度發揮，也體現了創造觀型文化對另一世界的想望。

繼威爾斯的《時間機器》後，西方科幻小說與科幻電影大量出現對未來世界的描繪，著名的有海萊因《夏之門》、麥克‧克萊頓《時間線》、電影《回到未來》、《蝴蝶效應》、《魔鬼終結者》、《未來總動員》……題材千變萬化，不可勝數，有趣的是：對比於西方科幻題材對未來世界的想望，中方的「時間旅行」題材（不管是小說或戲劇）大多是回到過去，例如小說《尋秦記》、電視劇《步步驚心》、《宮鎖心玉》等。這並不是說中方戲劇資本不足，不能像西方運用大量電腦動畫建構出虛幻的未來世界，而是根源於氣化觀型文化沒有另一個世界（天國）足夠我們去想像，所以我們的時間旅行題材大多只回到過去（熟悉的世界），圍繞在人際關係發展上（詳見第六章第一節）。

以海萊因的短篇科幻小說*All You Zombies...*來說明，底下是由難攻博士作的簡略故事概說：

　　1970年，在紐約的「老爹酒吧」裡，一名潦倒的年輕人，正向年邁的酒保傾吐他不可思議的詭異人生──這名出身克里夫蘭、自稱為「未婚媽媽」男子，述說自己原本是個女棄嬰，1945年時被一所孤兒院拾獲撫養長大。「未婚媽媽」綽號的由來，則源自於她年輕時的一段悔恨經歷：在1963年時，「她」與一名身分成謎的男人陷入熱戀──糟糕的是，在發現自己懷孕的同時，男人卻從此人間蒸發、下落不明……

　　在新生兒臨盆之際，醫生發現「她」竟然是個「陰陽人」（Hermaphrodite：雌雄同體）。基於某些醫學專

業考量，他們決定摘除「她」的全部女性生殖器官──於是，我們有了「未婚媽媽（男）」。但，「重獲新生」的喜悅沒能持續多久，得來不易的親生女嬰，竟無端地遭到綁架，不知所終……

聽完「未婚媽媽」的悲慘身世，老酒保答應邀請「他」加入「時光旅行隊」（Time Corps）擔任秘密幹員，男子欣然應允。接著，他被老酒保帶往1963年，偶然與一名女孩陷入熱戀；而老酒保則繼續到1964年，從醫院綁走女孩一年後產下的女嬰「珍妮」，並將女嬰遺棄在1945年的孤兒院。

老酒保重回1963年，將震驚的「未婚媽媽」帶回1985年，後來他成了「老爹酒吧／時間旅行隊」最受敬重的老酒保……（難攻博士，2006）

從這篇小說可看出，倘若發明「時間機器」不管是對過去、現在、未來都有諸多不可預測性。最有名的是由法國科幻小說作家赫內‧巴赫札維勒（René Barjavel）在1943年的小說《不小心的旅遊者》中提出的「祖父悖論」：假設某人回到過去，在自己父親出生前把自己的祖父母殺死；因為某人祖父母死了，就不會有某人的父親；沒有了某人的父親，某人就不會出生；於是矛盾出現了。（維基百科，2012b）科學發展到極致或許有可能發明時光機，但「改變過去」或「窺探未來」這種可能性真的是我們所需要的嗎？

第五節　凡爾納《海底兩萬里》的海底歷險

凡爾納於1828年出生在法國西海岸的南特島，他少年時期非常喜歡到野外、大海冒險，並可望成為一名水手到無人去過的大海和小島探險。中學畢業後，凡爾納在巴黎的學校攻讀法學，畢業後成了一名實業家。但是從小就喜歡讀書、寫作的凡爾納深深被文學所吸引，他一邊工作一邊創作詩和戲劇。

1862年，帶著對科學的濃厚興趣，凡爾納創作了冒險小說《熱氣球上的五星期》，但是由於這本書太過空想和出乎意料的內容，沒有一家出版社肯出版。最後好不容易有一家出版社在一本教育雜誌上連載，一經發表，這本書就人氣大增，第二年這本便以單行本出版。

凡爾納的第二部作品是《地心遊記》，這部作品和第一部作品一樣受到好評，凡爾納立刻成為暢銷作家。自此以後四十年間，凡爾納又相繼創作了五十多部科學冒險小說。他的主要作品有《環繞月亮》、《海底兩萬里》、《環遊世界80天》、《神秘島》、《15少年漂流記》等。

凡爾納所寫的小說總是比他所處的時代更進一步，飛機、潛水艇、火箭等都在凡爾納的小說發表後才被發明創造出來的。有人評價說「二十世紀的科學是追趕著凡爾納的夢在發展」。凡爾納的小說不是靠單純的想像和空想寫作出來的，而是以科學為基礎創作出來的。

　　凡爾納是一位相當醉心於研究的作家，在創作一部作品之前，他都要去圖書館漢博物館等機構遍查資料，或瀏覽學術界的專門雜誌，經過充分的調查研究才開始寫作。

　　凡爾納被尊稱為「科學冒險小說之父」。1905年凡爾納與世長辭，享年77歲。（凡爾納，2008：8〜9）

　　《海底兩萬里》這部科幻小說在描述海洋中出現了巨大的不明生物，並且有許多船隻遭遇損傷，因此美國派遣配備精良的「林肯號」想去獵殺這隻不明生物，博物學家阿羅納斯教授和他的助手康賽爾獲邀登上林肯號為這次的獵殺行動提供諮詢。這次同行的還有捕鯨專家尼德，似乎把目標設定為巨大的鯨類。林肯號出發後在茫茫大海中一直搜尋不到不明生物的蹤跡，原本預計要回航了，突然發現海底發出耀眼強光，他們總算遇到這不明生物了。

　　林肯號立刻展開驚心動魄的追逐，不過不明生物的速度似乎比林肯號還快，尼德為了獵殺它，手拿魚叉直向它，卻發出一聲悶響，好像刺中堅硬的外殼。不明生物立刻反擊，阿羅納斯教授、康賽爾和尼德落入水中，在水中載浮載沉，筋疲力竭之際踏上不明生物，原來這隻不明生物是一艘潛水艇。

　　他們三人被押入潛水艇中，一場神奇的海底冒險就此展開。潛水艇「鸚鵡螺號」的船長向他們解釋，他因為個人的因素和地面上的人類社會徹底決裂，因此研發建造這艘鸚鵡螺號。這艘潛水艇利用海水中的鈉發電產生用之不竭的動力，艇內的食物來源全都由海中的生物、藻類提供。

　　他們乘坐著鸚鵡螺號在海底中探險，穿著潛水服在海藻林中打獵、在沈船遺跡中搜尋珍貴的寶物、穿越恐怖的魔鬼海域、登上不知名小島遭到巴布亞原住民攻擊、為死亡船員舉行海底葬禮、在海中和鯊魚展開生死搏鬥、穿越紅海底下的迷宮隧道、在神秘的海底城市「亞特蘭提斯」中散步、開採火山煤礦、在南極和巨大的抹香鯨戰鬥、潛入南極冰層底下踏上南極點、受困在海底冰層中利用沸水脫困、和巨魷展開廝殺、和巨大戰艦戰鬥，最後鸚鵡螺號遇上大漩渦，阿羅納斯教授、康塞爾和尼德三人乘坐小艇逃出，而尼摩船長和鸚鵡螺號則不知所蹤。

　　《海底兩萬里》這部科幻小說裡對於鸚鵡螺號的動力來源、深海場景的描寫都非常細膩，由此可看出描寫沒有人涉足的深海奇景需要高度的想像力。沒有創造觀型文化的思維並不足以支持這樣的寫作。就像西方的科幻電影常描繪未知的地底景觀、深海景觀，如《地心冒險》、《地心毀滅》、《無底洞》、《亞特蘭提斯：失落的帝國》……都需要想像力的運作。為什麼西方文化常著迷於未知地域的探險，或許源於西方創造觀型文化對於自然資源開發的重視，「支配萬物」是西方文化一個重要的觀念。西方人認為上帝賦予人類智慧，使人類有別於其他動物，人類應該善用這種智慧、利用這種智慧，來彰顯上帝的恩惠。所以「開發自然、利用自然、支配自然」成為西方人理所當然的觀念，這從西方人大量開採礦物、耗用自然資源就可看得出來。既然要開採自然資源，就必須先對含有資源的場域有所了解，也就引發必須先對「未知地域」的探險。

　　試看化學元素週期表內的元素，幾乎不都是西方人發現或合成的嗎？而這些元素不就是從地底、海底、空氣中解析出來的嗎？西方國家極力發展科學並開採自然資源，就是為了回應造物主賦予人類智慧，進而研究科學來創新事物。

　　《海底兩萬里》構設出一個人類未涉足的深海領域，啟發後人去探險、開發，藉此榮耀造物主的才能，體現創造觀型文化的思維。因此，綜合以上觀點，可以構成《海底兩萬里》的文化類型圖（圖5-5-1）：

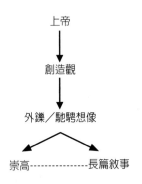

創造觀文化

圖5-5-1　《海底兩萬里》的文化類型圖（一）

　　另外，我們從《海底兩萬里》中可體會到作者的想像力。《海底兩萬里》於1869年發表，當時西方人所造的潛水艇十分簡陋，僅使用人力而且非常不穩定，並不足以航行在深海裡，直到1914年第一次世界大戰，潛水艇製造技術才有重大發展（凡爾納，2008）；而作者卻能想像出一艘利用汞、鈉產生動力，可遠

航的潛艇，並設想到印度洋、太平洋、南極、北極等深海裡探險，我們不能否認作者驚人的想像力。《海底兩萬里》是一「長篇敘事」，表現出的美感是「崇高」的，在規範系統上是「外鑠／馳騁想像力」，而終極信仰是「上帝」，這是創造觀型文化所特有的思維。因此，也可構成如圖5-5-2所示：

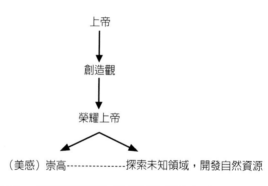

創造觀文化

上帝

↓

創造觀

↓

榮耀上帝

（美感）崇高---------------探索未知領域，開發自然資源

圖5-5-2　《海底兩萬里》的文化類型圖（二）

從英雄歷險旅程來看《海底兩萬里》，也可驗證基督教救贖的三階段論：尼摩船長因個人的因素（文本中雖然沒有明說，但從上下文中可看出他為妻兒復仇），摒棄地上的一切作為，隱居到深海底，並進行探險，最後找到害他妻兒喪生的戰艦，並擊滅它。了無遺憾後，引領鸚鵡螺號消失在大漩渦中。原罪就是「仇恨」，進行探險，獲得有利資源，並搜索敵艦以尋求救贖，最後復仇完畢，獲得救贖。

依英雄歷險旅程來分析《海底兩萬里》，則可構成以下階段：

(一) 平凡世界：阿羅納斯教授和康塞爾原本生活在平凡世界中，並沒有想到要到深海探險。

(二) 歷程的召喚：海中出現神秘怪物，破壞船隻，因此政府徵召阿羅納斯教授，追蹤並獵捕神秘怪物。

(三) 拒絕召喚：當船艦被鸚鵡螺號擊毀，教授、康塞爾和尼德洛入海中，被尼摩船長所救，為了讓鸚鵡螺號的秘密不致洩漏，教授三人被囚禁在潛艇中，他們三人並不是心甘情願跟著船長探險。

(四) 師傅 (智叟)：文中的尼摩船長智慧驚人，不僅擁有豐富的科學技術，對歷史事件、地理位置也相當熟悉，是他帶領教授三人進行不可思議的海底探險。

(五) 跨越第一道門檻：原先並不是心甘情願地被囚禁著，直到欣賞了海底美麗的景致後，三人才由衷地跟隨船長進行探險。

(六) 試煉、盟友與敵人：在深海歷險的過程中，碰到各種突發狀況，如為了拯救採珠人與鯊魚搏鬥、撞到暗礁擱淺、遭受小島原住民攻擊、幫助南極長鬚鯨抵禦抹香鯨、被南極冰層圍困……而同行的船員們則是盟友一齊對抗大海這個可畏的敵人。

(七) 進逼洞穴最深處：從南極冰層中九死一生地逃脫了，卻又遇上深海巨魷，並展開生死搏鬥，還失去了一個夥伴。

（八）苦難折磨：對於大海的不確定感，同伴間產生分
　　　歧，尼德憎恨被囚禁在鸚鵡螺號內，想要乘坐小艇
　　　逃離潛水艇，不過天不從人願，暴風雨將至，逃離
　　　計畫泡湯。

（九）獎賞：對於阿羅納斯教授來說，最大的獎賞就是飽
　　　覽海底奇特風光；對於尼摩船長來說，最大的獎賞
　　　是他能恣意遨遊大洋、完成偉大的創舉。

（十）回歸之路：鸚鵡螺號在英格蘭島南端附近搜尋一艘
　　　大型戰艦，這艘戰艦似乎和船長有些淵源，尼摩船
　　　長變成了一個復仇天使，發誓要打敗戰艦，等到戰
　　　爭結束，船長望著一張有著年輕女人和兩個孩子的
　　　壁畫，掩面痛哭。

（十一）復甦：尼摩船長有意無意把鸚鵡螺號引領到危險
　　　　的大漩渦，這種大漩渦被稱為「海的肚臍」，強
　　　　大的引力不論是船隻還是鯨魚都難以逃脫。

（十二）帶著仙丹妙藥歸返：阿羅納斯教授、康塞爾和尼
　　　　德乘坐小艇在被吸入大漩渦前，被拋出了鸚鵡螺
　　　　號。鸚鵡螺號有沒有脫險已經不得而知了。教授
　　　　詳盡記錄這段奇特的海底歷險，並且驕傲的告訴
　　　　世人他曾遊遍五大洋，並在海底漫步呢！

　　從上述這十二階段，可構成《海底兩萬里》的英雄歷險
旅程且綜合救贖三階段論：（一）犯錯、知錯：約第一節到第
十四節。（二）尋求救贖：約第十五節到第四十四節。（三）
獲得救贖：第四十五節到四十七節。如圖5-5-3所示：

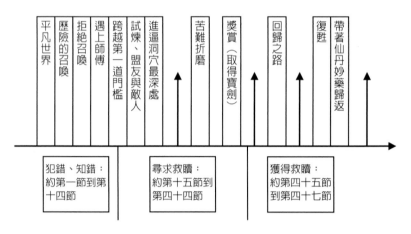

圖5-5-3　《海底兩萬里》的英雄歷險旅程

在分析完西方四部具代表性的科幻小說《正子人》、《4＝71》、《時間機器》和《海底兩萬里》，我們可以發現西方幻小說的寫作模式──英雄歷險旅程並結合救贖的三階段論，其他科幻題材如外星人入侵、末日浩劫……也都有相同的模式，不過礙於篇幅的關係，就留給讀者自行分析評斷。

最後，我們可以把以上這四部科幻小說融合了英雄歷險旅程與救贖三階段論構成一模式圖，如圖5-5-4。

研究科幻小說不僅僅只是分析文本的內容，如果能看透文本背後所傳達出的深層文化性，那才徹底分析科幻小說。西方科幻小說深刻體現創造觀型文化馳騁想像力的特性，更結合科學技術進行二度創新，從《海底兩萬里》就可體會得出，雖然我們無法考究當時科學家是不是經由科幻小說中的想法去常是創造潛水艇，但我們不可否認有這種可能性。「科學技術引

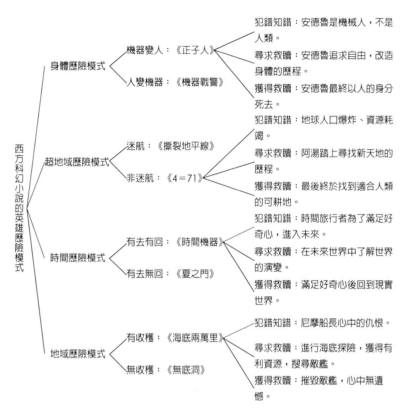

圖5-5-4 西方科幻小說的英雄歷險模式

發科幻想像，科幻想像造就科學技術」，如今西方的科學已經變成帶領世界走向的一大趨勢。西方創造觀型文化重視科學的態度雖然可以引領創新的風潮，但是結合資本主義、殖民主義後，卻會帶來地球資源浩劫的不堪後果。

以現今三大文化觀耗用地球資源的程度來畫一個光譜的話，可構成圖5-5-5：

創造觀型文化　　　　氣化觀型文化　　　　緣起觀型文化
（極度耗用資源）　　（介於二者之間）　　（極少耗用資源）

圖5-5-5　三大文化觀耗用資源光譜儀

　　創造觀型文化重視科學技術的發展是為了模仿造物主的風采，而利用科學技術製造大量的產品販售也可獲得大量財富以尋求救贖，這些產品都極度耗費地球資源；緣起觀型文化本來就重視「去執滅苦」，講究修練冥想、瑜珈術、心身冶煉，所以能將能量的消耗降至最低限度，消耗的資源也最少；氣化觀型文化因為沒有造物主的觀念，不會窮盡力量研發科學，理所當然往現實倫常著眼，也就講求「諧和自然」並不刻意消耗地球資源，只求取得一個人與自然共生的境界，因此介於其他二大文化觀之間。（周慶華，2011：128～130）以現今的時代演變，已經很難達到緣起觀型文化的態度（科技提供便利的生活，所謂「由儉入奢易，由奢入儉難」，要群眾走上苦行的路子上，已經是天方夜譚），所以喚起世人對氣化觀型文化的理想是首要目標。

　　就以自身的經驗來說，我身為一個網管老師，理應歌頌科技文明，看好這個科技大業的前景，但是我卻對科技高度發展感到憂心忡忡。科技本來是為人所用，但現在卻「奴役」人心。就以廣大使用智慧型手機的族群為例，不論在用餐、搭車、旅行，甚至上課，都無時不刻低著頭，手指滑來滑去，這已經變成人沉迷在科技產品中無法自拔，衍生出許多社會問

題，諸如不專心開車造成交通事故、父母以智慧型手機當小孩的「電子保姆」這種荒唐事件。沉迷在電子產品裡，因而錯過了漫步在苦楝花中的滋味，錯過了海浪在腳趾間吸吮的感覺，要如何取捨，自然不言而喻。

第六章　中方科幻小說的文化性舉隅

第一節　困境糾纏的系統內部差異

　　西方的科幻小說源自於深具馳騁想像力的創造觀型文化，並且運用英雄歷險旅程的寫作模式，結合西方尋求救贖的三段論述，為故事情節製造強大的戲劇張力。從一個平凡人，經歷磨難，鍛鍊成一位偉大的英雄，如此的衝突情節，讓讀者讀完後暢快淋漓，為這位英雄同感喝采。而中方科幻小說則源自於但憑內感外應的氣化觀型文化，「內感外應」是指人對身處環境的單一事物，心中有所感觸，所產生的回應。所以氣化觀型文化中人是接受到外界的刺激，才會在心中作出回應，並沒辦法像創造觀型文化中人擁有「無中生有」的想像力。

　　會造成這樣的文化差異是源於幾千年來累積的文化基因，到現在已經內化到西方人和中方人的思想深處，差異太大造成的文化鴻溝，所謂「內質難變」，已經不是我們這一二十年學習西方科幻小說寫作模式所能改變得了的。這就是為什麼我們

讀西方的科幻小說總覺得場景構設宏大、科學技術手法嚴謹、情節衝突不斷，讀完後感覺暢快淋漓、意猶未盡。而讀中方科幻小說，總覺得場域絕大部分侷限在人跟人之間的關係網絡裡、科學技術手法較模糊，讀完後覺得文本中隱隱約約隱晦著一種深刻的情感（如愛情、親情、對生命的感慨……）。

> 比較兩岸科幻小說最大的差異是，臺灣科幻小說比較重視人文精神，而將科學發展的負面影響或人類社會面臨的種種問題，在作品中作藝術的呈現，或利用科幻道具來反映深刻的人生哲理，作品涵義深遠，是屬於文學的科幻，像葉言都、黃凡、張大春、張之傑、范盛泓、林燿德、何復辰、西西、平路、裘正、誠然谷、許順鏜、葉李華、廖志堅、何善政、賀景濱、蔡澔淇……他們或探討人造人的悲劇、人口及生態問題、核子戰爭危機、宇宙演化、電腦進化等或究天人之際，作品深沉雋永、或諷刺詼諧、或浪漫迷人不一而足，作品呈現多樣化。不幸的是，市場上難有發展空間，報刊雜誌除了倪匡類型的科幻小說，多半很難被刊載，作者也沒有興趣再多創作。大陸的科幻小說雖然也有姓「文」或姓「科」的爭議，不少作家認為它也是文藝的一個品種，但中共當局總是強調科普效應，要求寫出「寓於科學、基礎紮實的作品」，以教育讀者。環華百科全書的總編輯張之傑，在十年前大陸科幻小說風行時評論說：「或許受馬列主義教條的影響，大陸的科幻小說一直寫不出汪洋恣

肆、奇詭幽邈的作品，更不用說是究天人之際，探討更高層次的形而上問題了。」（黃海，2007：233）

這段話點出了兩個重要的觀念：（一）中方的科幻小說較重視人文精神，主題著重反映外在問題；（二）中方科幻小說的思維寫不出馳騁想像力的作品。

在衝過1980年代之後的今日，兩岸科幻小說的現況如出一轍，嚴肅的科幻在市場上已經很難立足，正如純文學遭到冷落的命運一樣——真夠諷刺的「殊途同歸」？不禁讓我們再三反省，中國的科幻小說到底要往哪裡去？是不是要等到兩岸完全達到已開發國家社會的情況，才會有似美國一般的蓬勃發展？才會有兼顧商業與藝術的作品，在市場找到眾多的讀者？實際上，科幻小說應該是介於純文學與大眾文學之間的一個文學品種，美國目前差不多有五百所四年制的大學在文學寫作課教授科幻小說，全美有三千家科幻小說的專賣店，暢銷書有很大的比例為科幻小說所包辦。（黃海，2007：234）

但是黃海沒有認清中西科幻小說之間的差異是深植在文化系統上的問題，氣化觀型文化與創造觀型文化在根本上的差異，並不可能經過十幾二十年的時間就能改變，我們既學不來創造觀型文化的馳騁想像力，西方也沒辦法學到氣化觀型文化重視諧和自然的內感外應，那何必強求一定要寫出「汪洋恣

肆、奇詭幽邈」的作品？

　　西方創造觀型文化對生命的觀點是「線性式」的，人為上帝所造，在這一生中就必須創造一番事業，為上帝所看見，進而獲得救贖，接引回天國。所以他們必須在這一生中做有效的利用，產生的「塵世急迫感」迫使他們不顧一切地消耗自然資源，而不用顧慮後世的興亡。但是中方的氣化觀型文化對生命的觀點是「循環式」的，人由精氣化生，死後回歸精氣，一直循環不盡，所以我們會對後世有責任感，對於自然資源的利用，期許能為後世保存足夠的空間。因此對於科學技術的運用，就不像西方人那麼不顧一切，衍生出在科幻小說上的寫作，就會對人生、自然、環境產生關懷。對於科技的快速發展，產生疑慮。因此，中方科幻小說的寫作模式普遍呈現出一種「科技對生活的衝擊」產生的煩憂，我們可以把它稱為「困境糾纏」。

　　因為氣化觀型文化不必勘天役物發展科學，自然轉為關懷倫常，而倫常是建立在「家族」的觀念上，不外乎親情、愛情、友情……因此寫作上就會把這些關懷藉由科幻的外衣加以包裝，或者藉由科技的發展對後世的衝擊作反省，又或者對於網路世界（虛擬世界）對於倫常的改變作檢討。這些可以統稱為困境糾纏，因為在這一生中如果沒有解決，會繼續帶到下一世繼續糾纏著。

　　在一篇科幻小說中不一定只有一種糾纏，有可能包含著兩三種糾纏，就相應於氣化觀型文化中氣的形體是含糊交雜的，也相應於人在家族的關係網絡中是彼此牽連著的。

　　要以困境糾纏的模式來說明中方科幻小說的文化性，試以蘇逸平的《芥子宇宙》來作說明。文本中描述男主角冷劍倫奉命調查一件奈米科技研究中心的爆炸案，與女主角紀容蓉跟隨其他時空世界的「高靈」厲揚軒，進入芥子宇宙中拯救爆炸案的生還者。芥子宇宙是一奈米世界，是科學最新揭示出來的超細微世界。他們三人藉由法術的發揮，縮小到一般人的膝蓋高，進入芥子宇宙的第一站「鼠衛國」，鼠衛國裡的軍士都穿著古代明朝的軍服，在城主的帶領下穿過「天穹之鏡」進入虛無飄渺的芥子宇宙。在裡面碰到爆炸案的生還者羅里格博士，藉由博士的說明才知道芥子宇宙擁有強大的能量可以瞬間摧毀人世，因此有人覬覦這股力量才研發奈米科技為了進入芥子宇宙。當博士拿到回人間的車票「奈米材質」便露出真本性，原來他才是覬覦這股力量的陰謀者，他想藉由這股力量連接人間與芥子宇宙，讓神魔進到人間大肆破壞。不過冷劍倫早就看出博士的破綻，因此把「奈米材質」掉包了，等到「天穹之鏡」擺盪回來的時候，冷劍倫和紀容蓉回到人間，而博士則永遠留在芥子宇宙中。

　　故事到這邊還沒結束，文末作者刻意藉由旁觀者的角度來描寫紀容蓉體會芥子宇宙的「預知」力量：

> 　　「其實，這段錄音內容和這個案子並沒有什麼直接的關聯，純粹只是一個旁枝末節，應該是她在芥子宇宙預知世界裡的對話，但是……」
>
> 　　寂靜的空間中，有好一陣子沒有聲音，過了一會兒，才逐漸出現沙沙沙沙的古怪聲音。然後，便是紀容蓉有些

顫抖的語聲。

「……那……那麼請問，我和他最後會在一起嗎？」
她的聲音帶著緊張，又帶著期盼。「我們兩個，有沒有緣
份共度一生？」

沙沙沙沙的背景雜訊聲中，有好一陣子沒有回答。

「我……我和他會不會有結果？」紀容蓉鼓起勇氣，
又問了一次。「我們兩人，有沒有希望結為夫妻？」

靜靜地，所有聲音逐漸沉寂，緩緩在虛無空間中響起
的，是一個更虛無飄渺的聲音。

「情深不壽……至死不渝……」

最後，那聲音靜靜地說道：「妳和他，將成連理……
花開無常，過後……你們將會永，世，分，離……」

錄音帶結束。一切沉入黑暗深沉的永恆死寂。（蘇逸
平，2003：214～215）

故事的主軸在博士留在芥子宇宙中就已經結束，為什麼
作者要刻意寫出這一段？可見這一段是非常重要的關鍵，文中
沒有提到「他」是誰，不過從上下文推敲一定是冷劍倫，不作
第二人選。他們倆人原本就是歡喜冤家，只是誰也不肯放下身
段說出愛意，紀容蓉藉由芥子宇宙的預知力量，在眾多可以預
知的事中卻只想知道他倆的結果，就表示她困在「愛情」的糾
纏中。原本這篇科幻小說的主軸是濫用科學技術會造成世界的
「毀滅」，最後拉回到男女主角的「愛情」糾纏，因此我們可
以畫出《芥子宇宙》困境糾纏圖（圖6-1-1）：

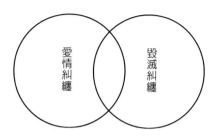

圖6-1-1　《芥子宇宙》困境糾纏圖

　　再看大陸科幻作家劉慈欣的《球狀閃電》，這部小說是少數中方「硬科幻」的代表，文本中對於天文氣象、物理學、量子力學有一定程度的考究，但是對於人性、自然的關懷，還是呈現氣化觀型文化的思維。故事描述一個少年在生日當天，父母被一團泛著紅光的光球瞬間灰飛煙滅，從此他立志要解開殺死他父母的光球──「球狀閃電」的謎團。「球狀閃電」是一種隨機生成的自然現象，威力大閃電，而且可以進入建築物中，倘若觸碰到生物會令生物瞬間高溫灰化。長大後他成為一名博士，在研究球狀閃電的過程中認識了一個女軍官林云，林云擁有深厚的軍方背景使她可以盡情研究與實驗。他們一起合作，經過不斷試驗終於可以觸發並生成球狀閃電，後來運用到武器技術，研發出可穿透建築物並百分之百消滅敵方目標的電球機關槍。主角察覺他的研究運用到軍事方面竟有如此強大的威力，一度想要放棄、離開軍中，因為武器彈指間取人性命的情景，每每使他回想父母死亡的過程。但是林云卻對這種武器深深著迷，持續不斷研究。後來祖國的航母艦隊被敵國生成龍捲風的技術摧毀，戰爭因此爆發。主角關心林云的安危，試著聯絡軍方可是沒有回音，戰事進入膠

著。後來突然在西北某地發生大爆炸，生物沒有任何一點損傷，但是影響範圍內的電腦晶片瞬間被銷毀，有三分之一國土面積的區域頓時陷入電力發明前的農業狀態。戰爭停止了，主角經由老朋友丁儀的轉述得知這次爆炸事件的原由。

　　原來在主角離開軍中後，林云利用電球機關槍對敵方航母進行突擊，沒想到敵國已研發反制裝置，林云的作為一切變的白費。不過後來丁儀和林云因緣際會下發現被球狀閃電消滅的鄭敏寫下的「宏原子」的模型公式，因而發現宏原子核。林云想利用宏原子核製造威力更強大的毀滅武器，不過丁儀極力阻止她，深怕引發不可預知的嚴重後果。在丁云進行首次試驗的前夕，軍方高層突然宣布立刻停止試驗，相關研究進行封存，丁云極為惱怒，趁人不注意時啟動宏原子核的「核聚變」，結果造成大爆炸，三分之一國土內的電腦晶片被毀滅。

　　林云在爆炸後消失了，戈壁沙漠上留下一面平滑無暇的巨大鏡子，三天後林云的父親來到鏡子前，林云出現告訴父親及眾人一個深藏在她心中的秘密──母親戰死的真正原因。然後呈現量子態的林云像一抹晶瑩的影子消失。

　　文本中多處隱含著執著發展毀滅性武器會造成不可預知的嚴重後果，科技並不只有方便的一面，也有使人類遠離自然的一面。就以恐怖分子「女教師」挾持小學生，試圖毀滅核能發電廠的情節為例：

　　　「那你為什麼殺那個孩子？」
　　　「孩子？他是孩子嗎？」教師故做驚奇地看了一

眼地上的屍體，「我們的第一節課的內容是人生導向，我問他長大想幹什麼，這個小傻瓜說什麼？他說想當科學家，他那小小的大腦已經被科學所污染，是的，科學把什麼都污染了！」她接著轉向孩子們，「好孩子們，咱們不當科學家，也不當工程師或醫生少年的，咱們永遠長不大，咱們都是小牧童，坐在大水牛背上吹著竹笛慢悠悠地走過青草地。你們騎過水牛嗎？你們會吹竹笛嗎？你們知道還有過那麼一個純潔而美麗的時代嗎？在那時，天是那麼藍，雲是那麼白，草地綠得讓人流淚，空氣是甜的，每一條小溪都像水晶般晶瑩，那時的生活像小夜曲般悠閒，愛情像月光一樣迷人……」

「可科學和技術剝奪了這一切，大地上到處都是醜陋的城市，藍天沒了白雲沒了，情操枯死溪水發黑，牛都被關進農場的鐵籠中成了造奶和造肉的機器，竹笛也沒了，只有機器奏出的讓人發瘋的搖滾樂……」

「我們來幹什麼？孩子們，我們要帶人類重返伊甸園！我們首先要讓人們知道科學和技術有多醜惡，怎麼能做到這一點？如果讓人們感受一個膿瘡有多噁心該怎麼辦？就是切開它，我們今天就要切開這個技術膿瘡，就是這座巨大的核反應堆，讓它那放射性的膿血流的到處都是，這樣人們就看到了技術的真相……」（劉慈欣，2004：133）

　　雖然恐怖分子最後還是被電球機關槍銷毀了，但作者藉由對抗科技的反動，喚起讀者重新重視自然的情操，卻是不容質疑的。文末林云以「靈體」的狀態回到現世，重新對自己的執著作檢視，並對老父闡述為何自己會如此執著於武器的毀滅力量，就是為了幫母親報仇，這就是「親情」的糾纏。在丁儀說不出口的愛意中，以「相片」的形式展現，就是「愛情」的糾纏。因此，我們可以畫出《球狀閃電》困境糾纏圖（圖6-1-2）：

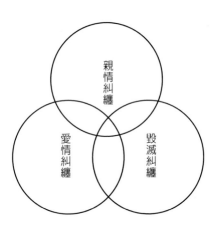

圖6-1-2　《球狀閃電》困境糾纏圖

　　中國人沒有造物主信仰，不會窮盡力量發展科學，理所當然往現實倫常著眼，這也就是為什麼在中方文學中常出現對於親情倫理的感受。且看杜甫的〈月夜〉「今夜鄜州月，閨中只獨看。遙憐小兒女，未解憶長安。香霧雲鬟濕，清輝玉臂寒。何時倚虛幌？雙照淚痕乾」（清聖祖敕編，1974：1304），「想家」是每一個外出或因故滯外的人普遍有的情感，但詩人不直接說自己想

家，而說家人正思念著自己；這一設想，將自己對家的惦念和家人所受「君何時歸來」的心理煎熬一起呈現了，不啻要賺人「兩次」熱淚！詩人的巧為安排（尤其「遙憐小兒女，未解憶長安」一句，寫詩人遙想可憐家中小兒女，不了解他們的母親「望月思夫」的哀情，最見細微），使得詩作所傳達情感婉曲潛蘊，感人至深，遠非一般空寫思情的作品所能相比。（周慶華，2001：143）

再看同樣以親情倫理為主題的中西方電影，來比較其中的差異。西方電影《勇者無敵》在描述一對兄弟因為誤會而分開，兩人不再相見，哥哥成家立業後礙於經濟壓力，為了獲得高額獎金，參加世界知名的格鬥賽；弟弟則從軍參加波灣戰爭，回國後找父親當他的指導教練（兄弟兩人都有拳擊格鬥基礎，父親早年酗酒，對倆兄弟家暴），弟弟起初只把老父當成利用的工具為了參加格鬥賽，並沒有絲毫原諒父親的意思，後來兩人在格鬥賽上碰面了，哥哥試圖化解兩人的誤會，弟弟卻因為哥哥說「原諒父親和弟弟」而更為火大。兩人不歡而散，弟弟以驚人的格鬥技術擊倒眾多對手，哥哥則以巧妙的格鬥技巧險勝敵手，兩人終於在冠軍賽上碰面了，父親面對兄弟相爭不知如何選擇只好酗酒逃避。一開始弟弟以壓倒性力量打到哥哥傷痕累累，哥哥為了解除家庭經濟的壓力苦撐下去；後來哥哥技巧性把弟弟壓制在地，為了迫使弟弟棄權，哥哥把弟弟的手肘扳斷。但是弟弟還是不投降，兩人持續纏鬥，最終哥哥壓制弟弟僵持不下，以一聲「我愛你」終於迫使弟弟認輸，贏得比賽。

　　從這部影片中可以深刻地體會到：雖然面對兄弟之情，榮耀的位階更高。這是由於西方文化是由個別人組成的社會，雖然兄弟源於同一血緣，但是面對上帝還是視為獨立的個體，西方人成年之後就要離開家庭，為自己的行為負責，兄弟之間的關係不緊密，父子之間的關係也不緊密。因為他們不用對彼此負責，只需對上帝負責，這背後源於一神教的觀念，親人只在小孩未成年時對其負責照顧他的生活，等到成年後，就不在父母的羽翼下，要為自己負責；而子女也不需為父母負責，他們另組家庭後為家庭負責，年老的父母保有獨立的生活空間，也為自己退休後的生活作打算：選擇到養老院或獨自生活。

　　從兄弟相爭的角度來看，親情最終還是敵不過爭取榮耀，哥哥的一句「我愛你」只是為了使弟弟屈服，不然面對手足之情，怎麼忍心把兄弟的手折斷，這樣作等於造成兄弟之間更大的鴻溝。在西方社會兄弟不用天天見面，所以不用每天面對「傷害對方」的羞愧，也才能對「肉體傷害」看得淡。而爭取榮耀反而成為第一要務，因為爭取到世界第一的榮耀，獲得上帝的重視就可獲得救贖，這是西方人人生在世最終極的目標。

　　從這部影片可看出這是深具創造觀型文化的電影，西方人看完這部電影可能熱血沸騰、熱淚盈眶，但是如果把這部電影置於中國文化下，或許會變成冷酷無情的影片。

　　類似中方電影《錢不夠用2》是一部新加坡電影，故事描述一個大家庭有三兄弟，大哥忠厚老實，辛苦賺錢養家活口並負責照顧老媽，二弟經營直銷公司販賣養生食品，三弟投資房地產獲利。三兄弟定期回到母親家全家團圓聚餐，一日大哥認為辛苦賺

錢卻只能養家餬口,改行加入二弟公司,生活總算有起色;但天不從人願,二弟被不肖業務搞垮整個公司,財產全都賠光,大哥也遭到波及,三弟因投資失利,一夕之間財產盡數充公,三兄弟頓時窮苦潦倒,三個家庭也陷入經濟困窘。三兄弟都偷偷跟老媽借錢,老媽把僅存的棺材本給了三兄弟,還說:「自己覺得很慚愧,沒辦法多幫助兒子!」後來三兄弟各自改行,經濟也稍微有點起色,老媽卻因年紀漸大健康狀況大不如前,又得了老年癡呆,只好由三兄弟輪流照顧。面對老媽的病和龐大的經濟壓力,三兄弟撐不下去選擇把老媽送到養老院,老媽因此傷心中風,一病不起。三兄弟感到十分慚愧,這時三弟的女兒車禍受傷急需血袋救命,老媽也內出血需要同一份血袋,三兄弟因此在醫院爭奪救命血袋。大哥二弟要救老媽,三弟媳婦要救女兒,三弟無所適從。就在此時老媽清醒聽到三兄弟為此爭吵,毅然決然拔下自己的呼吸管,犧牲自己拯救孫女。數月後,三兄弟感情一如以往,為母親上香。

這部電影充滿濃濃的中國人情味,忠實反映中國傳統的倫理觀念,父母竭盡一生的心力就是了照顧家人照顧兒女,兒女長大成家立業後同時照顧家庭也照顧年老的父母,同時對家庭對父母盡責。這是根源於中國傳統以一個個家庭組成的社會,人由氣化而生,人與人糾結在一起,就等同於一個一個家庭糾結在一起。而社會就等同於一個更大的家庭。家庭中的每一分子都同等重要,缺一不可;缺少只會使整個家族產生缺陷,所以家庭成員都緊密連結在一起。從影片中可看出即使在窮途潦倒之際,三兄弟還是維持著感情,並沒有終老不相往來。這並

不是影片為了塑造三兄的的親情而做作演出，而是深植於氣化觀下，自然而然的真情流露。老媽在面對三兄弟事業失敗之際並不取笑說兒子不成材，反而責怪自己不能幫助兒子，這只有在氣化觀型文化下才有可能發生。兒子面對龐大的經濟壓力對老媽的照顧還是盡心盡力，對送老媽到養老院的決定，三兄弟同感後悔萬分，這份親情倫理令人動容。從中國詞語「手足之情」、「血濃於水」也可印證這一份道理。因此，這部電影可說是深植於氣化觀型文化下的產物，對於「樹欲靜而風不止，子欲養而親不待」的困境糾纏，體現了中方氣化觀型文化內感外應的思維。

最後我們可以用困境糾纏的寫作模式來含括中方科幻小說，所選出的張系國的《星雲組曲》、倪匡的《後備》、葉李華的〈戲〉、黃海的《鼠城記》來驗證中方科幻小說的困境糾纏模式。《星雲組曲》、《後備》、〈戲〉和《鼠城記》分別代表愛情糾纏、命限糾纏、虛擬世界糾纏和毀滅糾纏。其餘的中方科幻小說題材因為礙於篇幅的關係，沒辦法作深入討論。以下便依中方科幻小說的困境糾纏模式作一簡圖（圖6-1-3）。

第二節　張系國《星雲組曲》的愛情糾纏

張系國，江西省南昌縣人，1944年7月17日出生於四川重慶，1949年來臺灣，在臺灣長大。畢業於新竹中學，後進入臺大電機系，留美專攻電腦科學，於1967及1969獲柏克萊加州大學（University of California-Berkeley）碩士和博士學位。除曾

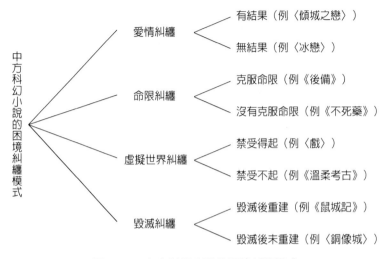

圖6-1-3　中方科幻小說的困境糾纏模式

任教於康乃爾大學（Cornell University），伊利諾大學（Illinois University）、國立交通大學、伊利諾理工學院（IIT）電機系主任、匹茲堡大學（Pittsburgh University）計算機系主任，還擔任過華生研究中心研究員、中央研究院數學、資訊研究所研究員。並創辦知識系統學院、推動資訊科學、系統科學及社會科學的聯合研究。現任教於匹茲堡大學。他的研究範圍包括知識基礎資訊系統、圖像資訊系統及視覺語言。

　　張系國於學術之餘，從事文學創作，出版有長短篇小說及隨筆等十餘種。在大學時期作品包含科幻、寓言，他極為重視時代脈動，並提倡科幻小說寫作，影響了許多年輕學子，蔚為風氣。

　　張系國在《香蕉船》一書中，曾經提到他的寫作因緣來自童年時期不愉快的經驗，因為他小時候常被同學捉弄，在這

陰影下他變的孤獨。因此，他投入書本的世界中，藉由閱讀他有安全感，也因此寫作成了他最舒適自在的天地。（張系國，1976：145）

張系國也提到他為何一直「流浪在外」，因為他小時候被捉弄慣了，了解那種傷害和痛苦，所以他如果見到一大堆人欺負一個沒有力量還手的人時，他就會跟弱者認同在一起，去打抱不平；因此他參與了政治，而在那個敏感的時代，就為他帶來麻煩。因為許多事情都牽涉到政治問題上面，所以他就惹上了麻煩，無法回到臺灣。但是他又忍不住要「多管閒事」，因為他不能坐視不管。所以這變成他最大的矛盾和痛苦。（張系國，1976：148）

> 張系國從大學以後充分表現對社會、政治的關懷，在知識
> 分子圈子裡時有　聚會，當主編、辦刊物、寫文章，乃至
> 於參加釣運，似乎看不出「孤僻」的影子；走過極為紛亂
> 變動的時代，他關懷現實卻不捲入各種意氣之爭的論戰；
> 在他的寫實小說裡，分析反省懷疑大過於對事件情感熱烈
> 的描寫，描寫的對象也以上層知識分子為主，流露小眾文
> 化裡嚴肅而非通俗的色彩。他對現實政治的關懷投入，似
> 乎主要來自知識分子的責任感、好管閒事的正義感，而非
> 與人群交往的熱情。（范怡舒，1998：10）

從張系國的小說創作中，可以體會到他對社會時事、現實政治的關懷。二十世紀八〇年代前，張系國的創作多

半以寫實小說為主，努力描寫他生長的這塊土地，在觀念上強調「中國人整體經驗」不分臺灣與大陸。二十世紀八〇年代後，他則著重在科幻文學創作上，《星雲組曲》是他以筆名醒時發表的十篇小說集結之作，勾畫從二十世紀到二百世紀的未來世界，探索人類生命在星雲宇宙的衝突和交會中所扮演的角色。張系國以科幻小說預言人類的命運，更透過悲憫的諷喻，批判今日人類的自滿和愚妄。（張系國，1980）

　　《星雲組曲》這一本書是由〈歸〉、〈望子成龍〉、〈豈有此理〉、〈翦夢奇緣〉、〈銅像城〉、〈青春泉〉、〈翻譯絕唱〉、〈傾城之戀〉、〈玩偶之家〉、〈歸〉十篇短篇小說組成。〈歸〉描寫在海底工作站的一段愛情故事。海底工作站的科學家利用心靈感應技術控制機械坦克開採礦源，卻遭敵方攻擊，工作站多處損毀。女主角吳芬芬受困在獨立艙房內，男主角烏世民自告奮勇潛水求救，在二人生死交關之際，烏世民對吳芬芬說出難以啟齒的愛慕之情。〈望子成龍〉描繪人工受孕及遺傳工程學廣泛使用來控制人口素質。在中國傳統重男輕女、傳宗接代的觀念影響下，一對夫妻想要一舉得男，便到人口計畫局登記，並且利用基因改造技術，試圖附加優秀基因到孩子的身上。沒想到人口計畫局以「人有賢愚不肖，人類素質須維持一定比率」為理由作了最後修正，夫妻倆「望子成龍」的心願於是幻滅。〈豈有此理〉描述生物工程學不斷有重大突破，人造生命終於出現，王復恩利用精神面貌沉澱重組技術複製出妲己、褒姒、西施，不過

也因此沉迷於情慾的愛戀中，最後造成了一段遺憾。〈翦夢奇緣〉摹擬商用的夢幻天視造成了無夢的世界，剪斷了人類幻想與創作的能力，發明者為了彌補自己的過錯進行綁架、破壞，不過最後還是功敗垂成。〈銅像城〉以「旅行指南」式的敘述史實手法，描繪出「索倫城」文明發展到了極致終於毀滅的故事。擁權者必須重鑄銅像，政權一代一代輪替，銅像也越鑄越巨大，彷彿有一股無形的壓力，令人望之肝膽俱裂。〈青春泉〉敘寫轉世科技完備，各星球普遍設立轉世中心，除非被氣化，每個人都可以轉世永生，永生對敏感的心靈反而帶來更大的痛苦。〈翻譯絕唱〉描摹一個翻譯學家不斷輪迴卻一直堅持翻譯工作，在其中一世因翻譯錯誤而經歷一段奇異的冒險。隱喻著「吃人者不自知在吃人，被吃者不自知在被吃」的權力欲望的伸展向度。〈傾城之戀〉全敘有關時間旅行的研究，到了六十五世紀才漸有收穫，時間甬道通車後，全史學的研究因而興起；到了一百八十世紀，卻導致不少星球文明的崩潰。男主角王辛在時間旅行中得識了梅心（來自未來的女郎），這段不能有結果的愛情使王辛放棄永生，寧可留在即將毀滅的索倫城，在城陷那一刻，梅心出現在他身後。〈玩偶之家〉設想遙遠的未來人類的文明逐一崩潰，終於為機器人文明所取代。機器人發展出意識，反而自認為是「人類」，而人類則淪為寵物，借由一隻靈靈（人類）告訴小孩（機器人）人類文明毀滅的緣由。〈歸〉寫到在偏遠的星球，存在著一段夢幻的愛情故事。

　　文本中對於科學技術的描述並不如西方科幻小說細膩，倒是對於小說主題常侷限在人際關係中。在李歐梵的序中寫道：

　　張系國在一篇談科幻電影的雜文〈奇幻之旅〉中提到：
「科幻電影的素材是幻想，幻想並不是胡思亂想，胡湊
上幾個怪物、機器人、瘋科學家……絕對搞不出好電影
來。比較好的科幻電影都有一個新奇的構想。一個簡單
的公式是這樣：『如果……發生了，會怎樣？』」（張
系國，1980：序4）

　　這段話正可作為氣化觀型文化內感外應的寫照。也就是
說，我們並沒辦法像西方創造觀型文化有豐富的想像力，經常
是藉由外界對我們本身的刺激才有所回應；通常我們會假設科
學技術的發展對人類的生活有什麼衝擊，進而發展出因應之
道，或作預想，或作省思。這全然是由於氣化觀型文化中人沒
有另一個世界去想望，只能關注現實人生及所處環境。而充分
反映「內感外應」的極致，就是對人生困境的糾纏。而人生困
境不外乎有愛情、有命限、有虛擬真實、有毀滅、有權力欲
望……的糾纏。因為氣化觀型文化建立在一個一個的家族上，
要維持家族的和諧不致崩壞，最重要的就是人際關係的經營，
在團體裡鋒芒畢露必不見容於群體中，必須「曖曖內含光」避
免太過凸出，而遭家庭成員嫉妒（西方就不時興這一套，西方
人認為有才華的人就應該在各領域發揮所長，以期待被上帝看
見而獲得救贖）。就以《星雲組曲》中第一篇〈歸〉為例：

　　「什麼話。機一隊的測試警句不是這麼說嗎──愛就是
永遠不必說對不　起。」烏世民說：「我們認識的時間太

短，我也不好對妳講什麼。可是現在不同了。我……有
人永遠會愛著妳。記住，不論發生什麼事，有人永遠愛
妳。」（張系國，1980：16～17）

在生死交關之際，烏世民自認為離開海底工作站向外求援
的生還機會不大，所以對吳芬芬說出深藏在內心的話，但卻是
藉由「有人永遠愛妳」來象徵著「我也愛妳」，而不直接了當
地說出「我愛妳」。或許有人會認為這是中國人情感含蓄內斂
的表徵，但由世界觀上來深究，這是根源於氣化觀型文化家族
成員中對於情感的表達，必定不能直接，一定要「拐個彎子」
表示，以求在其他家族成員中的和諧，不致遭到嫉妒。即使在
現代，已經由家族擴展為社會全體，這種深植於世界觀下的思
維還是不會改變。

在西方電影中（如《全民情聖》）常出現二人在酒吧、在
旅館大廳、在繁忙的街上、在各種公共場合，大聊特聊彼此的
情事，毫不避諱，甚至還白旁人一眼。西方人交談講求「我要
表達的就一定要直接了當說給你聽」，這就是根源於西方人在
跟上帝禱告時是一對一的狀態，必定把事情的重點直接跟上帝
說明白。延伸到人與人之間的對話也必須「清楚明白」。

再看〈望子成龍〉裡對於基因改造技術的省思，中國傳統
重男輕女、傳宗接代、望子成龍，無非是為了鞏固家族的權力
核心。當面對人口過度膨脹，需要節制生育時，生兒育女的選
擇還是停留在「生兒子」上：

還是中國人的老毛病改不掉。方先生摸著多肉的下巴。
「假如每個人都像你這樣，那麼我們下一代豈不全是男
兒了？現在政府規定的比例是每千名新生嬰兒中，有538
名是男性，462名是女性，來申請的就依照這比例抽籤決
定。如果不幸抽不到，又堅持一定要某一性別，只好等明
年再抽籤。你就是這種情形。」（張系國，1980：26）

　　這段話已經暗示了自然規律的重要，企圖利用科學技術改
變「生男生女」的機率，只會造成社會秩序的崩壞。那改變下
一代的基因又如何？

　　　「李先生。」宋小姐遞給李志舜一張塑膠名片。
「我是創基公司的業務代表。我們公司和別家公司不一
樣，我們並不推銷古人的翻版品。您一定也清楚，那些
公司其實都是外國公司的代理商，那種產品並不適合國
情。我們中國人從來不喜歡為人作嫁。我們的民族性比
較保守，也比較重視傳宗接代的觀念。不然……嘻嘻，
您也就不必那麼大勁要一個男孩了。但是，用自己的精
血創造下一代，並不表示不能改良下一代的品種，辦法
多的是呢！」
　　　……
　　　人口計畫局有權改變任何新生兒的遺傳基因，這是
我們的職責所在。我們的任務，第一是控制社會總人口
增減的速度，第二就是改良人口的品質。從前我們並不

主動去改變遺傳基因。但是現在類似創基公司的行業愈來愈發達，每家人都希望下一代變得更聰明更漂亮。從個人自私的觀點來看，這並沒有錯。但是從整個社會的觀點來看，這就會造成嚴重的問題。試想，如果社會上都是聰明人卻沒有笨人，都是美人卻沒有醜人，大家豈不是爭執得更厲害，問題豈不是更多了？社會學家早已研究過，一個社會既不能只有一種人，賢愚不肖一定要有適當的比例。（張系國，1980：37～43）

這就是面對醫學技術進步所產生的「內感外應」，氣化觀型文化認為人由精氣化生，精氣和合純雜的差別造就了人的賢愚不肖。中國人這種宇宙觀既然以宇宙萬有為陰陽二氣所化，宇宙萬有的起源演變就在「自然」中進行，這不無暗示了人也該體會此一「自然」價值，不必做出違反自然之理的行為。（周慶華，1997a：95）因此，可構成〈望子成龍〉的文化類型圖（圖6-2-1）。

三十二年前張系國就寫了這篇科幻小說，當時他就對改造基因這方面的技術對後世的影響產生疑慮。三十二年後的現在，基因改造技術未曾停歇，從我們吃的食物到人類的DNA，全都在研究範圍內；「科學研究沒有道德標準，科學技術的使用才有道德標準」，很難保證將來的基因改造技術一定不會用在人體身上，這是一個值得我們省思的問題。

〈豈有此理〉中王復恩利用科學技術重組古代三位傾國傾城的美人，王復恩說：「放心，再多我也不要了。有三位絕代

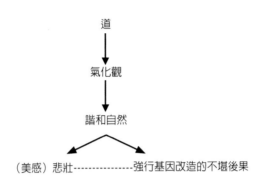

圖6-2-1　〈望子成龍〉的文化類型圖

佳人長相隨伴，我王復恩於願已足，夫復何求？」（張系國，1980：57）卻反而沉溺在情愛中無法自拔，最後弄得槁木死灰，因此把所有研究燒毀。這不啻是濫用科學技術的不良效果（陷入情愛的糾纏）嗎？

　　〈翦夢奇緣〉也是闡述科學技術的發明對人類生活造成不可預知的後果。夢幻天視的技術就好比在人腦中裝了一臺電視頻道接收機，隨時可以藉由廣播收看不同的節目，還可以化身為主角經歷各式各樣的冒險，甚至和同樣裝了夢幻天視的人進行神交：

　　「李先生，你一定覺得很奇怪，夢幻天視的發明人，怎麼會加入反對天視聯盟，是不是？」陳教授頓了頓。

　　「我不僅是反對天視聯盟的一員，事實上還是這個機構最高負責人。我為什麼會反對自己發明的東西？我可以

講個故事給你聽。一百多年前，有一群科學家試造成功第一枚原子彈。他們大多數沒有考慮到發明原子彈的後果。在廣島長崎之後，他們中間不少人後悔極了，都變成反對製造原子彈最積極的人。我個人的感覺也是一樣。在發明夢幻天視的時候，我也沒有考慮到它會帶來這麼多問題。現在我後悔了。我希望能夠做些補救的工作。」「陳教授，夢幻天視有什麼不好？」「你在天視臺工作，應該十分了解內情。」陳教授嘆了口氣。「夢幻天視阻止人類發揮天生的幻想能力。凡是腦裡裝了天視收發機的人，都不在作夢了……」（張系國，1980：71）

這段話中明顯看出一項新科技的發明，可能會便利人類的生活，但並不全然是好的一面，無法預知的後果雖然並不一定會立刻顯現出來，但或許幾年後甚至下一代，等到大家都習慣這項技術、離不開這項技術時，它的副作用才發揮，到時連後悔的機會都沒有了。

再看〈傾城之戀〉描述的關於一段時空旅行的愛戀，王辛和梅心在一段時間線上的交會點相戀，但是隸屬於不同時代的兩人因規定無法有美好的結果。張系國借由時空旅行情節編織一段優美的愛情故事：

「不是幻夢。」他握住她的手。「時間就跟這片原野一樣，永遠結結實實的存在著。妳是屬於未來的人，但是

妳不會認為我們相識也是一場幻夢吧？我知道未來有妳，妳知道過去有我，一千年的時光也不能把我們分開，對不對？問題是妳要選擇哪一刻而活。妳必須選擇，最後妳一定要選擇。」

……

「城陷了，走吧。」柔和的聲音在他耳邊輕輕說。他猛然回首，她正站在他身後。「妳來這裡幹什麼？」她緩緩脫下碎玉串成的長袍，他明白這意味著什麼。他不能再回去，她為了他也不回去了。在浩瀚宇宙無數星球之中，在億萬光年無邊的歲月裡，他們偏偏選擇了這一刻活著，沒有過去，也不再有未來，僅只有這一刻。他把長劍交到左手，緊握住她的手。他們共同面對燃燒中的索倫城，京城內的房屋均在燃燒，烈焰騰空，金黃色的火海彷彿將直燃燒到永恆。（張系國，1980：139～142）

　　這反映了現實中「想愛卻愛不到」的愛情糾纏，時空旅行只是一層糖衣，用來包裹一段愛情故事。由此可構成〈傾城之戀〉的文化類型圖（圖6-2-2）。

　　〈玩偶之家〉中在未來的世界，人類的時代已經毀滅，人造發明的機器取而代之。機器人有了思想，反而自認為是人類，正辛勤地工作還想研發為機器人工作的機器人。有點荒謬的情節，卻讓人看了不寒而慄，將來這正是有可能發生的事，這給我們一個反省「機器崇拜」的啟發：

兒子手中的靈靈閉上眼睛，但它仍舊在說話，聲音細微得幾乎聽不見。「GY，我講個故事給你聽。很久以前，世界上就有了人，他們自稱是萬物之靈。後來人造了像你這樣的機器人來服侍人類，但人太狂妄自私，終於毀滅了自己的族類。他們遺留下來的機器人反而繁殖眾多，繼承了整個世界，這就是你們。我們人類卻變成了你們的玩物，你明白嗎？你不是人，我才是人。」（張系國，1980：154～155）

西方也常出現此類的電影（諸如《魔鬼終結者》、《駭客任務》），但它們提供的是一段英雄的啟蒙旅程，主軸是關於「人必定戰勝機器」，造成的後果——「人可以無止盡的利用機器，而不用考慮它們的反撲」；反觀張系國的小說提供的卻

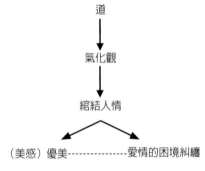

氣化觀文化

道

↓

氣化觀

↓

綰結人情

↙　　　　↘

（美感）優美----------------愛情的困境糾纏

圖6-2-2　〈傾城之戀〉的文化類型圖

是「濫用機器造成的人類文明的毀滅」，在氣化觀型文化下提供的啟發，更值得我們思考。

　　李歐梵認為張系國的《星雲組曲》有著濃厚的中國味，沒錯，不過我認為這不是張系國不願學習西方科幻小說的馳騁想像力，而是在深受氣化觀的影響下本質難變，不得不然。在《星雲組曲》十篇短篇中都包含著人世間情感的關懷。〈歸〉的愛情糾纏、〈望子成龍〉的諧和自然糾纏、〈豈有此理〉的愛情糾纏、〈翦夢情緣〉的虛擬世界糾纏、〈銅像城〉的權力欲望糾纏、〈青春泉〉的命限糾纏、〈翻譯絕唱〉的權力欲望糾纏、〈傾城之戀〉的愛情糾纏、〈玩偶之家〉的毀滅糾纏和〈歸〉的愛情糾纏。綜合以上十篇可構成《星雲組曲》的文化類型圖（圖6-2-3）：

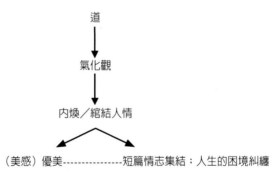

圖6-2-3　《星雲組曲》的文化類型圖

　　人生中各種的困境糾纏交織在一起，相映於氣的結合含混在一起，因此可構成《星雲組曲》的困境糾纏圖。

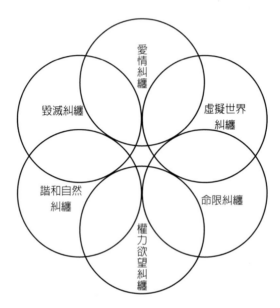

圖6-2-4　《星雲組曲》困境糾纏圖

第三節　倪匡《後備》的命限糾纏

　　倪匡生於1935年5月30日中國上海，原名倪聰，字亦明，先後使用過的筆名有：衛斯理、沙翁、岳川、魏力、衣其、洪新、危龍，有人稱呼他為「智慧老人」，信奉基督教，祖籍浙江鎮海。1957年逃亡到香港，1992年移居美國舊金山，2007年返回香港。他是華人科幻小說界裡的知名作家，被喻為「香港四大才

子」之一。倪匡寫作範圍甚廣，也曾寫作怪異小說、武俠小說。作品包括《衛斯理系列》、《原振俠系列》、《女黑俠木蘭花系列》等。此外，倪匡也創作了超過三百多個電影劇本。

　　1951年，十六歲的倪匡為了追尋烏托邦理想，輟學離家，隻身北上進入華東人民革命大學受訓三個月，然後參加中國人民解放軍和公安幹警，參與過土地改革和治理淮河的工程，後來又去了內蒙古墾荒。當兵期間，他漸漸意識到共產黨的種種不合理的行為，跟宣傳的平等世界完全是兩碼事，軍隊內部就有不少特權階級橫行，而且事無大小都要匯報思想、開會檢討，令愛好自由的倪匡感到不滿和失望，經常跟上級爭拗，也多次成為批鬥對象。

　　1956年末，身處內蒙古的倪匡因兩項罪名被迫逃亡：其一是因為風雪太大，運煤車不能把煤送到，他和另外幾名士兵為免凍斃，合力把小河上的木橋拆下來生火取暖，結果被單位書記指為「破壞交通」；其二是他偷偷飼養的狼狗把軍中的大隊長咬傷。這二罪足以判他監禁十年，於是他聽從朋友的指點，連夜騎馬逃往北方，原本想到外蒙古避難，卻誤打誤撞到了火車站，坐上一列開往南方的火車到達大連，再乘船往上海；但那時沒有人敢接待他，他只好繼續南逃，歷盡艱辛，多次靠吃老鼠、螞蟻、棉花充飢，走了三個月的路到達廣州，路上還發揮其刻印章的技術瞞過關防，才成功逃離中國大陸，後再經澳門，1957年7月成功偷渡到香港。後來在1992年移民美國舊金山，他說是因為政治憂慮，害怕中國共產黨收回香港，在闊別了香港十四年後，聲稱耐不住當地沉悶生活，又再返回他視為故鄉的香港。倪匡的政治取

向和寫作思維，跟他年輕時在大陸的經歷有著密切關係。他說：
小時候家裡很窮，兄弟姐妹眾多（兩個哥哥、兩個弟弟、一個姊
姊、一個妹妹），沒有什麼娛樂，最大的樂趣就是看書，中國的
幾本著名小說，他在十二歲前已經讀過，那時最喜歡的書是《孟
子》，升上中學後就愛看翻譯小說。倪匡認為人腦和電腦一樣，
都是要先輸入很多材料才會運作，相信童年時從書本的吸收，便
成了他日後寫作的資源。

　　倪匡抵港初期在工廠當雜工，晚上在大專院校進修，後來
投稿到《真報》和《工商日報》，不但被採用，還獲得《真報》
聘用，先後出任校對、助理編輯、記者和政論專欄作家。他的第
一篇小說是寫中共的土地改革故事，叫〈活埋〉，1957年底發表
於《工商日報》。翌年倪匡開始創作武俠小說，早期作品包括女
黑俠木蘭花、浪子高達的故事、神仙手高飛的故事以及六指琴魔
等。1962年他開始用筆名「衛斯理」寫科幻小說，在《明報》副
刊連載，已出版的《衛斯理》系列小說達一百四十多本。在1960
年代末，香港武俠影片興起，倪匡轉而從事劇本創作。十多年
間，所寫劇本不下數百部，代表作有張徹導演的《獨臂刀》。據
他自述，他在高峰期時曾一天寫下二萬字，十二份報章刊登他的
作品。倪匡曾經坦言自己已過了寫作的高峰期，不是不想寫，而
是「寫不出，配額已用盡了」（配額一詞出自作品《算帳》）。
寫作令倪匡名成利就，他也因此而一度意氣風發，沉迷於酒色財
氣，1986年信奉基督教後，才逐漸擺脫各種生活惡習。2011年加
入香港小說會，成為榮譽會長。（維基百科，2012a）

　　《後備》故事開首，以自由攝影記者丘倫有一年在歐洲
中部勒曼鎮勒曼療養院附近的草地小湖邊正準備約會女朋友海
文，赴會前途中意外發現從勒曼療養院逃脫亞洲某國的元首齊
洛將軍的複製人，因而託人打長途電話給衛斯理，向他說在在
歐洲中部的一個小湖邊，見到了齊洛將軍，但衛斯理卻以齊洛
將軍不可能會位於歐洲中部理由認定丘倫無聊，事後更把它忘
記得一乾二淨，也未再聽過任何有關丘倫的消息。幾年後，丘
倫的女朋友海文拜訪衛斯理，告訴衛斯理丘倫的死訊，並帶來
丘倫臨終前要交付衛斯理的十多張有關齊洛將軍的照片，衛斯
理面對好友無故被殺，以及想起當年他曾說過他在小湖邊遇上
一個與齊洛長得很相似的人，他想照片中的勒曼療養院以及丘
倫的死有一定關係；碰巧衛斯理另一好友陶啟泉心臟病入院，
瀕臨死亡邊緣，就在住院其間，陶啟泉接觸一名來自勒曼療養
院的醫生，被安排出院另入住勒曼療養院接受換心手術，過程
進行得極其神秘。衛斯理好奇心作祟，加上他認為這次事件同
時可以調查丘倫的死因，於是他動身前往瑞士，最終成功潛入
勒曼療養院得知醫院的秘密，也清楚知道丘倫的死純粹屬於意
外，陶啟泉的病也順利醫好。（維基百科，2008）
　　至於勒曼醫院真正的秘密，在於它為世界各國的重要人物
製造複製人，利用無性生殖的細胞複製技術，可快速培養出成
年的複製人，當各國重要人物（如富商、政要）身體出現無法
挽救的病痛，就移植複製人的器官，達成延續生命的境界。
　　文本中對於無性生殖的細胞複殖技術描述並不深刻，但是
卻提供了大量的人性欲望衝突的想法：

　　一個人在病重之際，對自己生命仍充滿了信心，
這當然是一件好事。可是陶啟泉的信心，卻不是很正
常。因為他的信心，完全寄託在他有錢這一點上。而事
實上，即使肯花一億美金，也不可能換取一天的生命！
（倪匡，2002：52）

　　陶啟泉像是一個小孩一樣，抓住了我的手：「我要
活下去，我一直相信金錢能創造奇蹟，我一直相信，真
的一直相信。」我實在想不出用什麼話來安慰他，只好
輕輕拍著他的手背。陶啟泉望向醫生：「給我注射鎮靜
劑，我不想清醒，清醒，會想很多事，太痛苦。」（同
上，57）

　　像陶啟泉擁有富可敵國的財產，在面對生死病痛之際，還是
像一般人一樣無助，但他比大眾多了一樣利器——金錢，自認為
金錢可以改變一切，及使用醫術或不道德的手法（如奪取他人器
官）也要延續自己的生命，這就是一種權力欲望的糾纏。

　　文本中的勒曼療養院的醫生哥登、羅克、杜良擁有製造複
製人的技術，處心積慮收集重要人物的血液，等待他們身體出
了問題，再以複製人的器官來醫治，並獲取巨大財富。這些醫
生在倪匡的筆下象徵西方的科學家，雖然名義上作研究延長人
類的性命，但是必須付出相當鉅額的財產：

　　羅克大聲道：「地球上的人口太多了，低劣的人所
佔的比例太大了，應該改變這種比例，使優秀的人得到

良好的生存機會。」

　　我皺著眉：：「那應該怎樣？展開大屠殺，將你所謂不優秀的人全都殺光？」

　　羅克嘿嘿冷笑著：「你說出這樣的話來，證明你對生態學的知識一無所有。人口不斷膨脹的結果，大屠殺會自然產生，各種各樣的天災人禍，會大規模地消滅人口，這是一種神奇的自然平衡力量。但是這種平衡的過程，是不公平的。」我和海文望著他，聽他繼續講下去。

　　羅克又道：「譬如說，大規模的戰爭是減少人口的一個過程，在戰爭中，人不論賢愚，都同時遭殃，一個炸彈下來，多少優秀的人和愚昧的人一起死亡，人類的進步，因此拖慢了不知道多少。」（倪匡，2002：171）

　　這種觀念的盲點在於「誰」決定人的賢愚？是科學家？是上帝？還是西方人？就如同西方的優選觀認為他們是上帝的子民，「非我族類」並不值得救贖。如果要以這個觀念來決定人的存亡，難道處於弱勢的人願意乖乖就擒不會群體反抗嗎？這樣造成的動亂不會更大嗎？當人的生殺大權集中到少數人手裡，那又有誰可以約束「少數人」？所以強求以科學力量來決定人的性命，所造成的後果更可能是文明毀滅的主因。

　　「人是生物，青蛙是生物，魚是生物，蘭花是生物，只要是生物，就可用我們的知識，用無性繁殖的方式來培育。」

　　杜良發出了一下呻吟聲：「可是人始終是人，和青蛙不同。」

　　哥登說道：「當然不同，所以培育過程，也困難和複雜得多。」

　　杜良雙手連搖：「我不是這個意思，我是說，人和青蛙不同，人有思想，有靈魂的。」

　　羅克道：「拋開靈魂不談，人有思想。」

　　哥登肆無忌憚地笑著：「關於人的思想、靈魂，那是哲學家、宗教家的事，我們是生物學家，那些和我們全然無關，在我們看來，人只是生物的一種，和其他的生物，只有生理結構上的不同。」（倪匡，2002：194～195）

　　在創造觀型文化的影響下，科學家為了模仿上帝造人的能耐，可以不顧一切複製人類，只求榮耀上帝／媲美上帝。氣化觀型文化認為人由精氣化生，是自然形成的，為何要借用科學的力量來造人？只著重在科學技術的研發，不重視道德與人文關懷，就會產生上述的結果；科學家並不能只專注在自己研究的領域，同時要考慮到後續的研究影響。就像原子彈的研發，目的在「勝過敵人」，也因此造成無法挽救的生態毀滅。所以科學家的研究應該多多琢磨在道德與人文關懷上，不要一味地追求創新。

　　《後備》中的複製人沒有思想、沒有靈魂，只是一具空殼，等待著大人物的「不時之需」，必要時「任人宰割」。他

們像豢養的動物，生活起居全靠他人照顧，生命對他們來說是
完全沒有意義的。當衛斯理問道：

> 「如果忽然有一天，自實驗室中培育出來的人，忽
> 然有了思想，那怎麼辦？」
> 　哥登道：「那正是我們夢寐以求的目標。」
> 　我吸了一口氣：「你們不覺得，如果真有了這樣的
> 一天，會不會是人類的災難？」
> 　哥登、杜良和羅克三個人的神情，十分怪異，像是
> 我所提出來的事，絕對不會發生一樣。
> 　杜良道：「那怎麼會？只有天翻地覆的變化，不會
> ──」
> 　我搖頭道：「別太肯定了，科學家們，別太肯定
> 了，天翻地覆的變化，可能就是天翻地覆的災禍。」
> （倪匡，2002：204）

　　哥登、杜良和羅克代表的創造觀型文化中人，把造人技術視
為模仿上帝的創舉，並認為這是一項能夠讓上帝看得見而獲救贖
的機會。但是在氣化觀型文化的思維下，並不會認為複製人有了
思想、有了靈魂，是一項值得稱讚的創舉，反而以為是天翻地覆
的災禍。這是由於在氣化觀型文化下首重諧和自然，破壞自然規
律的行為，容易使社會結構崩壞。複製人有了思想，他們的人權
也要受到照顧，不能再被視為「人造物」。試著想想：假如世上
出現了兩個我、三個我、無數個我、無數個父親、無數個母親、

無數個妻子……世界的秩序難道不會崩潰？人倫的結構不會蕩然無存？這都是我們在發展細胞複製技術前，應該要優先考量的。而不是窮盡力量研發，等到事情成了定局，留給後世收拾。

西方科幻電影《絕地再生》中也有相同的情節：一個祕密機構培養了許多大人物的複製人，等到大人物的身體出現問題，再把複製人的器官移植到大人物的身上。但不同《後備》的是電影中的複製人都是有思考能力的，等到複製人需要被「利用」時，就騙他說獲得前往天堂島的船票，然後再拖進祕密實驗室割取器官。電影中著重在男主角（複製人）察覺事情有了悉蹺，歷經冒險，終於重獲自由，並破壞秘密機構釋放所有複製人。這樣的電影並不能提供觀賞者對於「複製人有了思想」的省思，只能算是一部娛樂電影。

再看文本中的阿潘特王子也得了不治之症──胃癌，進到勒曼醫院治療，然後是：

> 事情到了這裡，已經可以說宣告結束了，只有一個小小的餘波，值得記述一下。阿潘特王子在回國之後，大約三個月，就發動了一項政變，成功的政變，使他成為該國的元首。也就是說，他可以自由支配他統治地區的石油收益。阿潘特要取得這樣的地位，當然是為了他要付給勒曼醫院的石油收益。政變中死了不少人，這似乎是由於勒曼醫院的要求造成的，但是世界上不斷有這種事在發生，看來也不能完全責怪勒曼醫院。（倪匡，2002：242～243）

為什麼倪匡要在文末補記這一段？必然是認為這樣的記述值得讀者思考。雖然勒曼醫院並不需要為這場政變直接負責，但是在道義上卻也脫不了關係。如果沒有勒曼醫院的治療，阿潘特王子也就不必為了付出高額的醫療費發動政變，人民也不會死亡。這就是倪匡對於這個事件的「內感外應」。勒曼醫院原本的「救人行善」反倒成了「害人的惡行」。且看以下例子：

> 1975年，世界重量級拳擊冠軍阿里把轉播他拳擊賽的阿依達霍爾劇場的門票提高一美元作為捐款，將這些捐款現給了在非洲的鑽井工程。因為當時非洲的中西部連年乾旱，許多游牧民都為飢餓和乾渴而困擾。在西非獅子山中部挖掘的一口井，的確為保護迫於乾旱南下而來的幾千名牧民和他們的家畜發揮了很大的作用。當然，阿里的善意也受到人們的讚揚。但幾年以後卻發生了意想不到的問題，很多游牧民定居在水井周圍，並飼養家畜，所以水井方圓三十公里內的水草都被吃得精光。因此，在被綠蔭覆蓋的獅子山中部出現了一塊圓圓光禿禿的地方，形成了來自撒哈拉大沙漠的熱風吹向大海的通道。通道兩側原本濕潤茂密的樹林變得乾枯稀疏，北部本來就稀疏的樹林地帶竟成了沙漠。阿里本想拯救為飢餓和乾渴而痛苦的人們，結果卻事與願違，造成了更為嚴重的自然破壞。（堺屋太一，1996：200）

　　拳王阿里未能評估贊助非洲鑽井工程的恆久效益，而造成無法補救的生態環境的破壞。明顯出現了道德的反效果而大為抵銷當初的美意。可見浮濫行善不如不行善（至少不必再費心於彌補無意中所留下的後遺症），這當中還有得我們「智慧」裁奪的空間。（周慶華，2007a：73）

　　整部小說中衛斯理一直對陶啟泉強調要接受重症的事實，這是一種「盡人事聽天命」的思維。在氣化觀型文化下，人的出生與死亡本來就是天經地義的道理，何必強以科技力量去改變。近年來生物科技發達，人可以運用基因複製的方式來「延續」生命。如當代的遺傳工程已經可以成功的複製出羊、豬、牛等動物，下一步就是複製人。倘若複製人成功，那麼人就可以「復活」或「永生」，永遠不會有死亡這件事。這樣一來，「人是會死的」文本就得改寫，而有關演化的觀念也要在加上一條「人可以超越演化」。但誰敢樂觀？換句話說，這種疑問不僅是針對複製技術的成功率及其相關後遺症的克服（如避免「惡魔化」、「滅種企圖」之類），還針對人不死後又要如何？復活或永生，在宗教裡是帶有超越凡俗性的（也就是從此可以過著「神」般的生活。），而複製技術下的生命復活或永生還是停留在現實階段，它憑什麼值得人來寄望？更何況如果人可以「不死」了，那麼人生還有什麼需要努力的地方？它是不是預告著我們活著只是想辦法使自己不死而已？這種種問題，想來的確會叫人深陷泥淖；最後也許要實在一點，想想人會死這件事而設法使自己「沒有白活」。（周慶華2007a：95）

　　整部《後備》傳達的概念其實很簡單，就是「人都會死，強求改變自然規律的事不要做。」就像在倪匡的《不死藥》中惡人從太平洋神祕小島中獲得超級抗衰老素——不死藥，想要從中獲取暴利。但是不死藥也不全然是好的，服用不死藥的人永遠停留在中年，而且喪失生殖功能。倘若停止飲用的話，還會逐漸變成白癡。衛斯理在認清不死藥的後遺症後，拒絕服用不死藥，最後惡人也自食惡果，接受法律制裁。（倪匡，1995）這兩部作品都是用不自然的手段延續人的生命，只不過《後備》偏向科幻，《不死藥》偏向奇幻。但隱含在文字背後的意義都是在告訴讀者人要順其自然，違背自然並不會得到幸福。這也是相應於氣化觀型文化「諧和自然」的觀念。因此，我們可以構成《後備》的文化類型圖（圖6-3-1）：

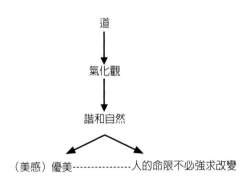

圖6-3-1　《後備》的文化類型圖

　　《後備》中陶啟泉對財富的不肯罷手構成了對「權力欲望」的糾纏；大人物運用複製人的器官來延續自己的生命構成了對「命限」的糾纏（雖然成功克服了命限，但卻得不到真正的幸福）。因此，我們可以構成《後備》的困境糾纏圖（圖6-3-2）：

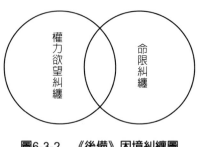

圖6-3-2　《後備》困境糾纏圖

第四節　葉李華〈戲〉的虛擬世界糾纏

　　葉李華出生於1962年，雲南省昆明市人，臺大電機系畢業，美國加州大學柏克萊分校物理博士，曾任幻象雜誌編輯委員，現任教於交通大學建築研究所、天下文化科幻系列策畫、科學月刊編輯委員、科科網總召集人。短篇科幻小說創作〈戲〉曾獲《中國時報》張系國科幻小說獎首獎。著有小說《時空遊戲》，並譯有《喜悅時光》、《大霹靂》、《宇宙的詩篇》、《胡桃裡的宇宙》科普著作，並致力翻譯西方重要科幻作品，如《正子人》、《夜幕低垂》、《童年末日》、《醜小孩》，及艾西莫夫科幻經

典「基地」系列七冊、「帝國」系列三冊、與「機器人短篇全集」等。（向鴻全主編，2003：247）

　　1978年，葉李華正值高一，倪匡第一部科幻小說《雨花臺石》在《中國時報》人間副刊刊出，葉李華一讀之下大驚：「終於看到真正的中國科幻小說了！」從此，開始著迷，追著讀、趕著看，連載的、成書的，一本一篇都不放過。光讀不夠，還作閱讀筆記。筆記上寫的不只是心得感想，還有人物關係圖譜、故事發展系統，甚至故事發展構想建議。在服兵役的第二年，倪匡來臺灣出席「倪匡讀友會」，葉李華特地請了假，親自送上自己多年閱讀倪匡作品的總成果。當時倪匡迷相當多，但葉李華對作品的深入、熟悉程度卻是最深，讓倪匡極受感動，從此兩人成為忘年之交，從臺灣、香港到美國，葉李華都是倪匡的「小朋友知己」。1993年春天，倪匡隱居六個月後，給了葉李華一句話：「來吧！」兩人又連絡上了，成了同住舊金山的鄰居。葉李華為倪匡裝了一部「聲控」電腦，創作力驚人的倪匡開始「用聲音」創作。倪匡有一套金庸武俠小說第一版，任誰借都是一次一套，看完了再來換，即使是金庸的兒子也是一樣待遇，唯獨葉李華可以一次借三套，可見倪匡對葉李華的信任。而兩人「以文會友」的情誼，更表現在倪匡最後一部手寫作品《雙程》中，書中的兩頁附錄，是葉李華仿倪匡筆法寫的，說是為了讓書裡的「科學」更周延，更具說服力。在葉李華深居舊金山潛心翻譯的四年裡，倪匡對他頗有意見，常說：「我六十歲隱居，還說得過去，你才三十多，該回臺灣推廣科幻，你若去做，我無條件支持你！」就這樣，1997

年3月底，葉李華回到了臺灣，開始以最大的熱情與使命感，從主觀的科幻迷轉變成客觀的科幻推廣者！在1980年代，臺灣只有一個科幻小說創作獎，就是張系國創設的「張系國科幻小說獎」。此時，葉李華才是初試身手的科幻小說創作者。科幻小說獎只舉辦了六屆，葉李華就連續參加了三屆，終於得到1989年的首獎。這個首獎讓葉李華除了享受得獎的喜悅，似乎也讓剛萌芽的科幻傳播使命感迅速茁壯。因為在葉李華全力參加科幻小說創作比賽的同時，他也熟讀了張系國全部著作，密集而深入的閱讀，所以不但讓葉李華創作的風格脫離了倪匡的影響，更開啟他對科幻的大格局思考。1989年，葉李華開始為張系國創辦的「幻象季刊」奔走，擔任編輯委員，短短兩年間，他幾乎熟識了所有海內外老中青三代科幻小說家，特別是臺港兩地的重量級作家，包括李逆熵、杜漸、譚劍、蕭志勇、平路、李黎、溫瑞安、黃海、葉言都、張之傑等等。這是他傳承張系國科幻推廣精神的具體行動，也是他推廣科幻的第一個工作。對葉李華這種既熱愛理性的科學知識又癡迷於科幻的「科學家」來說，捨科學研究就科幻或是捨科幻就科學研究，本來就是兩難的抉擇，但是勤於思考、常能洞見關鍵的葉李華卻能說得一針見血：「科學研究少我一人沒有損失，科幻推廣少我一人，就少了很大的力量！」他的擔當與膽識，完全表露。在舊金山「沈潛」的日子裡，他天天工作十小時以上，翻譯前一定讀過兩、三遍才著手，四年內，翻譯了二十四本著作，一半是科普一半是科幻。這樣的成績似乎清楚說明了：他已立下成為科普教育者與科幻推廣者的職志。果然在倪匡的催促與自己

使命感的召喚下，他回到生長的故鄉，他的重要工作真的一半奉獻給科普一半奉獻給科幻。（金多誠，2000）

　　在科幻推廣上葉李華真是不遺餘力，他開設了華文世界第一個專業科幻網站「科科網」。他也是臺灣第一個在大學開科幻通識課程的科學家，分析欣賞中西方科幻小說、電影、講述理論與發展脈絡，同時鼓勵學生創作科幻小說。（金多誠，2000）

　　〈戲〉描述女主角納蘭華厭倦研究心理學、厭倦一直待在實驗室裡觀察白老鼠，積極爭取進入SDI總部（重要軍事單位）工作。當她面試時接受一項心理測驗，爾後接到通知立刻向SDI報到，原因是總部電腦資料庫遭到外人入侵。由組長羅素、軟體工程師傑夫、電腦網路通訊專家亞瑟和心理學家納蘭組成的緊急調查小組，奉命追查這項入侵事件的原由。

　　根據入侵記錄，納蘭研判這個闖入者是個天才型的罪犯，每次闖入的時間都很短，而且表現很從容。她認為這罪犯惡作劇的成分很大，把侵入各種電腦系統當作自我挑戰，人格上大多有缺陷、自我中心、自大自滿……最後研判他還會再次闖入，因此小組立刻著手進行防禦準備工作。

　　二位電腦專家在資料庫中放置許多抗體程式，只要入侵者進入立刻自動示警與攻擊。當入侵者闖入後電腦螢幕呈現一場電子拉鋸戰，最後入侵者贏了並盜取許多資料。電腦專家氣極敗壞立刻檢討缺失，以因應下一次入侵。第二天同一時間，入侵者再次闖入，當他被抗體軟體包圍時，化作眾多複製體突圍；並且盜取許多重要機密文件。

　　不過小組也追蹤到入侵者的正確位置——月球的寧靜海，並分析闖入者的電波記錄，發現他是利用「精神載波」技術把自己投射在網路中，所以才會防不勝防。組長下令同樣以「精神載波」因應，納蘭和二位電腦專家全身麻醉，把自己的形體投射在電腦網路世界中。在網路世界中，資料庫化作一幢怪異建築，四通八達的通道宛若迷宮。三人在入口處等著，等到入侵者進入資料庫他們尾隨在後，最後終於抓到他。入侵者呈現混血兒的樣貌，是個年輕、聰明相的大男孩。納蘭進行偵詢，發現他叫李奧，由於無聊而進入機密機料庫尋找刺激，最後小組決定放過他並約定銷毀所有竊取文件，這次事件不能張揚出去。

　　當納蘭回到現實世界，疲倦地睡著期間，李奧又再次進入資料庫中盜取最高機密檔案，納蘭一氣之下接通李奧的頻道質詢他。他利用「自白書」月球和地球的時間差，證明自己在同一天犯罪，並沒有在「以後」犯罪。並且希望納蘭親自前往月球監看檔案銷毀過程。納蘭依約前往，不過也因此發現李奧的真實狀況。原來李奧因疾病身體萎縮，只剩一顆頭腦靠儀器保存在容器中，真實世界的李奧哪都不能去，只能藉由網路世界尋找刺激。當納蘭發現真相後不禁放聲大哭，昏了過去。

　　當納蘭清醒後，組長告訴她原來這一切（李奧入侵事件）都是納蘭進入SDI的測驗，在所有的劇本都是在測試納蘭的心理情具反應能不能在嚴苛的SDI工作。最後納蘭並沒通過測驗，因為她心腸太軟、感情太豐富。不過組長也坦白因為納蘭是第一個女性受測者，所以在修改劇本的同時把自己年經時的性格投射在李奧身上。雖然測驗沒通過，不過他希望能有機會再和納

蘭見面，納蘭也答應了他的約會。（向鴻全主編，2003：247～281）

　　葉李華的短篇科幻〈戲〉中表達的概念很簡單，就是：把現實的人倫關係投射在虛擬世界中。即使在虛擬世界中，還是會有「人飢己飢，人溺己溺」的精神。這就是氣化觀型文化下的內感外應的寫照。當納蘭抓到李奧並進行偵訊時：

> 　　「也沒什麼，只想找找看有沒有新鮮好玩的程式。」
> 　　「什麼叫新鮮好玩？請你老實一點，你是不是替什麼組織工作？」
> 　　「我說的都是實話，真的只是自己想找些好玩的程式而已，我從來都不撒謊的。」
> 　　我看他一臉天真的表情，直覺地感到他不像是在說謊，看來還真被我全料中了。
> 　　……
> 　　「那我多無聊！你們生活在地球的大都市中，根本不能體會我們月球上有多悶！」
> 　　「這算什麼理由，你也太想不開了！為什麼不去參加一些年輕人的正當活動，非得要用這種方式找刺激？」
> 　　我注意到他眼光中忽然露出悲傷的神情，心想這個大男孩總算有些悔悟了。（向鴻全主編，2003：268）

　　氣化觀型文化中人對於外界的刺激都是點的刺激，因此所作的回應也呈現片段片段式的，文中的納蘭心腸很軟即使投射

在虛擬世界也是無法改變本性，對於一再挑戰他們的罪犯，還是不能狠下心來。

當李奧最後一次犯罪，並邀納蘭前往月球監看文件銷毀：

> 「納蘭姐姐，我請妳來，真正的目的，只是想要妳明白一件事──我會到處亂闖人家的電腦，實在也是不得已的，我的生活真的太悶太無聊了！你曾經問我，為什麼不去參加一些社交活動……好吧！你自己看看！我這個樣子，叫我怎麼去……」

> 我還沒來得及再回話，就看見前方的乳白色牆壁突然張開口，一個四四方方的檯子從裡頭慢慢滑了出來。檯子上面，喔！我的天！上面只有一個球狀的玻璃器皿好像是個大金魚缸一樣。可是裡面裝的是什麼？裡面竟然是……竟然是……

> 「納蘭姐姐，我就剩下這麼多了。五年前，我的身體因為路吉氏症而萎縮得不得不放棄；唯一沒有受到病毒侵襲的，也就只有這團大腦了……」

> 我再也控制不住，全身劇烈地發抖，眼淚像泉水一樣唏哩嘩啦落下來，什麼話也說不出口，只能拚命地嗚咽著。怎麼會有這種事情？怎麼可能……

> 　　……

> 我忍不住走上前去，雙手捧住玻璃球，拚命地放聲大哭起來。眼淚順著我的臉頰，一滴一滴都落到玻璃球上；我一面抽噎，一面用手輕輕把眼淚抹去，手指尖撫在光滑

冰涼的表面，感覺竟然就像摸在李奧的臉上一樣。（向鴻
全主編，2003：275～276）

納蘭了解李奧的悲慘遭遇後，不禁崩潰大哭，這就是「人
飢己飢，人溺己溺」的精神展現，即使身處在虛擬世界中還是
無法克服人性的脆弱。因此，我們可以說氣化觀型文化對於虛
擬世界的糾纏，其實也是現實世界人際關係網絡的延伸。西方
也有多部描述虛擬世界的科幻電影，如《入侵腦細胞》、《駭
客任務》、《全面啟動》、《創：光速戰記》，在這些架空的
虛擬世界中，展現絢爛華麗的特效來描述人的潛意識世界、夢
境世界、網路世界，都可看出西方創造觀型文化馳騁想像力的
特色。

在《入侵腦細胞》中描寫FBI為了拯救被綁架的女生，利用
科技進入嫌犯的潛意識中，試圖找出受困女生的線索。利用鮮
明的對比元素來描摹人潛意識裡的冷酷與殘暴，讓人看了不禁
寒毛直豎。

在《駭客任務》中設想人被機器統治，成為一顆顆「電
池」。主角的救世主的意識覺醒，率領眾人擊潰電腦人的控制，
使人類重獲自由。電影中對於網路世界的無限可能幻化為可以親
身體驗的實境諸多描述。

《全面啟動》裡摹擬為了影響人的意志，利用科技進入人的
夢境中，找出被害者最深層的記憶，並進而影響他。對於夢境遼
闊無邊際且一層又一層的記憶，充滿想像力。

在《創：光速戰記》裡描繪主角意外捲入軟體世界中，在其中發現失蹤已久的父親，二人合作逃離電腦軟體的追殺。藉由絢爛的光影特效展現架空的網路世界，讓人看了眼花撩亂。

以上這四部西方科幻電影，都是陳述虛擬世界的真實呈現方式。在創造觀型文化的影響下，西方對於未知的虛擬世界的描繪十分擅長。而且在這四部電影中還是可以看到英雄歷險的影子，即使在虛擬世界裡，主角還是會走完那段英雄旅程。反觀氣化觀型文化對於虛擬世界的反應，呈現的是現實世界的延伸，都是片段片段的刺激反應。並沒辦法像西方跳脫到一個架空的世界中，呈現崇高、悲壯的英雄歷險。

再看村上春樹的《世界末日與冷酷異境》，一開始由二條看似不相關的故事線開展，「世界末日」是主角的潛意識世界，「冷酷異境」是主角所處的現實世界。科學家錯誤地在主角的腦中植入晶片，造成主角潛意識與現實交錯的複雜狀況。最後晶片燒灼，主角意識永遠停留在虛無中，肉體死不死亡已經無所謂了。（村上春樹，1994）這部小說體現人在現代中呈現的孤獨感和虛無感，反映現代人人際關係愈來愈疏離，隱含著對於人倫的關懷。這也是泛氣化觀型文化內感外應的體現。

葉李華認為比起其他種類的小說，科幻小說特別著眼於未來，常扮演烏鴉嘴的角色提出科技發展的「預警」，從中反省人性。（葉李華，2004）對於科技的衝擊產生的反省就是內感外應的體現。〈戲〉呈現的是對虛擬世界的不真切感，喚起對人性的關懷。因此，構成〈戲〉的文化類型圖（圖6-4-1）：

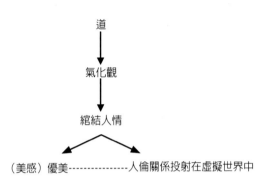

氣化觀文化

道

氣化觀

綰結人情

（美感）優美--------------人倫關係投射在虛擬世界中

圖6-4-1　〈戲〉的文化類型圖

文末組長羅素對納蘭解釋她沒錄取後：

「組長……羅素先生，你放心好了，我絕不會怪你
的。這份工作本來就不適合我，看來我還是應該回去作
研究員……以後我會把你當作好朋友，我們竟然在這種
情況下認識彼此，也真要算是緣分了。」

「真的，太好了！妳什麼時後有空，我有榮幸請妳
晚餐嗎？」

「我想這個週末就可以，你來學校接我吧，我可
以帶你去吃中國菜……」（向鴻全主編，2003：279～
280）

虛擬世界的不真切感，在現實世界得到補償。從這裡可以看到愛情的糾纏，與虛擬世界的糾纏，構成〈戲〉的困境糾纏圖（圖6-4-2）：

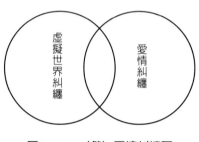

圖6-4-2　　〈戲〉困境糾纏圖

第五節　黃海《鼠城記》的毀滅糾纏

黃海，本名黃炳煌，1943年1月1日生於臺中市。父親江西人，抗戰前就來臺做人蔘生意，賺錢卻沒置產，想回家鄉又逢戰亂，國民政府來臺，臺幣大貶值，轉眼一貧如洗，語言隔閡以及年老體衰缺乏工作能力，一家生計全靠不識字的母親維持，家境貧寒。二戰期間為躲避戰禍，全家遷往母親的家鄉大甲，黃海童年在大甲長大，大甲可以說是他的故鄉，他少年時因肺結核病輟學，住進松山療養院。輟學時仍然不斷自習，搜羅各種知識，在醫院裡參加文學函授課程，以創作為寄託，原希望將來成為職業作家。出院後因為投稿的關係認識作家許希哲，1964年8月由許希哲介紹到僑聯總會擔任幹事，負責《僑訊

半月刊》編輯等業務。1981年10月離職轉任《聯合報》編輯。
2001年12月，在《聯合報》工作二十年退休。黃海歷經兩階
段編輯職務，總計三十七年。黃海在僑聯總會工作十七年間，
為貼補家用，不得已零星兼差，大部分是文字校對、編輯等工
作，兼任過《科學兒童周刊》主編、《兒童月刊》主編、「照
明出版社」總編輯、《中央日報》編輯。黃海在僑聯總會任職
期間，華僑民眾團體的薪資由多變少，漸漸趕不上社會水準，
他又無法轉業，僑聯總會成了他工作和讀書寫作的「基地」，
他在這裡除了另外找兼職之外，還要利用時間讀書，自學奮
鬥。1974年參加高中的同等學力測驗通過，考上師範大學歷史
系，後來進入《聯合報》工作，收入漸漸穩定，使他的生活單
純化，只有工作和寫作，不必再四處兼職、勞心勞力。黃海的
許多重要作品包括得獎作品，都是他到《聯合報》工作後，利
用業餘時間完成的。

　　黃海早年從事短篇小說的文學創作，獲1969年社會優秀青年
文藝作家獎，1982年《銀河迷航記》獲五四中國文藝獎章。1984
年《奇異的航行》獲洪建全文學獎少年小說首獎、1986年《嫦
娥城》獲中山文藝獎、1988年《地球逃亡》獲東方少年科幻小
說獎、1989年《大鼻國歷險記》獲國家文藝獎、1989年《航向未
來》獲中華兒童文學獎，1995年以《尋找陽光的旅程》傳記散文
第二度獲得中山文藝獎。（王洛夫，2003：46〜47）

　　《鼠城記》描寫地球發生第三次世界大戰，世界上各大城
市籠罩在核爆的汙染中，人們為求生存躲進地下堡壘中，少數
殘存的可憐人類苟延殘喘地在頹廢的城市裡與老鼠、蟑螂和蒼

蠅共存。男主角方義平是來自火星的人類，奉父親的命令到地球尋找一對會獵殺老鼠的貓，以避免火星逐漸像地球一樣「鼠滿為患」。他在地下堡壘「安樂窩」巧遇女主角劉小青，得知她有一段悲慘的過去，因此同情她，並幫她尋找她的父親。他們離開安樂窩，前往地表城市「大銀山」，此時的大銀山雖然沒有被核彈摧毀，但是情形並不樂觀，空氣中瀰漫了塵埃，需要時時刻刻戴著空氣過濾器「八戒鼻」，環境也被成堆的垃圾汙染，老鼠躲過輻射的威脅，演變成具有強烈攻擊性的物種。

　　他們找到了劉小青的爸爸劉一刀，不過劉一刀卻被老鼠攻擊受了重傷。劉小青則被空氣濾淨器販賣商施也德綁架，受到侵犯；不過劉一刀卻囑咐女兒不可洩漏真相，似乎隱瞞了一些秘密。方義平到處尋找會獵食老鼠的貓，可是都沒有收穫，最後在食品保健廠老闆梅良新的住處發現一隻。方義平趁食品保健廠發生大火把貓偷走，不過後來又把貓弄丟了。這時劉小青又再度被施也德綁架，要脅她幫她逃離地球，原來食品保健廠的大火是施也德放的。空氣濾淨器供應商朱九介因梅良新提供大量資金建造大銀山的圓頂防護罩，導致他的生意受到影響而懷恨在心，所以唆使施也德去放火，並且謠傳食品廠的罐頭是用老鼠肉作的。劉一刀知道食品保健廠的內幕，但卻要求劉小青不要聲張，是因為怕世人得知罐頭肉的由來而引起恐慌，所以希望女兒忍氣吞聲。罪魁禍首朱九介利用機器人替身遁逃，事件不了了之。

　　方義平最後在市長處得到另一隻貓，與找回的貓配成一對，並帶回火星繁殖。劉小青則留在大銀山生活，最後對施也德起了惻隱之心，與他結為夫妻。地底城安樂窩因空氣汙染，

僅有少數人逃出。大銀山在火星科學部的幫助下，把垃圾清空，並建造圓頂城市，成為一塊淨土。地表漸漸恢復生機，最終地球重新成為宇宙的樂園。（黃海，1987）

　　黃海塑造出一個百廢待舉的城市裡的小人物的故事，故事主題很簡單，就是為了找到一對貓咪來解決鼠患的問題。但是文本背後的涵義卻發人深省。且看這部小說成書的年分：1987年，距今二十五年前，當時地球的環境問題並不像現在這麼嚴重，但是黃海卻預先設想了末日浩劫的情景，提醒世人要重視汙染問題，並注意科技被誤用的情形。這充分反映了氣化觀型文化內感外應的思維（看到工業發展所帶來的汙染問題）：

　　　　方義平他在地底城不曾發現過一隻真正的貓，有的也不過是機器貓，他從火星到地球來，為的就是尋找地球上即將滅種的動物——貓，這是防禦老鼠的最佳動物，火星的環境必須嚴密的管制，不允許像地球一樣無限制地破壞生態，毀滅環境資源。貓，在很久以前，老鼠沒有那麼猖獗的時候，曾經是家庭的寵物，也是捕獵老鼠的厲害殺手，直到地球上的垃圾越堆越多，汙染越來越嚴重，老鼠繁殖的數量驚人，貓成了珍品，牠就那樣慢慢地從地球上消失。或是因為體弱長期受寵，被淘汰了，或是無法戰勝肥大碩壯的老鼠，在生存競爭中慘遭失敗，或是與自然界的其他動植物一樣，不堪環境的變遷，而消聲匿跡。（黃海，1987：50～51）

　　　　方義平望著那些廣告，不禁引發了會心的微笑。他

自己就是從火星到這來的，到底地球人是怎樣把環境搞得這樣一團糟？電腦檔案裡說，從前家裡養著貓狗是非常普遍的，曾幾何時，地球上的動植物都面臨了一次浩劫，核子戰爭加速了生態環境的惡化，在安樂窩裡的那位凌空大師，憑著他的超能視覺，早已看到了許多可怖的天災人禍，他所勸戒的話，要人互相親愛，不要使用暴力，確是發人深省。以方義平出生在火星的人來說，地球人是需要這種大智大悲的認知的。（同上，89）

以上兩段在說明：地球生態的惡化根源於人類，環境汙染造成的惡果也必須由人類承擔。工業革命促成工廠林立，並極度開發地球的自然資源，資本主義鼓吹人們消費，並加速產品的汰換，製造大量垃圾。在氣化觀型文化中人看來，地球的前景並不樂觀，反倒有毀滅的憂慮，因此預設了這種末日結局，希望引起人們的關注。核子武器的發明更是一大隱憂，世人彼此不信任，在爾虞我詐的壓力下，設想要在武力方面強過對方，導致軍備競賽，被研發出來的核子武器，終極目的就是要毀滅對方。即使現在各國已有共識，但已經被製造出來的核子彈、原子彈，是不可能被銷毀而回歸自然的，這是一道不可逆的方程式，汙染依舊存在，那當初何必製造？

電視畫面接著呈現了大銀山都市外的可怕景色，到處是垃圾，一堆一堆的，像一座一座頹敗荒蕪的山，罐頭和腐爛的食物、衣物、家具、用品等等，在每一個角落裡

處處可見，這些都是人類太過分重視消費，講究用過即丟的結果，也是人類缺乏公德心，只顧追求經濟成長的後遺症。在其他每一個城市的郊外也都是一望無垠的垃圾，只有在遠遠的山上，還依稀可見半禿不綠的山，可憐兮兮的聳立著，好像奄奄一息，隨時都會給垃圾吞噬掩蓋住一般。（黃海，1987：196）

　　從這一段可以體會到黃海在提醒大家不要跟隨著西方人的腳步（只重視消費，而忽視內心的滿足），應該要諧和自然、與自然共存，才能永續生存下去。在這觀念上就顯示出中西方文化性的差異：西方創造觀型文化並沒有來世的觀念，他們的生命觀是線性的，在世目的就是要尋求救贖，所以地球的資源可盡情耗用，以求創新發明來榮耀上帝；但是氣化觀型文化認為人由精氣化生，死後回歸精氣，是循環的，因此相當重視自然，倘若這一世把資源耗盡，下一世必定得承受苦難。

　　在杜佛勒（Alvin Toffler）的《未來的衝擊》中指出，未來的衝擊是一種時間性的現象，是社會變動加速後產生的結果，來自新文化對舊文化的壓迫，我們正在進行前所未有的、最深入且最快速的都市化過程，我們將面臨「一時性」，物品一用即棄的時代，人們不斷更換汽車、衣物、住所、朋友、職位；還有「新奇性」，科技將實現許多的科幻事物，如孩子在體外受孕，預先設計人體、提高動物智力、氣象控制、人造腮、移植頭腦；「多樣性」則指生活變得多采多姿，選擇過多，人類不僅不會變成呆板的同質體，在超級工業化的社會裡，更富多

樣性。（黃海，2007：52）但這是西方人對於未來過分樂觀。張系國在1973年發表了〈讓未來等一等吧！〉，大意是杜佛勒所討論「未來的人」的問題，並不是大多數人所面對的問題，而是佔地球上百分之二或三人口的「美國方式」問題。張系國說杜佛勒的骨子裡仍是「大國沙文主義者」，對於科學未來發展方向的預測，充滿道聽塗說的論斷，作者的科學知識似乎並未超過《時代》雜誌科學版的範圍，我們對他這些大膽的預測必須抱著相當保留的態度。一言以蔽之，《未來的衝擊》等於是更富技巧的在推銷「美國式的生活方式」，我們大部分都還是「過去的人」，何須將目標指向這樣的「未來社會」？世界各國的真正問題，還是國與國之間的差距問題，所以我們可以大膽的說一句：讓未來等一等！（同上，52）張系國的思維正是氣化觀型文化的思維，我們必須認清西方資本主義鼓吹消費的用意在於快速謀取大量財富，因而獲得救贖。但是我們和西方的文化性差異極大，必不需要跟隨西方的腳步，變成傷害地球的幫兇。

黃海在《鼠城記》中也刻意提到中國人故有的美德：

> 高慶辰說：「中國人常說，不僅要獨善其身，也要兼善天下。現在外面的世界正需要我們出力的時候，我們已經逃避過最危險的情況，現在正是到外面去舒活筋骨的時候！」（黃海，1987：41）
>
> 方義平說：「有許多人和我同時出生，為的就是希望負起一些責任，中國人所謂的兼善天下的責任，

妳知道的，在太空中看，地球已經又髒又醜，面目不
清……」（同上，52）

　　自古中國即流傳下來許多傳統美德（如仁愛、盡孝道、
謙讓），只是西方功利主義侵入，中國傳統的大家族觀念漸漸
轉被小家庭概念取代，使得這些傳統美德也逐漸消失（在大家
族中生活，人們關係網絡的牽絆，為了維持人際關係的和諧，
就必須仁愛、盡孝道、謙讓；現今社會小家庭林立，父母忙於
工作，根本無暇管教小孩，造成許多教育問題與亂象）。西方
的小家庭觀，是源於人是獨立的受造個體，並不認為是氣的糾
結，所以小家庭必然產生，中西方文化差異因此產生。黃海在
文本中加進許多中國傳統思想，目的在喚醒世人的傳統美德，
不要只顧自己的私利：

　　　　他的話含有絃外之音，使她想起了往事，另她羞憤交
　　迸，她自覺自己只是一朵任意遭人摧殘的花，雖然力求自
　　主，卻抵擋不住強大的命運激流，大銀山變了，整個都市
　　和人，還有存在的空氣和環境，一切都變了，只是相隔不
　　到幾年工夫，她舊地重遊時，已經察覺了這個繁華的都市
　　隨著世界性的生態劇變而衰落毀壞，整個城市成了蟲子、
　　老鼠的世界，連人心也變了。（黃海，1987：65）
　　　　她體悟到天地茫茫，生命是脆弱而可憫的，即使在明
　　淨整潔的太空家園裡，人也不一定活得很快樂吧。在大銀
　　山這片土地上，留有她童年至美的記憶，只是時移境遷，

人們走的走，去世的去世，性情變的變，再也無法回復到
從前繁華昇平的景觀，主要的還是因為環境的劇變，使人
心和人性也跟著改變。（同上，107）

這是對於世界快速變動的有感而發，作家寫作的目的不外乎
謀取利益、樹立權威，更重要的是行使教化。而科幻小說作家則
可預設未來世界發展的方向，並提醒讀者正視某些問題，來達到
行使教化的目的，而這也是科幻小說作家自我期許的責任：

大銀山這個都市，是核子戰爭後環境汙染波及較少
的地區，它在地球上所有的城市中算是最安定的一個，
人們在馬路上行走，不需要配置面具式的防毒裝備，而
將整個臉都遮掩得像太空人一般，它所賴以繼續運作維
持都市生機的，就是靠了古老的文化傳統，幾千年來，
中國人始終安土重遷，那雖然是由農業社會所養成的習
慣，卻也深植於每個中國人種的潛在意識裡。即使是我
千古絕，身為炎黃華胄，在離開古老中國的太空世界
裡，也都會思考對於變動未息的人世社會應有一個應付
的準則。（黃海，1987：161）

當核子戰爭發生以後，在主要災區以外的地方，倖
存的人類面臨了與汙染環境作戰的難題，唯一的最大盼
望就是趕快逃離地球，再不然就是建立起圓頂保護罩，
或是躲在地球的地底城裡，這些掙扎的人類有些已經喪
失了人性中原始最高貴的仁慈、愛和尊重別人的情操，

代之以追逐利益和殘暴，使混亂的局面更加難以控制。
大銀山只是所有比較像樣的都市中的一個例子，它原是
屬於炎黃華胄生活的美好所在。古老的中國傳統告訴人
們，天地好生之德為仁，仁為天理的總綱，為心的全
德，人之所以為人，為仁。在這些人的血脈深處，跳動
著經久不變的傳統教訓，也許某些人一時忘了，讓這些
教訓沉睡著，做出離譜越軌的舉動，但在每一個時代每
一個地方，都免不了會有這種情況發生。（同上，198）

　　以上兩段重申人類如果想在地球上永續生存，就不該無止
境地耗費地球資源、製造大量垃圾，這也是現今世界各國所面
臨的嚴重問題。既然西方的創造觀型文化已經造成了這條「不
歸路」，而且耗用完畢還可以拍拍屁股走人（獲得救贖，回歸
天國），但是屬於氣化觀型文化的我們並沒辦法走得像西方人
瀟灑，我們必須為後世子孫盡一份責任，不然到了靈界恐怕會
遭臭萬年！

　　整部《鼠城記》要傳達給讀者的觀念，就是「正視環境汙
染問題」，符合氣化觀型文化的諧和自然，並且與創造觀型文
化的利用自然差異極大。因此，我們可以構成《鼠城記》的文
化概念圖（圖6-5-1）：

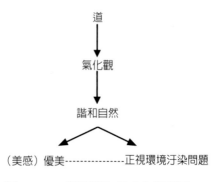

圖6-5-1　《鼠城記》的文化類型圖

　　《鼠城記》中可明顯看到方義平對劉小青的「愛情糾纏」、朱九介對自己事業的「權利欲望糾纏」以及末日浩劫的「毀滅糾纏」（如果能喚醒世人對於諧和自然的重視，就可避免毀滅糾纏）。因此，我們可以構成《鼠城記》的困境糾纏圖（圖6-5-2）。

　　最後歸結中方科幻小說《傾城之戀》、《後備》、〈戲〉和《鼠城記》的困境模式糾纏圖（圖6-5-3）。

　　中方科幻小說總結來說，就是源自但憑內感外應的氣化觀，體現在各種困境糾纏中，各種困境糾纏的匯集就是「人生」。引用楊牧對張系國的評論：「張系國是今日文學界的異數。他以科學的專業訓練維生，卻以文學知名。每日接觸的是電腦，但人的掙扎才是他所關心的問題。」（張系國，2002：212）人的掙扎就是困境糾纏。

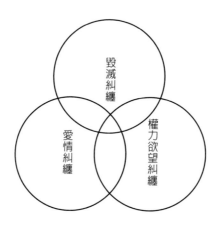

圖6-5-2　《鼠城記》困境糾纏圖

　　張系國也曾自述道：雖然我不幸入了資訊科學這一行，常常覺得電腦這東西不能過分依賴它。自己是誤上了賊船沒有辦法，幸好兩個女兒都打死不肯碰電腦，一個學音樂一個搞環保，也是因為她們從小看到老爸的不正常生活深起反感吧。電腦和抽菸喝酒一樣會上癮，而且上癮的人從不會承認自己上癮。等到知道自己上癮時往往已經無法自拔。我從前堅決不用電腦寫作，以便畫分職業和興趣二個不同的世界，龍應台驚為奇聞，說我學電腦為什麼不肯用電腦。現在想想，當時我實在是滿有遠見的。（張系國，2002：190～191）

　　既然寫科幻小說的作家對科技的運用已有深刻的反省，那一般人更應該引以為借鏡。我認為當今最重要的是降低對物質欲望的需求，喚起對人的關注，少一點「科技征服」，多一點「人文關懷」，如此才能在地球上永續經營。

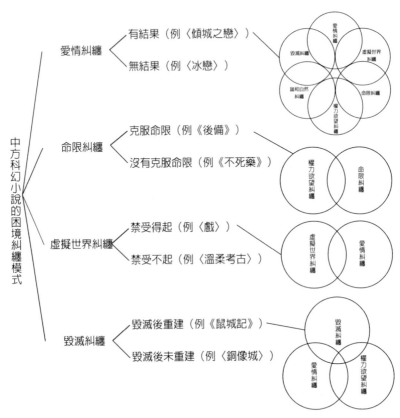

圖6-5-3 中方科幻小說的困境糾纏模式

第七章　中西方科幻小說 文化性差異的運用途徑

第一節　在閱讀教學上的運用途逕

　　閱讀教學的方法是為了便於教學各種語文經驗，同時它在安排教學活動時通常都要讓閱讀教學本身居於「核心」地位。這樣一來，它就只是一個「過程」義的；而它的方法性則是以「閱讀教學」為名而結合各種可能的獲取語文經驗的方法和各種可能的教學活動安排的方法等所成就的。因此，在為了探得語文經驗的教學方法將要有所「實質」展演的情況下，閱讀教學的方法就只是一個如何讓閱讀教學更精實有效的後設反省形式而已。這種後設反省形式的自我提升，所得涉及認知的層面大約有「閱讀教學如何可能」一個基本的課題以及「閱讀的性質」、「閱讀教學的理念」、「閱讀教學的選材依據」、「閱讀教學活動的機動安排」等機個周邊的課題。在「閱讀教學如何可能」方面，我們不妨採取「先閱讀後教學」的方式，它有「下指導棋」的意味，

也就是自己先有本事而後再去教人閱讀。在這個前提下，我們還可以思考「從閱讀到閱讀教學的理路」和「從閱讀教學到閱讀的理路」。前者最基本的就是從本身的經驗出發，設想學習者的狀況，然後按部就班的引導學習者重歷自己的閱讀過程。這個理路可以稱為「經驗的異己再現」。後者從「創發」的立場著眼，應該容許、甚至鼓勵奇特或基進的閱讀法，不設一定的規範。這時就是一邊約略的教學；一邊跟學習者一起尋找或發明新的閱讀法。這種從閱讀教學到閱讀的理路，不預設閱讀的進程，也不預期閱讀的成效，只要有「創見」從中孳生就可以了。但它在制式教育裡，因為受到特定的教材、教法和評量方法而難以全面展開；只能在輔助教學中運用。而比較前後兩種理路，後一種理路不妨逐漸提高它的比例，才可望看到文化的更新。（周慶華，2007b：47～49）

　　基於這一定程度的必要性，在進行閱讀教學時，教學者必須先對文本的知識經驗、規範經驗與審美經驗有所了解，才能指導學習者閱讀。就知識經驗，舉例來說，科幻小說是小說中的一類，而小說是屬於敘事性文體。小說在被構設時，必然要有個敘述主體來實施敘述活動；而這個敘述主體則為署名的作者所化身（作者在寫小說時，只能「挪出」部分經驗來處理題材和安排故事情節等），也叫「隱含作者」。隱含作者所實施敘述活動的對象（小說事件所在的生活背景或現實世界），就是敘述客體。敘述客體被敘述主體敘述後所成就的，就成了敘述文體。而在敘述文體中，又可以細分出敘述者、敘述話語和敘述接受者等三部分。當中敘述者，是指敘述主體所虛構來

執行實際敘述活動的角色；它可以是類似無所不知的上帝，也可以是事件中的人物，還可以是旁觀者。而敘述話語，是指敘述者所發出的話語（包括敘述者自己發出的敘述語和敘述者轉述其他人物發出的轉述語等）。而敘述接受者，是指敘述者跟他對話的人，這個人可以稱為「隱含讀者」；他不等於讀者，因為讀者存在於現實生活中，而敘述接受者只存在於作品中。至於敘述話語究竟是怎麼成就的，這就有敘述觀點、敘述方式和敘述結構等形式／技巧可說。當中敘述觀點，是指敘述者敘述時所採取的觀察點（包括全知觀點、限制觀點和旁知觀點等）。而敘述方式，是指敘述者敘述時所採取的方式（包括講述和展示等語態以及順敘、倒敘、預敘和意識流等時序）。而敘述結構，是指敘述者的敘述過程（包括情節結構、性格結構和背景結構等語言節構，以及語言面意義和非語言面意義等意義節構。以上這些可以合成一個以小說為模本的敘事性文體的架構（如圖7-1-1所示）（周慶華，2011：76～77）。

　　科幻小說也是由此架構發展出來的，但是更特別的是西方的科幻小說具有英雄歷險模式與救贖的三階段論；中方的科幻小說則是對於困境糾纏產生的內感外應，教學者可藉由中西方科幻小說的文化性差異來引導學習者分析。

　　在規範經驗方面，教學者可以從倫理、道德和宗教的立場出發，找出文本中有助於教化的成分或質素，而印證文本中也是存有「約束社會成員思想、維繫社會存在的一種形而上的形式」的社會學觀念。（周慶華，2007b：201）舉例來說：張系國的〈傾城之戀〉所傳達的是男女之間深刻的愛情，即使物換星移

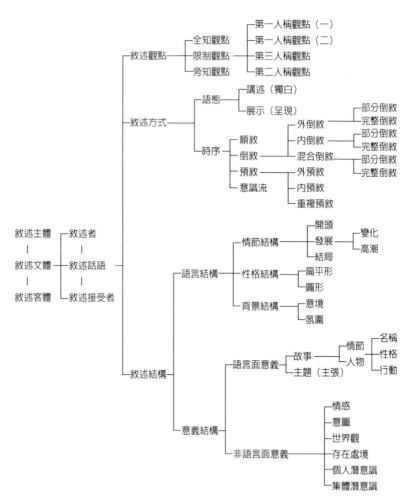

圖7-1-1　敘事性文體（小說）的架構

（資料來源：周慶華，2002：210）

也無法改變他們的感情，這為的就是「縮結人情」，因為家族的結構要穩定就是建立在人際關係的和諧上。再看艾西莫夫的《正子人》，藉由機械人變人的過程，達到模仿上帝／媲美上帝的地步，從原罪的觀點來看，這樣現世的成就可以獲得上帝的優先接納而重回天堂。因此，由科幻小說文本中的倫理、道德和宗教的觀點就可以判斷所屬的世界觀。教學者藉由這樣的分析引導學習者判斷，並了解隱藏在文本後的觀念系統。

　　在審美經驗方面，由於文學作品凡是藝術化後都具備一定的形式；這一定的形式的構成，一般稱它美的形式。由於不是一切的形式都是美的形式，而是符合某種的條件的形式才是美的形式，所以對於這一美的條件的探討就屬於美學的範圍。（姚一葦，1985：380）而美感至今被規模出來的主要有「優美」、「崇高」、「悲壯」、「滑稽」、「怪誕」、「諧擬」、「拼貼」等七大美感類型（圖7-1-2）：

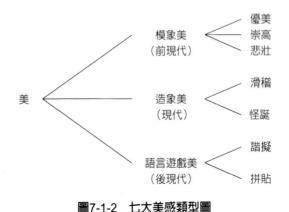

圖7-1-2　七大美感類型圖

（資料來源：周慶華，2004a：138）

　　當中優美，指形式的結構和諧、圓滿，可以使人產生純淨
的快感；崇高，指形式結構龐大、變化劇烈，可以使人的情緒
振奮高揚；悲壯，指形式的結構包含有正面或英雄性格的人物
遭到不應有卻又無法擺脫的失敗、死亡或痛苦，可以激起人的
憐憫和恐懼等情緒；滑稽，指形式的結構含有違背常理或矛盾
衝突的事物，可以引起人的喜悅和發笑；怪誕，指形式的結構
盡是異質性事物的併置，可以使人產生荒誕不經、光怪陸離的
感覺；諧擬，指形式的結構顯出諧趣模擬的特色，讓人感覺到
顛倒錯亂；拼貼，指形式的結構在於表露高度拼湊異質材料的
本事，讓人有如置身在「歧路花園」裡。（周慶華，2004a：
138～139）科幻小說絕大部分屬於前現代模象美──優美、崇
高、悲壯。教學者藉由美感的介紹，讓學習者體會文本呈現的
美感。舉例來說：海萊因的《4＝71》構設一幅殖民外星的前
景，藉以榮耀上帝，理所當然呈現的美感是「崇高」；而倪匡
的《後備》為了諧和自然，不主張利用科學技術製造複製人，
理應屬於美感中的「優美」。基本上來說西方科幻小說呈現的
美感大多屬於「崇高」或「悲壯」（因為他們有唯一的造物者
可供景仰）；而中方科幻小說寫作目的大多為了縮結人情、諧
和自然，所以呈現的美感多屬「優美」（沒有創造觀型文化的
背景，崇高不上去，悲壯不下來）。

　　最後，教學者可藉由文化的五個次系統圖來顯示中西方科
幻小說的文化性差異，並提供其內在的意義、價值與對世界的
影響。舉例來說：凡爾納的《海底兩萬里》強調開發未知的海
底資源、追求前所未有的創舉，反映出創造觀型文化人生存是

要致力於追求榮耀，除了可以獲得救贖的機會，還可以顯示上帝造人的美意。這所代表的意義與價值促使西方人對於海底資源的開採不遺餘力，然而對於世界的影響將會造成資源耗竭、生態失衡（開採海底油田，造成生態環境汙染）。讀者可以試著想想：為什麼要大量開採海底油田？除了獲得巨大利益外，也是為了供應大量的運輸體系。而破壞自然的結果並不是非創造觀型文化國家所樂見的，卻以強力推銷的手段，逼使我們一起承擔。黃海的《鼠城記》重視環境問題，提供讀者反省自身的機會，反映氣化觀型文化重視自然，儘可能不破壞自然環境的觀點。這所代表的意義與價值促使氣化觀型文化中人檢討自身是否成為破壞環境的兇手，並期許世人能減少資源的浪費、降低物質的享樂。如此說來，《海底兩萬里》和《鼠城記》要屬後者對於世界的發展更具有前瞻性與助益。教學者把這套模式教給學習者，讓學習者從閱讀文本中獲得思考的機會，並自行判斷所要接受的內涵與價值。

　　科幻小說不一定只能給成人閱讀，運用淺顯易懂的少年科幻小說介紹給兒童、青少年閱讀也是一個絕佳的開拓視野的途徑，可以提供兒童及青少年對於未來的想望。或者是運用富於教育意義、啟示性質的科幻小說讓兒童們閱讀，他們可以從中去思考「要是發生了……我該怎麼做？」、「有什麼方法可以避免……」在科幻小說裡無窮無境的題材，總是提供我們一些方法去解決可能發生的困境。

　　有些科幻小說甚至在結局留下伏筆，留下空白讓讀者去自行填補，這類小說更適合開啟兒童的想像空間，在藉由小組

討論、腦力激盪，教師或許只需要提供科幻小說的其中一段情
節，就能讓這些小讀者們樂此不疲地討論著。

　　黃海在《臺灣科幻文學薪火錄（1956～2005）》中提供了一
些少年兒童科幻創作，這裡將它整理成表7-1-2，以供讀者參考：

表7-1-2　少年兒童科幻創作（資料來源：黃海，2007：274～276）

書名	作者	出版時間	出版社
《金星探險記》	陸震	1967	百成
《流浪星空》	黃海	1975	新兒童
《空中戰艦》	周弘	1978	王子
《真假金剛》	郁文	1978	王子
《異星探險》	余國芳	1980	王子
《宇宙遊俠》	蔣曉雲	1980	王子
《機器人大逃亡》	蔣曉雲	1980	王子
《嫦娥城》	黃海文、張麗雯圖	1985	聯經兒童
《機器人風波》	黃海著、陳曉菁繪圖	1987	民生報
《機器人遊歐洲》	張寧靜著、林文義圖	1988	九歌
《地心歷險記》	張寧靜著、劉宗銘繪圖	1988	九歌
《地球逃亡》	黃海文、蒙傑圖	1988	東方
《大鼻國歷險記》	黃海撰、王平圖	1988	洪建全教育文化
《全自動暑假》	黃素華著、郭國書圖	1988	洪建全教育文化
《航向未來》	黃海	1989	富春
《時間魔術師》	黃海	1991	九歌
《帶電的貝貝》	張之路	1992	國際少年村
《大鼻國歷險記》	黃海著、謝敏修圖	1992	聯經兒童
《地球闖入者》	劉臺痕	1993	紅番茄
《奇異的航行》	黃海	1993	聯經兒童
《魔錶》	張之路	1993	小魯
《51世紀》	劉臺痕	1993	九歌
《秦始皇到臺灣神秘事件》	黃海	1994	小魯
《安妮的天空‧安妮的夢》	胡英音	1994	九歌
《辛巴達太空浪遊記》	劉興詩	1994	小魯
《帶往火星的貓》	黃海	1994	皇冠
《外星人留下的天書──科幻寓言故事》	莊大偉等	1995	牛頓
《魔衣》	南天	1995	業強
《隱形恐龍鳥》	張永琛	1996	九歌

《誰是機器人》	黃海	1996	國語日報
《戈爾登星球奇遇記》	陳曙光	1997	九歌
《生死平衡》	王晉康	1997	小魯
《複製瞌睡羊》	管家琪	1997	民生報
《西元2903年的一次飛行》	卜京	1998	民生報
《魔鬼機器人》	葛冰	1998	小魯
《孿生國度》	陳愫儀	1998	九歌
《瘋狂綠刺蝟》	彭懿	1998	小魯
《螳螂》	張之路	1998	小魯
《地球小英雄》	王天福	1999	富春
《少年行星》	眠月	1999	九歌
《宇宙大人》	張嘉驊	2000	幼獅
《2099》	侯維玲	2000	九歌
《世界毀滅之後》	王晶著、徐建國圖	2001	九歌
《非法智慧》	張之路著、林崇漢圖	2001	民生報
《基因猴王》	王樂群著、陶一山繪	2003	九歌
《千年烽火奇幻遊》	黃海著、王陞圖	2004	國語日報
《流星雨》	林杏亭著、徐建國圖	2005	九歌
《極限幻覺》	張之路	2005	民生報

第二節　在科幻小說寫作教學上的運用途徑

　　比起閱讀教學，寫作教學在相對上就緊要多了。這種緊要，是因為它有「高標」的現實和理想的需求，可以比閱讀教學複雜和艱難許多。現實的需求緣於人類文化創造的成果大多藉由寫作呈現，以至教人寫作就是為了教人參與文化的創造而免於人生的凡庸化（周慶華，2007b：92）：

　　　　沒有任何一個存在主義者把握到使我們面對死亡時，不
　　　　同態度的真正重點。尼采在《歡悅的科學》一書內把握
　　　　了這一點：「有一件事是必須的：就是人們由於自己的
　　　　成就而獲得滿足（不管是由於創造或寫作）。只有如

此，人才能忍受死亡。任何對自己不滿的人，都會變得殘暴不仁。我們其他人就成為他們的受害者；僅僅因為我們要阻止他們的悲觀。人由於悲觀絕望，才會變得邪惡而焦慮。」或者如詩人賀德林所說：「那生存的靈魂，如果在生前沒有進入神聖的境界，死後也將無法進入另一個世界。」只有使自己生命充實的人，才能毫無憂懼地面對死亡：「只要我曾如聖人般的活著，我就不需要其他了。」（葉頌壽，1987：259～260）

當中尼采的創造或寫作說，把它轉成寫作教學，也一樣可以聯到參與文化創造的急迫感上。換句話說，寫作教學回饋給寫作而參與了文化創造的行列後，就是為了引導人脫離白活的恐懼。（周慶華，2007b：92～93）

在氣化觀型文化裡生命流轉不息，而寫作除了豎立這一世的成就，還可以有益於另一世的榮光，因為作品可以一直流傳於世，在文化的長河裡熠熠發光。因此，寫作除了可以參與文化的創造，還能冀望現世的成就有益於另一世的榮光。相同的，寫作教學也可以間接促成這種參與文化的創造以及相關榮光的延續的實踐而自我提升為一種志業。（周慶華，2007b：93～94）

不過，寫作和寫作教學必定和「權利意志」產生關聯（因為寫作和寫作教學就是為了影響他人，進而說服他人），但是我們不能讓「權力意志」無限上升，不然會導致「思想殖民」的災難。因此，在寫作與寫作教學之餘，必須強調正視他人的

「主見」，並不必以去除自己的「主見」為代價；彼此追求「精采」為目標，卻毋須隨人在原地踏步。而這無妨成為想要從事寫作教學或正在從事寫作教學工作的人的「法則」，隨時借以自惕自勵。（周慶華，2007b：100～105）

　　一般的寫作教學並不會指導到高層次的世界觀，然而世界觀卻會下貫到題材的選擇與寫作的方向。幾千年的文化因子已經深植在我們的心靈裡，即使我們想強求學習西方創造觀型文化的馳騁想像力，但是缺乏那樣的文化背景，還是會使我們「矮人一截」。以中港臺這幾位科幻大師──張系國、倪匡、葉李華、黃海、張草、劉慈欣、蘇逸平的作品也都沒能跳脫氣化觀型文化「內感外應」的範疇，就可以顯示中西文化差異的鴻溝並不是三、五年的學習可以跨越的。既然我們學不來西方的「馳騁想像力」，那就「各行其事」。而換一個角度想，我們為什麼要改變？為什麼不以我們自己的文化來創作科幻小說？平心而論，西方的科幻小說容易把未來的前景想得太過美好（即使描寫地球毀滅的危機，也常有「科技必定勝天」、「人力必定勝天」的想法植入（如法蘭克‧薛慶的《群》），而造成現今各國投注大量資本研發新科技，卻不在意資源是否被濫用。倘若以氣化觀型文化的角度來創作科幻小說，重新加入人文關懷、生態環境關懷的議題，相信對世界的發展更具前瞻性與啟發性。

　　姜雲生認為除了人類的好戰外，值得警惕的是另一種災難──科技本身的負面影響以及人類對科技的濫用所造成的種種後果。作為一個科幻作家當然明白科學技術在人類進步的歷史

上所起的偉大作用。從日常生活中的物質享受的提高到人類對
自身存在的認識的深化，可說全離不開科技。但他並不是為科
技唱讚美詩的，而是要人類正視科技的陰暗面。身為一個科幻
作家可以為我們的時代做些什麼：

> 科技的陰暗面大致可以分為兩類──科技本身的副作
> 用和人類有意的濫用。副作用問題，指的是由於科技本身
> 的局限性所造成的負面效果。例如汽車尾氣排放造成的空
> 氣汙染，工廠廢液造成的水汙染，化肥和農藥造成的食品
> 汙染，以及電磁波汙染、資訊汙染等。科技發展的宗旨應
> 該是讓人們生活得更舒適更方便，但顯而易見的是任何一
> 項新科技的應用，永遠伴隨著副作用。例如，高空中遍佈
> 電磁波，豐富了人類的生活也使人類有可能站在更高的智
> 慧層面觀察宇宙。但電子霧強度超過界線後，將會引起婦
> 女不孕、眼白內障和誘發癌變……而人類基因奧秘的解讀
> 又會產生怎樣的副作用問題，還不像環境汙染的後果那麼
> 鮮明，我擔心的是它會不會無意中弄出一個21世紀的科學
> 怪人來，攪得這個世界不得安寧。
>
> 故意濫用科技成果的問題，首先想到的是兩次世界
> 大戰……除了在戰爭中，科技會通過改進武器而殺更多人
> 外，在和平時期，人也能利用科技迫害殺戮同類。日本奧
> 姆真理教用芥子氣在地鐵中殺害無辜平民就是個例子；我
> 擔心21世紀的新科技，例如比現在強一百萬倍的電腦，操
> 縱生命基本結構的基因突破、奈米技術的運用等等，又會

釋放出什麼科學魔鬼來，當這些比核裂變更可畏的力量一旦被邪惡所利用，科學家們再召開什麼會議，怕都無濟於事了。（呂應鐘、吳岩，2001：218～220）

對於科幻小說的寫作題材，除了烏托邦的追尋外，科幻小說探索的事物，還有下列主要兩項：（一）科學或哲理的發明與發現。（二）一般人所避諱的神祕事物。關於科學的發明與發現的探討，過去許多傑出的科幻小說作者，成就可觀，諸如原子彈、潛水艇、電話、電視、死光、人造衛星、顯微鏡、飛機……等等，莫不在科幻小說中出現，且成為今日的事實。今日的科幻小說作者，對於生物工程學的發展、古文明的發現與懷疑、時間旅行的可能性、宇宙的構造、外太空的生物及文明……等等，不斷地加以探討，它已超越了科學現狀，不可避免的，對於科學發展方向的引導，必然有它的激勵性。至於人生哲理的創見，它的意義則是最耐人尋味的。此外，對於不明飛行物體及靈異現象等神祕事物的探究，科幻小說也有它的特殊及方便之處。我們不能因為科學還沒有辦法解答它，便逃避它。（黃海，2007：180～181）

探討神祕事物容易遭受許多的非難與指責，但是對於從事科幻創作的人來說，卻可以免除這種麻煩與顧慮，科幻小說正是表達超越現狀的一種可能觀念想像，有助於現有觀念的擴展。經由這些探索與努力，科幻小說希望能夠達到下列的目的及作用：（一）擴大視野，引導讀者進入可能的未來領域，使讀者較能知覺到未來，對於加速改變的世界，以及未來的震撼

比較有心理上的準備；並且預測未來的科學或社會發展，提供預先的警告，科幻小說的價值不在於提出解決問題的方法，而在於提出正確的問題。（二）探討未知的領域，解釋目前科學所無法解釋的事物，作為科學研究或發明的參考。（三）以科技為工具，省察人生的意義，挖掘人性的本質，這才是最具文學藝術價值與哲理意涵的。（黃海，2007：181）

美國科幻家弗里蒂克‧布朗（Fredric Brown）寫的科學幻想小說：「地球上最後一個人獨自坐在房間裡，這時忽然響起了敲門聲……」雖然短卻寫得十分別緻、耐人尋味。或許有人認為這麼短也稱得上小說嗎？小說一定要很長嗎？其實小說也有極短篇的，而這篇就成為經典，故事的結尾留給讀者無限想像的空間。科幻小說運用在寫作上其實一點都不難，只要有一個極富創意的點子，或許幾行字就能成為一篇佳作。創意就是要：無中生有／製造差異（水平思考／逆向思考），其中困難度最高的是無中生有，或許要有因緣巧合的靈感才能造就無中生有的創意，那我們退而求其次去製造差異，而逆向思考就是非常好的方向，上述的極短篇就是運用逆向思考的創意。在寫作上我們也可教導兒童運用逆向思考去構設情節，這是一個很好的起點。

科幻小說寫作通常有一個很簡單的模式：「如果……會怎樣？」，例如：

- 如果外星人來到地球，會怎樣？
- 如果我們可以到木星旅行，會怎樣？
- 如果隕石掉到地球，人類會怎樣？
- 如果可以到未來旅行，會怎樣？

　　有太多的「如果」可以想了，也有太多「會怎樣」可以想。經由討論、腦力激盪，兒童們的腦海裡或許可以迸出倍數成長的好點子。教師不必預設立場幫他們解決，只要站在一旁，任憑兒童的想像力飛馳！

　　黃海列出了一個科幻元素列表（表7-2-1），都是寫作科幻時可以靈活運用的科幻名詞或科幻概念，在此提供教學者參考運用：

表7-2-1　科幻元素表（資料來源：黃海，2007：197～198）

太空	太空電梯、太空城、太空旅館、月球城、火星城、太陽帆、太陽系開發、捕捉小行星、小行星採礦、星戰計劃、太空工廠、太空旅行、宇宙方舟、都市太空船、星際殖民……
天文改造	在彗星上植樹、綠化銀河系、排列重組星球、改造火星成為第二個地球、有效利用太陽系或黑洞能源……
地球改造	人工控制天氣、海底城市、海底牧場、沙漠綠化、地心探險……
外星	與外星人通訊、外星人、外星文明、外星動物、外星植物、飛碟綁架、地球古代外星人、外星機器人、外星殖民……
超時空	時間旅行、時間空間變形、穿越黑洞、多重宇宙、宇宙力場、黑洞、白洞、宇宙的終極、宇宙創生……
生物科技與電腦合作	與動物通訊、複製人、試管嬰兒、基因改造生物、基因改造人體、人機共生、超人、電腦人、人造器官、性別控制、智能動物、智能機器、機器人進化、無線電神經學、基因培植肉類……
電腦	世界腦、電腦教師……
人體	長壽、永生不死、青春藥、人工冬眠、生機暫停、人造子宮、人造器官、動物器官移植人體、變形術、縮形術……
奈米技術	超微機器人、超微電腦、物質複製……
物質	核子能融合、物質循環利用、新材料、物質複製……
心靈心理	奇妙的預言、心靈感應、傳心術、念力傳輸、思想控制、行為控制、靈異現象、腦細胞的直接教育、腦部移植、腦體分離……
傳送	思想傳送、物質穿送……
宇宙	多重宇宙、宇宙力場、黑洞、白洞、宇宙的終極……
未來文明	烏托邦、反烏托邦、文明毀滅、文明重建、未來高技社會、未來原始社會、銀河帝國……

戰爭	核子戰、生化戰、氣候戰、基因戰、心靈感應戰、心控制戰、機器人戰爭……
世界局勢	人口爆炸、環境危機……
發明	有益的發明、帶來負面後果的發明、反重力發明（即引力控制）……
災難	星星或殞石撞地球、大地震、大冰河、大洪水、大火災、南北極磁場互換、地球崩裂、大瘟疫、地軸變化……
不明的奇異事物	奇蹟、神蹟、四次元世界、突然消失的城市、人物、怪獸出現、不明的古代物體、神秘的麥田圈、百慕達三角……

　　然而，西方科幻小說寫作的題材已經包羅萬象，我們如何從眾多的題材中標新立異是一件相當困難的事，更何況要突破西方無止盡的想像力更是難上加難，在這裡提供科幻小說寫作教學者或是想要從事科幻小說寫作的朋友一個想法，就是把「科幻」與「靈異」結合。因為西方沒有靈界的觀念，如果從靈異的角度著手更能凸顯中方科幻小說的特色，創造出屬於中方獨特的科幻小說。

第三節　在相關傳播教學上的運用途逕

　　作家創作無非是謀取利益、樹立權威與行使教化，這三個目的都包含著作品必須為大眾所接受；而要如何為大從所接受，就必須要靠「傳播」的機制。

　　就一個文學創作者來說，產生創作最終的積極性驅動力是權力意志，影響創作的「持續」是社會中的傳播機制。也就是說，透過傳播，文學創作者就可以取得「文人」的新身分證，並且從此獲得榮耀、地位和經濟利益。（周慶華，2004b：316）有一個小故事可以顯示傳播技巧運用的巧妙之處：

一位猶太出版商有一批滯銷書，當他苦於不能出手時，一個主意冒了出來：送總統一本，並三番兩次去徵求意見。忙於政務的總統那有時間和他糾纏，就隨口說：「這本書不錯。」於是出版商就大作廣告：「現在有本總統喜愛的書要出售。」因此這些書很快就銷售一空。過沒多久，這個出版商又有賣不出去的書，他就又送了一本給總統。總統鑑於上次經驗，想奚落他，就說：「這書糟透了。」出版商聽聞，靈機一動，又作廣告：「現在有本總統討厭的書要出售。」結果沒想到又有不少人出於好奇爭相搶購，書又銷售一空。第三次，出版商把書送給總統，總統有了前兩次教訓，就不予回答將書棄置一旁，出版商卻還能大作廣告：「有本總統難以下結論的書，欲購從速。」居然又被搶購一空，總統哭笑不得，商人大發其財。（彌賽亞編譯，2006：65）

我們不得不佩服出版商「無中生有」的創意，但也可以了解到作品必須靠傳播的機制才能讓世人所關注（當然作家也必須自我要求產出一定質量的作品，才不會淪為「譁眾取寵」的作品）。

以寫作到傳播的過程，寫作在整體上可以比擬為工廠的系統化生產；這種系統化生產，由原料／題材的輸入，經過製造／寫作的轉換，而有產品／作品的輸出。這所輸出的產品／作品，還可以有改造／蛻化的二度轉換，而造成新產品／綜合藝術品的二度輸出的事實。當中的細微變化情況，可以圖7-3-1來標明：

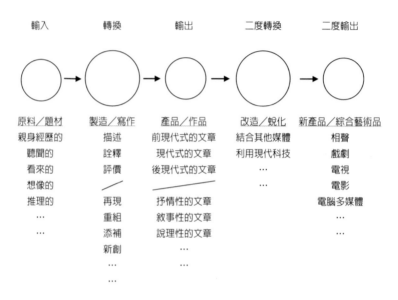

圖7-3-1　特殊文學回饋圖

（資料來源：周慶華，2004b：325）

　　當中寫作所需要的「看來的」題材部分，主要就是從閱讀中獲得的；而所寫成的作品又可以被閱讀而成為二度轉換或另一波寫作的題材。（周慶華，2004b：325）文學經過二度轉換變成電視／電影，就有了資訊化、圖像化、有時間性、演員代言、快節奏、特寫鏡頭和外景多等成分，會跟轉換前的文學有距離（周慶華，2011：202）：

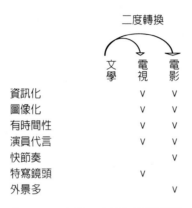

圖7-3-2　文學二度轉換的質距圖

（資料來源：周慶華，2011：203）

　　文學經過二度轉換變成電視／電影，因為資訊化／圖像化／有時間性／演員代言／快節奏／特寫鏡頭／外景多等關係，幾乎要「一覽無遺」的呈現在觀眾眼前，使得觀眾無從像閱讀文學那樣去「填補空白」而「參與寫作」，大為降低文學性。雖然如此，電視／電影改編自文學，所不及原作細膩處理人物心理和互動網絡的微妙後，所「多」出來的影像化、多感官刺激和演員代言的演技可觀摩等特徵，還是自成一個品味區域，可以讓觀眾欣賞裡頭的詮釋功力和繁衍色彩。（周慶華，2011：203）

　　當文學作品二度轉換時，就必須結合其他媒體。所謂「媒體」，概括性來說，是一種能夠讓傳播發生的中間動力。更明確地說，它是一種可以延伸傳播管道、範圍或速度的科技發

展。廣義來看，言語、書寫、姿勢、臉部表情、衣著、演出及
舞蹈種種，全部都可以視為傳播的媒體；每一種媒體都能夠在
傳播管道中傳送符碼。但這種用法已經愈來愈少見了；現在已
經開始用它來指技術性的媒體，特別是大眾傳播媒體。有時候
會用這個詞條來指傳播的工具（例如印刷的或廣播的媒體）；
但通常指的是實現這些傳播目的的記述形式（例如收音機、電
視、報紙、書籍、相片、影片、錄音、CD、VCD、DVD、網際
網路等）。（歐蘇利文等，1997：228）也因為有媒體的傳播，
讀者們能更廣泛地接觸文學作品。

　　近幾年來，因為電腦網路的技術不斷進步，電子出版品
（尤其是電子書）的崛起成為一股新的傳播趨勢。電子出版品
被定義為「將文字、圖像、聲音、動畫等予以數位化後，依還
原展現時使用的機器不同而產生不同的媒體」。（邱炯友，
2000）有人認為電子書可視為電子出版品中最具野心的產品，
它的容易攜帶、顯示器的解析度高、有聲音輸入的功能以及能
夠網路化和作無線通訊等特性，都深深的攫住世人的注意力。
（蘇吉赫拉〔Yoshinori Sugihara〕，1995：59）

　　但也有人認為電子書的電子聲光媒體的呈現，透過電腦及
其周邊設備所形成的「閱讀空間」，對「讀」（觀／聽）者的
感應是直接而具體的；但傳統的書本閱讀方式就不是如此，它
必須訴諸人的「文化沉澱」及「想像能力」（這對人創造力的
培養有所裨益），也就是人在閱讀書本時必須依靠自己的力量
去「創造」另一想像空間。以兒童讀物為例，電子互動書雖然
能滿足孩童感官的刺激，對於教育的客體會有直接的認識，比

如動物書中動物的顯像和叫聲，可以幫助孩童了解，既具體又實在；問題是這種電腦視窗直接的顯像與現音，剝奪了他們的想像空間，無形中也降低了想像能力的培養（文學的沒落跟這點不無關係），是得是失還難以論斷。電子書雖然改變了二十世紀的閱讀快感（這種快感直接、具體、強烈，但卻短暫），也掀起認知的革命；然而卻也降低了學習認知的樂趣，更使知識的獲得成為個人化的行動（只要面對電腦機器就可以了），淡化人文性的色彩。（孟樊，1997：30～32）

　　除了電子書，近幾年來由於網路發達，一股新興的「多向文本」也因此崛起。這種多向文本因為離不開網路，因此也被稱為「網路文學」。根據李順興在《歧路花園》網站所給網路文學的定義：「網路文學，或稱電子文學，根據目前的流行看法，可大略分為兩種：一是將傳統「平面印刷」文學作品數位化，而後發表於WWW網站或張貼 於BBS文學創作版上；二是指含有「非平面印刷」成分並以數位方式發表的新型文學，學術上慣稱超文本文學（hypertext literature）。非平面印刷成分的明顯例子包括動態影像或文字、超連結設計（hyperlink）、互動式（interactivity）讀寫功能等。由於這些新元素的加入，擴張了文學創作的表現形式，同時也催生了新的美學向度。基本上，第一類網路文學只是把網際網路當作純粹的發表媒介，而第二類則進一步將網路當作創作媒介，把諸多網路功能轉化為創作工具。」（李順興，1998）

　　這種新的傳播型態也跟電子書一樣得承受「兩極化」的評價；同時它的隱憂方面可能還會多一點。因為這個整合多媒

體而成的網路世界，似乎不是一個可以讓人完全樂觀期待的發展。它固然是「從最壞的到最好的，從最菁英的到最流行的，每一種文化表現都來到這個鏈結了一個巨大的、非歷史的超文本和呈現了溝通心靈的過去、現在和未來的數位式宇宙之中。它們由此建構了一個新的象徵環境，它們虛擬了我們的現實」。（柯司特〔Castells, Manuel〕，1998：382）

　　但這個虛擬的現實的代價是什麼？「是人和人之間親身接觸的隔離隔膜？新媒體和舊媒體之間，真的不能相容並存；新者真的有如後浪，將前浪覆滅一空，完全取代嗎？去中心、多線多徑的結構，真的是事物本相？遇事建立結構、設定組織、尋找次序的傾向，真的是我們從印刷文字文化習得的行為，而非本能？創作者真願、真能、並且真的放棄了主控權利（鏈結是誰設的，路徑組合是誰安排的呢），將他的藝術企圖交在接受者手中（推動文本的那隻創作者的手）嗎？接受者真願、真能、並且真的放棄心靈對話式的閱讀，反客為主，動『筆』書寫起嗎？『媒體』真的就是『信息』，新的就一定比舊的好（這也是線性思想）嗎？科技真的對人類有益，真的代表進步，真的決定一切，真的不可避免嗎？」（鄭明萱，1997：140）而在文學創作方面，多向文本的發展固然開拓了我們的視野，滿足了我們恣意創作的慾望；但同時也阻絕了我們攀爬「高峰」的驅力，斷滅了我們追求「理想」的意志。在整個過程中，我們不必成為勇於發現「新大陸」的航海者；只要當一個不辨方向的泅泳者，或者在高度無政府狀態中隱姓埋名而終了殘生。這是網路世界所透露給人的信息（人一離開網路世

界，就什麼也不是、什麼也無法全樣保存下來），我們能不感到悲哀嗎？（周慶華，2004b：343）

　　近幾年來，平板電腦日漸普及，強調可以裝載數百本電子書，便利隨身觀看，所以許多父母購買平板電腦給孩子閱讀、娛樂，甚至當成孩子的「電子保母」（給孩子玩就不會吵鬧），但是一旦孩子習慣電腦上的聲光影音效果的刺激，就會使紙本的閱讀失去吸引力，這種現象的確令人堪憂。既然以上的傳播方式有利有弊，基於秉持著對地球長遠的發展著想，我們應該還是以紙本傳播最為理想（考慮到電子產品的能源耗損，樹木還算是可再生資源）。

　　科幻小說在傳播教學上的運用，就必須以對世界的永續發展為第一考量目標。在眾多的科幻小說文本中，如果選擇《海底兩萬里》來傳播象徵著對未知地域的探索與開發的推崇（有可能造成人們前仆後繼地開發自然）；如果選擇《鼠城記》來傳播象徵著諧和自然、以不破壞自然環境為目標（有可能使人們認知到傷害自然是損人害己的事）。如果選擇《正子人》傳播像徵著對科學技術的推崇（有可能造成人與機器的分際不清）；如果選擇《後備》傳播象徵著對醫學技術不斷進步則負面影響堪慮（有可能使人認知生死是必然之事，進而坦然面對）。在面對選擇時，我們必須考慮對後世的影響，優先選擇對將來有利的文本傳播。這就得端看傳播者（如教師、出版商）的智慧抉擇。

　　到目前為止，西方科幻文學還是出版市場的主流之一。西方的科幻小說分為娛樂性和嚴肅性的作品，娛樂性的科幻小說還是比較為大眾所接受；但是嚴肅性的科幻在主流文學中佔

有一定的地位，而且西方的科幻文學作品每年出版產量之大（源於創造觀型文化的因素），是我們無法與之相比的。那我們的科幻小說要走向怎樣的道路？張系國提倡「科幻小說中國化」，葉李華指出華文科幻故事中的文化背景硬要區分為是中是西有其難度，像他指出張系國的「城」三部曲雖然內容中國風十足，但卻沒有明顯的中華文化背景，他記述的索倫城與呼回世界，是地球文明與文化的大雜燴。（葉李華，1998b）科幻小說發展至今，科幻元素幾乎用盡，要創新實在是難上加難，通常也只能舊瓶新裝。那科幻小說在傳播教學上還有發展的空間嗎？這約略可以從兒童科幻小說的途徑著手，由兒童創作，鼓勵他們運用科幻元素，然後投稿發表、出版。並著重在中國傳統文化的獨特性，或許在他們未受西方文化影響太深的心靈上，能創作出獨樹一格的科幻小說。

第八章　結論

第一節　要點回顧

　　本研究在建構一套發掘科幻小說中的文化性，並比較中西科幻小說文化性差異的新理論。延伸出中西科幻小說文化性中的世界觀差異、西方科幻小說的文化性舉隅、中方科幻小說的文化性舉隅以及中西方科幻小說文化性差異的運用途徑等。其成果以圖8-1-1表示。

　　在科幻小說的文化性方面，閱讀科幻小說能讓讀者踏進一個想像的世界，遨遊在這個世界裡可以豐富我們的科學知識、探險未知的地域，也可以啟發我們對人性的關懷、重視周遭的環境生態。但是如果我們沒有世界觀的認知，或許只能體會出（表8-1-1）。

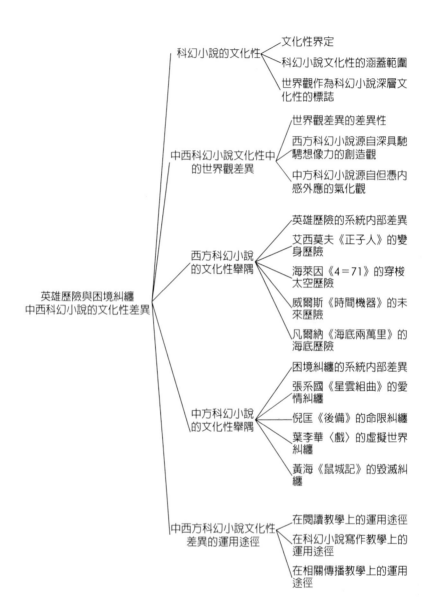

圖8-1-1　本研究理論建構成果圖

表8-1-1 中西科幻小說的概略差異

西方科幻小說	中方科幻小說
科學技術濃厚	幻想成分較多
長篇小說為主	中短篇小說為主
多屬硬科幻	多屬軟科幻
格局場面較大	格局場面較小
多以事件為主軸科幻成分大，是不可或缺的	多圍繞在人跟人之間的關係科幻只是陳述的一種手段
較樂觀	較悲觀
多用比喻	多用象徵

　　隱含在科幻小說文本中的世界觀深深影響著故事的寫作，並等待我們細細品嘗發掘。只要我們用心研究體會，就可以理解文本背後的世界觀，進而對科幻小說有更深刻的認識，而不是讀過就算了。因此，選用沈清松對文化的界定法，由周慶華加以架構出的文化五個次系統圖來分析歸類科幻小說文本中的文化性。藉由對每部科幻小說構成的文化五個次系統圖，讓讀者輕鬆簡易地看出深藏在字句裡的文化性，並上溯到最高層級的終極信仰；並且讓讀者了解如果沒有背後世界觀的強力影響是發展不出如此的文化性，藉以分別中西方文化性的差異。文中並以西方科幻小說〈沙蝗〉與〈太空船大賽〉為代表，闡述西方的創造觀型文化；以中方科幻小說〈溫柔考古〉與〈潘渡娜〉為代表闡述中方的氣化觀型文化；最後以印度科幻小說〈愛因斯坦第二〉與〈危險的發明〉為代表闡述近似佛教世界的緣起觀型文化。這三大世界觀各有不同的文化性與特色，彼此之間不可共量，很難強求要互相仿效（因為深植人心的終極

信仰各不相同）。因此，我們可以由科幻小說中對人物心理描寫、對科學技術的細膩與否、對情節構設的衝突感等等，來判斷作品背後的世界觀。在充分了解到這一點後，就可以從文學延伸到政治、律法、社會、風俗民情等各方面，都可以看到三大世界觀的影子，並且從這些文化性觀念裡衍生出對世界未來的影響。

　　就中西科幻小說文化性中的世界觀差異方面，為什麼三大世界觀會有如此的差異？這就得從三大文化系統塵世／靈界的關係來說明：以文學的表現上來說，差異性最明顯的就是在「想像」的層面上。西方人所信守的創造觀，預設著天國和塵世兩個世界，提供了他們可以「遙想」或「揣測」的廣大空間，以致發展出了極盡馳騁想像力式的文學傳統；而東方的中國人所信守的氣化觀和印度佛教徒所信守的緣起觀，則分別預設著精氣化生流轉的單一世界和另有超脫趨入的絕對寂靜的佛境界，而少了可以遙想或揣測的廣大空間，以致盡往內感外應和逆緣起解脫的途徑去形塑各自的文學傳統。以文學中最精鍊的文字──「詩」為例，就可看出中西方世界觀的差異：西方文學屬詩性思維，多用比喻，因為結合兩種不同事物來創新世界，相應創造觀型文化造物者賦予人類智慧，人類發揚智慧來榮耀、媲美造物主；中方文學屬情志思維，多用象徵，因為沒有造物主的觀念，認為人由精氣化生，死後回歸精氣，是自然生成流轉的，所以沒有可以榮耀的對象，因此轉為關注人群，感物應事。以余光中的〈迴旋曲〉、崔顥的〈黃鶴樓〉、聶魯達的〈女人的身體〉和莎士比亞的〈十四行詩（二）〉分別代

表中西方詩的文化性差異，就可看出端倪。接著再以敘事性文體——小說為為例，卡夫卡的《蛻變》、艾莉絲的《蘇西的世界》、馬歇爾的〈穿牆人〉和徐四金的《香水》情節描寫深刻細膩、充滿想像力，這就是源於創造觀型文化有兩個世界（塵世與天國）可供創作者想望，因而體現出來的作品。再看李昂和飛利浦・羅斯同樣對女性私密處的描寫，總覺得中方作品不如西方作品善用比喻，因而創造出的想像空間不如西方深遠。當然我們必須了解中西方文化性各有特色，而不必認為我們的想像力不如人而自慚形穢。再來，就以西方科幻小說來探討深具馳騁想像力的創造觀，不管是對於科學技術的想像與崇拜，西方人都比我們要為深刻。對於設想一個未知地域的描繪，西方人也能在腦海中構築一幅栩栩如生的畫面，這就是相應於創造觀型文化的終極信仰——上帝，上帝造人時是個別的，人與萬物都是單一個體，各有不同作用和作為（都是清清楚楚的），所以在科學技術的描寫也是清清楚楚的。基於上帝賦予人智慧，為了回應上帝的作為，人也應該積極創造發明，所以科學應運而生。既然有了科學技術的輔助更加深西方人去探索上帝所在的天國的想望，呈現在科幻小說裡就成了探索未知的地域。因此可以說，西方科幻小說真切地體現了創造觀型文化深具馳騁想像的特色。最後，再看由西方傳至中國，再由國人創作的科幻小說，因為我們沒有西方人兩個世界的概念，所以我們沒辦法體會西方極盡所能要創新世界的觀念。因此，在書寫科幻小說時著重在對人性的描寫與對周遭環境的關懷，通常藉由科學幻想來包裝人世間的感情與感受，這就是相應於氣化

觀型文化的內感外應。而且對於整個世界一直往無止盡消耗地球資源感到憂心忡忡，所以中方科幻小說大多呈現出對於生態環境的憂慮與反省。為了縮節人情，中方科幻小說也常藉由男女之間的愛戀呈現一股優美的情感。對於科技不斷進步，造成與現實生活的衝擊，中方科幻小說作家也常預設將來的社會型態，來對此一衝擊作「預言式」的探討。綜觀中西方科幻小說呈現的文化性，還是中方科幻小說對於未來較具有前瞻性與啟發性。

在西方科幻小說的文化性舉隅上，西方科幻小說發展至今已經鎔鑄了許多題材，有太空冒險、有時光旅行、有機器人跟人的互動、有外星人入侵、有未來戰爭型態……的描寫。但是在這五花八門的題材中，如何選定一種單一標準來對其間的文化性界定，就必須靠克里斯多夫‧佛格勒的「英雄旅程」結合基督教「救贖的三階段論」來統攝所有的西方科幻小說文本。因為它也是相應於創造觀型文化人有原罪的觀念，因此人生在世唯一目的就是尋求上帝的救贖，而要獲得救贖的條件就是讓上帝「看見」人的存在，所以要在世間有所作為，成為英雄是其中的一條捷徑。克里斯多夫‧佛格勒把故事分成十二個階段，從一個平凡人到成為一個英雄的歷程，必須經過許多冒險與苦難，最後才能成就英雄的美名，引伸到現實面上，就能獲得救贖的機會。本研究以西方科幻小說最具經典的四部小說──艾西莫夫《正子人》、海萊因《4＝71》、威爾斯《時間機器》和凡爾納《海底兩萬里》為例子，來印證西方科幻小說中的英雄歷險與救贖三階段論模式。《正子人》呈現機器人致

力變成人類的變身歷險，在文本的內涵裡體現創造觀型文化人類利用智慧創造機器人，而機器人二度創造，要使自己更進化「回歸」人類，藉此榮耀上帝。文本最後終於讓機器人成為人類而死亡（人才能有的「結局」），而獲得救贖回歸天國。《4＝71》呈現穿梭太空的英雄式歷險，文本中對於超地域的描繪體現對天國的想望，構設一幅新伊甸園的外世界。探險旅途中當然要經歷各種困難的考驗，才能顯現英雄的與眾不同。最後設想一個美麗的結局──為人類找到新伊甸園，也因此獲得救贖。《時間機器》呈現對未來世界的歷險，主角運用智慧發明時光機到未來世界旅行。這種行為就好比要媲美上帝，在觀看完人類未來的演變後，感到失望與落寞，回到現實世界轉而形成對上帝的崇拜。旅途中的驚險成就主角成為英雄的特質，最後也因此獲得救贖。《海底兩萬里》呈現的海底歷險，把想像中的海洋世界描繪地宛如身歷其境，其中豐富的想像力就是來自創造觀型文化的下貫。文本中的船長具有過人的智慧，引領眾人與讀者體驗一場驚心動魄的海底探險。對於海洋資源的開採、利用的觀念也是源自於創造觀型文化對自然的開發。總觀上述四部西方科幻小說，都是創造觀型文化的具體表現，這豐富了讀者的想像力，但是對於世界的前景卻構成「資源可以無止盡的開採利用」的窘境。雖然閱讀西方科幻小說有暢快淋漓的感覺，但我們必須深思其中包含對後世的影響。

就中方科幻小說的文化性舉隅，雖然科幻小說是由西方傳入中國，但是由於中西方世界觀的差異造成中方科幻小說的內質難變，這是因為幾千年來文化因子已經深植在我們的心靈

中，不可能在幾十年間就可以改變。因此，中方科幻小說作家創作時還是會呈現對現實世界的內感外應，沒辦法學到西方馳騁想像力的精髓。而內感外應體現在現實世界就是對人生、對人性、對外在環境的困境糾纏。氣化觀型文化認為人由精氣化生，是自然界的規律不容改變，沒有上帝可供模仿、榮耀，所以不會窮盡力氣研究科學技術，因此轉為關注人世間的萬事萬物。其次，氣化觀對於生命的概念是循環式的不同於創造觀是線性式的，所以重視自然的和諧，為後世留下可供生活的自然環境是我們的責任，因此不會極盡所能的耗用自然資源。先以蘇逸平《芥子宇宙》和劉慈欣《球狀閃電》為例，前者呈現對愛情糾纏和對毀滅糾纏的人性、環境的困窘；後者體現對親情、愛情和毀滅的糾纏。二者對科學技術描繪並不深刻，但是留給讀者的啟發更具衝擊力。本研究針對四部中方科幻小說──張系國《星雲組曲》、倪匡《後備》、葉李華〈戲〉和黃海《鼠城記》作深入研究。《星雲組曲》雖然由十種不同題材的科幻短篇組成，但總的來說，呈現未來科技對人生、環境的衝擊，張系國藉由這樣的衝擊來闡述自己對科技發展和環境影響的感受，並留給讀者省思的空間。《後備》呈現對人生命限的糾纏，倪匡認為人不應該為了延長自己的性命，利用複製人來儲備器官，這不僅對人性有更深刻的體會，還可讓讀者認清「生命自有其定律」的道理，這就是源自氣化觀型文化諧和自然的概念。〈戲〉呈現對虛擬世界的困境糾纏，即使在虛擬世界中還是會把現實中的情感、感覺投射在其中，跳脫不到西方虛擬世界的創新世界的地步。但整體上體現「人飢己飢，人溺

己溺」的情感，帶給讀者重視人際關係、縮結人情的重要概念。《鼠城記》充滿對於現今世界形成大量浪費，製造大量垃圾的反思。黃海藉由對未來世界毀滅的困境糾纏，來闡述要愛護自然的觀念。體現氣化觀型文化重視諧和自然、為後世保留一片淨土而努力的觀點。上述四部中方科幻小說都屬於氣化觀型文化的具體表現，喚起世人對於科技快速發展不該過分樂觀，應當省思人性是否跟得上科學的極速進展，倘若銜接不上，極可能造成無法彌補的災難。由此看來，氣化觀型文化下的科幻小說對於人類未來的前景更具有深度啟發性。

　　最後中西方科幻小說文化性差異的運用途徑上，分別以閱讀教學、科幻小說寫作教學、相關傳播教學上的運用途徑為例，提供讀者各種面向的運用方式。對於教學者而言，可以帶領學習者分析中西方科幻小說的文化性特色，並讓學習者澄清自己的價值觀，選擇有利於世界發展的科幻文本閱讀。在科幻小說寫作學上，提供各種不同的科幻主題，且設想情節的進展。不過我們學不來西方科幻小說的寫作技巧，就維持住氣化觀型文化的特色，並加以發展，甚至可結合「靈異」創造屬於我們自己的科幻小說。在相關傳播教學上，推廣科幻小說可經由口頭、書面、視聽文本以及網路來傳播，但是如果為了將來的世界著想，還是以紙本傳播最為有益。

　　本研究的理論建構，在提供讀者對於中西方科幻小說有不同層面的閱讀體驗，藉由理解文本中的文化性，更深入了解中西方的世界觀差異。希望刺激讀者經由閱讀到創作出屬於我們自身文化的科幻小說。

第二節　未來研究與展望

　　整個理論建構已經告一段落，但中西方科幻小說的文化性卻不僅止於本研究所提及的這些形式。比如說，科幻小說文本的敘述觀點、敘述方式、人物的心理刻劃、背景結構的描繪、整體美感的呈現等等，而這些對於區別中西方科幻小說的文化性也有一定程度的影響，這些都是我還未涉及到的。或許它們的區別力不如故事情節隱含的文化性（第一級序）優位，但是倘若完全忽視它們的存在就說不過去了。因此，為了彌補這樣的缺憾，就期許對於科幻小說有興趣的同好一起努力，把這個議題當作是未來研究的展望。

　　世界觀在意象的呈現上是最優位的，不過對於所有讀者對文本的理解並不能把一種說法定死。也就是說，無法使所有人認同文本背後的世界觀，但是這並不能否定世界觀的重要性，反而可以因為多數讀者的認同而承認它的地位。藉由認知到這樣的概念，支持我繼續分析中西方科幻小說中的文化性，當閱讀越來越多的科幻文本更加深我繼續研究的理念。

　　在周慶華的《故事學》中，針對故事敘述學有深入嚴謹的探討，例如敘述方式的時序就有分為：順敘、倒敘、預敘及意識流，中方科幻小說寫作大多呈現順敘，而西方科幻小說則有順序、倒敘、意識流等寫法交雜使用，這都包含著文化性的特徵，作為對未來的研究可以把故事敘述學當作研究中西方科幻小說的起點，對文化性的區別有更深更廣的面向。

　　再者，對於研究限制的探討也可作為日後有志之士共同努力突破的目標：（一）針對淺層的文化性差異（例如表現技巧、科技問題、倫理道德……等）在本研究中已或多或少略有著墨，當然不能詳盡的地方，留待個人或對科幻小說有興趣的同好再深入探討。（二）對於科幻小說作品不斷產出，如果只探討前現代作品的文化性或許會有不足處，今後可以努力的方向也可針對現代、後現代甚至是由科幻小說改編成電影的視聽文本作文化性的分析，當然礙於篇幅的關係目前只能針對具有代表性的科幻文本作探討。（三）本研究的成果運用在閱讀、科幻小說寫作、相關傳播教學上的運用途徑，只侷限在紙本上的探討，並沒能實際在教學上運用，期許對科幻小說有興趣的教學者或傳播者甚至是創作者，能實際試驗看看，或許對於學童的想像力創發、寫作點子的構思有所幫助，那就是本研究令人感到欣慰的地方。

　　最後，還是希望讀者能從本研究中不僅更深層次的理解科幻小說，還能夠從科幻小說中發出的現象作一番深入省思。現今時代的趨勢一直往創造觀型文化的態勢前進，而且似乎沒有停歇的樣子，這對世界的發展是好是壞，沒人可以預期。但是針對資源耗竭這一點，創造觀型文化耗用的自然資源是三大世界觀中消耗最劇的，這點卻是不容置疑的。即使西方提倡再生能源（如太陽能、風力發電、水力發電、潮汐發電）但是搭上資本主義的路線，卻也緩不濟急。如果要靠緣起觀型文化來遏止這股趨勢，依照世人已經習慣於享受高度物質化的今天，幾乎可以說緣木求魚。不過，倘若由氣化觀型文化來帶領世人節

約能源、重視自然，或許可以讓世界「能趨疲」（entropy，能量趨於疲乏）的態勢，稍緩腳步。

　　因此，本研究最終目標當然是希望氣化觀型文化中人，能把深植在我們內心深處縮結人情、諧和自然的情感召喚回來。而對於創造觀型文化中人則希望能少一點科技征服、接納不同世界觀民族的看法、多關懷人世間的萬事萬物。

參考文獻

凡爾納（2008），《海底兩萬里》（陳秀琴編），臺北：明天。

大衛‧凱爾（1980），《科幻歷史圖說》（莨弘譯），臺北：照明。

文旦（2003），《冰戀》，臺北：皇冠。

方平等譯（2000），《新莎士比亞全集第十二卷‧詩歌》，臺北：貓頭鷹。

王咏馨（2009），《論當代女性科幻小說中的身體變異與後人類論述》，臺灣大學外國語文學研究所博士論文，未出版，臺北。

王洛夫（2003），《論黃海的兒少科學幻想作品》，臺東大學兒童文學研究所碩士論文，未出版，臺東。

王海山主編（1998），《科學方法百科》，臺北：恩楷。

王國安（2009），《臺灣後現代小說的發展——從黃凡、平路、張大春與林燿德做文本觀察》，中山大學中國文學系研究所碩士論文，未出版，高雄。

王弼（1978），《老子道德經注》，新編諸子集成本，臺北：世界。

孔穎達等（1982），《禮記正義》，十三經注疏本，臺北：藝文。

司馬遷（1979），《史記》，臺北：鼎文。

史蒂芬斯（2006），《大夢兩千年》（薛絢譯），臺北：立緒。

弗朗茨‧卡夫卡（2006），《蛻變》（金溟若譯），臺北：志文。

任繼愈主編（2002），《宗教辭典》，臺北：恩楷。

列維-布留爾（2001），《原始思維》（丁由譯），臺北：商務。

向鴻全主編（2003），《臺灣科幻小說選》，臺北：二魚。

安傑利斯（2001），《哲學辭典》（段德智等譯），臺北：貓頭鷹。

艾西莫夫（1995），《基地》（葉李華譯），臺北：漢聲。

艾西莫夫、席維伯格（2000），《正子人》（葉李華譯），臺北：天下遠見。

艾莉絲・希柏德（2006），《蘇西的世界》（施清真譯），臺北：時報。

西里爾・M・古帕塔（2011），〈危險的發明〉（方陵生、何志鵬譯），網址：http://love1021.info/note.asp?id=737&page=1，檢索日期：2012.1.5。

余光中（2007），《蓮的聯想》，臺北：九歌。

克里斯多夫・佛格勒（2009），《作家之路——從英雄的旅程學習說一個好故事》（蔡鵑如譯），臺北：開啟。

克拉克（2000），《童年末日》（葉李華譯），臺北：天下遠見。

利奇（1996），《語意學》（李瑞華等譯），上海：上海外語教育。

呂應鐘、吳岩（2001），《科幻文學概論》，臺北：五南。

宋澤萊（1986），《廢墟臺灣》，臺北：前衛。

李昂（1997），《北港香爐人人插》，臺北：麥田。

李政猷編譯（1982），《太空任務》，臺北：時報。

李政猷編譯（1986），《又見隱形人》，臺北：時報。

李家旭（2008），《張系國小說的救贖之道》，臺北市立教育大學中國語文學系研究所碩士論文，未出版，臺北。

李順興（1998），〈網路文學定義〉，網址：http://benz.nchu.edu.tw/~garden/a-def.htm，檢索日期：2012.5.25。

李維・史特勞斯（1998），《野性的思維》（李幼蒸譯），臺北：聯經。

村上春樹（1994），《世界末日與冷酷異境》，臺北：時報。

沈清松（1986），《解除世界魔咒——科技對文化的衝擊與展望》，臺北：時報。

拉什曼・隆德赫（2011），〈愛因斯坦第二〉（胡耀明譯），網址：http://love1021.info/note.asp?id=961 ，檢索日期：2011.12.31。

林文寶（2011），《兒童文學與書目》，臺北：萬卷樓。

林奕姈（2007），《黃海科幻作品初探》，中山大學中國文學系研究所碩士論文，未出版，高雄。

林建光（1994），《顛覆性想像：模擬與菲利普狄克之科幻小說》，臺灣大學外國語文研究所碩士論文，未出版，臺北。

邱炯友（2000），〈電子出版的歷史與未來〉，《佛教圖書館館訊》，23，6、12、7、13。

金多誠（2000.7.9），〈寧為科幻探險家──科學博士葉李華的另類抉擇〉，《中國時報》浮世繪版，臺北。

周敦頤（1978），《周子全書》，臺北：商務。

周慶華（1997a），《語言文化學》，臺北：生智。

周慶華（1997b），《佛學新視野》，臺北：東大。

周慶華（2001），《作文指導》，臺北：五南。

周慶華（2002），《故事學》，臺北：五南。

周慶華（2004a），《語文研究法》，臺北：洪葉。

周慶華（2004b），《文學理論》，臺北：五南。

周慶華（2005），《身體權力學》，臺北：弘智。

周慶華（2007a），《走訪哲學後花園》，臺北：三民。

周慶華（2007b），《語文教學方法》，臺北：里仁。

周慶華（2007c），《紅樓搖夢》，臺北：里仁。

周慶華（2008a），《從通識教育到語文教育》，臺北：秀威。

周慶華（2008b），《剪出一段旅程》，臺北：秀威。

周慶華等（2009），《新詩寫作》，臺北：秀威。

周慶華（2010），《反全球化的新語境》，臺北：秀威。

周慶華（2011），《文學概論》，臺北：揚智。

孟樊（1997），《臺灣出版品文化讀本》，臺北：唐山。

法蘭克・薛慶（2007），《群》（朱劉華譯），臺北：野人。

姜韞霞（2005），〈解讀中國科幻：中國科幻文學的人文精神與科學意識〉，《學術探索》，2005（3），137～138。

姚一葦（1985），《藝術的奧秘》，臺北：開明。

柯司特（1998），《網路社會之崛起》（夏鑄九等譯），臺北：唐山。

查普曼（1989），《語言學與文學》（王晶培審譯），臺北：結構群。

洪凌（1995），《魔鬼筆記──科幻、魔幻、恐怖、怪胎文本的混血論述》，臺北：萬象。

派區克・徐四金（2006），《香水》（洪翠娥譯），臺北：皇冠。

馬歇爾・埃梅（2006），《分身》（李桂蜜譯），臺北：遊目族。

威爾斯（2001），《時間機器》（章燕譯），臺北：大步。

約翰・克里斯多夫（2006a），《三腳入侵》（王心瑩譯），臺北：遠流。

約翰・克里斯多夫（2006b），《火焰之池》（蔡青恩譯），臺北：遠流。

約翰・克里斯多夫（2006c），《白色山脈》（蔡青恩譯），臺北：遠流。

約翰・克里斯多夫（2006d），《金鉛之城》（蔡青恩譯），臺北：遠流。

范伯群、孔慶東主編（2010），《大眾文學的15堂課》，臺北：五南。

范怡舒（1999），《張系國小說研究》，臺灣師範大學國文研究所碩士論文，未出版，臺北。

飛利浦・羅斯（2006），《垂死的肉身》（李維拉譯），臺北：木馬。

倪匡（1995），《不死藥》，臺北：風雲時代。

倪匡（2002），《後備》，臺北：風雲時代。

唐圭璋編（1973），《全宋詞》，臺北：文光。

殷海光（1979），《中國文化的展望》，臺北：活泉。

海萊因（2001），《4＝71》（葉李華譯），臺北：天下。

張之路（2001），《非法智慧》，臺北：民生報。

張系國（1979），《香蕉船》，臺北：洪範。

張系國（1980），《星雲組曲》，臺北：洪範。

張系國（2002），《張系國大器小說：育樂書》，臺北：天培。

張孟槙（2007），《基因複製科技發展下的未來世界──黃海科技小說中的基因科學與省思》，靜宜大學中國文學研究所碩士論文，未出版，臺中。

張湛（1978），《列子注》，新編諸子集成本，臺北：世界。

清聖祖敕編（1974），《全唐詩》，臺南：平平。

莫渝（2007），《波光瀲灩：二十世紀法國文學》，臺北：秀威。

許順鍠（1988），〈外遇〉，收錄在《臺灣科幻小說選》，臺北：二魚。

許絹宜（2008），《酷兒與科幻──洪凌小說初探（1995-2005）》，中央大學中國文學系碩士在職專班論文，未出版，桃園。

陳玉燕（2004），《科學、文學與人生──張系國科幻小說研究》，彰化師範大學國文學系研究所碩士論文，未出版，彰化。

陳明哲（2006），《凡爾納科幻小說中文譯本研究──以《地底旅行》為例》，臺灣師範大學翻譯研究所碩士論文，未出版，臺北。

陳雅雯（2004），《在科幻與奇幻之間擺盪──以張之路作品為例》，臺東大學兒童文學研究所碩士論文，未出版，臺東。

陳瑞麟（2006），《科幻世界的哲學凝視》，臺北：三民。

陳愫儀（1999），《少年科幻版圖初探──1948年以來臺灣地區出版之中長篇少年科幻小說研究》，東海大學中國文學研究所碩士論文，未出版，臺中。

陳黎等譯著（2005），《致羞怯的情人：400年英語情詩名作選》，臺北：九歌。

陳靜怡（2011），《少年科幻小說研究──以「三腳四部曲」為例》，臺中教育大學語文教育學系碩士班碩士論文，未出版，臺中。

陳鵬文（2005），《八〇年代臺灣科幻小說研究》，文化大學中國文學研究所碩士論文，未出版，臺北。

麥克・克萊頓（2002），《時間線》（何致和譯），臺北：皇冠。

黃子珊（2006），《黃海兒童科幻小說敘述技巧研究》，臺北市立教育大學應用語言文學研究所碩士論文，未出版，臺北。

黃尹歆（2004），《在國中導讀科幻小說──以《白色山脈》、《金鉛之城》、《火池》為例》，臺東大學兒童文學研究所碩士論文，未出版，臺東。

黃吟如（2008），《科幻小說的後現代想像：以《殺手的一日》為例》，臺東大學兒童文學研究所碩士論文，未出版，臺東。

黃海（1987），《鼠城記》，臺北：時報。

黃海（2007），《臺灣科幻文學薪火錄（1956～2005）》，臺北：五南。

黃惠慎（2003），《倪匡科幻小說研究（以〈衛斯理系列〉為主要研究對象）》，成功大學中國文學系研究所碩士論文，未出版，臺南。

黃瑞田（2004），《科學詮釋與幻想——黃海科幻小說研究》，中山大學中國語文學系研究所碩士論文，未出版，高雄。

黃漢強（2011）《科幻小說翻譯：艾西莫夫《基地》三部曲新舊譯本評析》，輔仁大學跨文化研究所翻譯學碩士班碩士論文，未出版，臺北。

堺屋太一（1996），《世紀末啟示》（王彥花等譯），臺北：宏觀。

傅吉毅（2002），《臺灣科幻小說的文化考察（1968-2001）》，中央大學中國文學研究所碩士論文，未出版，桃園。

楊慎（1983），《升菴詩話》，續歷代詩話本，臺北：藝文。

葉李華（1998a），〈開宗明義論科幻〉，《科學月刊》，29（2），99～100。

葉李華（1998b），〈宇宙香爐——科幻小說風潮論〉，《臺灣現代小說史綜論》，臺北：聯經。

葉李華（2004），〈科幻教授——葉李華〉，網址：http://yehleehwa.net/yeh_intro_10.htm，檢索日期：2012.5.5。

葉李華主編（2004），《科幻研究學術論文集》，新竹：交通大學。

葉頌壽（1987），《面對生死智慧》，臺北：久大。

董浩等編（1974），《欽定全唐文》，臺北：文友。

詹秋華（2005），《臺灣少年科幻小說的文化考察——以1968年以來在臺灣地區出版之少年科幻小說為例》，臺南大學教管所國語文碩士班碩士論文，未出版，臺南。

雷夫金（1988），《能趨疲：新世界觀——二十一世紀人類文明的新曙光》（蔡伸章譯），臺北：志文。

維柯（1997），《新科學》（朱光潛譯），北京：商務。

維基百科（2008），〈後備〉，網址：http://zh.wikipedia.org/wiki/後備，檢索日期：2012.4.28

維基百科（2011a），〈文化〉，網址：http://zh.wikipedia.org/zh-tw/文化，檢索日期：2011.12.17。

維基百科（2011b），〈羅伯特・海萊因〉，網址：http://zh.wikipedia.org/wiki/羅伯特・海萊因，檢索日期：2011.3.28

維基百科（2012a），〈倪匡〉，網址：http://zh.wikipedia.org/wiki/倪匡，檢索日期：2012.4.28。

維基百科（2012b），〈祖父悖論〉，網址：http://zh.wikipedia.org/wiki/祖父悖論，檢索日期：2012.4.7。

趙雅博（1975），《中西文化的出路》，臺北：商務。

劉宗修（2006），《邁向後人類社會的困境——談《鋼穴》的危機與轉機》，臺東大學兒童文學研究所碩士論文，未出版，臺東。

劉琬琳（2008），《從少年科幻小說看烏托邦的幻滅》，臺東大學兒童文學研究所碩士論文，未出版，臺東。

劉慈欣（2004），《球狀閃電》，成都：科學技術。

劉臺痕（1993），《五十一世紀》，臺北：九歌。

歐蘇利文等（1997），《傳播及文化研究主要概念》（楊祖珺譯），臺北：遠流。

蔣丙英（1963），《中西文化論》，臺北：作者自印。

鄭明萱（1997），《多向文本》，臺北：揚智。

蕭蕭（1989），《青少年詩話》，臺北：爾雅。

彌賽亞編譯（2006），《猶太人商學院》，臺北：易富。

鍾嶸（1988），《詩品》，增訂漢魏叢書本，臺北：大化。

韓愈（1983），《韓昌黎文集》，臺北：漢京。

簡克斯（1998），《文化》（俞智敏等譯），臺北：巨流。

聶魯達（1999），《二十首情詩與絕望的歌》（李宗榮譯），臺北：大田。

懷特（2003），《後現代歷史敘事學》（陳永國等譯），北京：中國社會科學。

難攻博士（2006），〈說！哪個好膽敢再寫時光旅行小說啊！〉，網址：http://drng.pixnet.net/blog/post/179551，檢索日期：2012.4.7。

嚴羽（1983），《滄浪詩話》，歷代詩話本，臺北：藝文。

蘇吉赫拉（1995），《多媒體時代》（蕭秋梅譯），臺北：朝陽堂。

蘇秀聰（2009），《科幻與歷史——李潼《望天丘》析論》，東海大學中國文學系研究所碩士論文，未出版，臺中。

蘇逸平（2003），《芥子宇宙》，臺北：風雲時代。

語言文學類　PG0834　東大學術54

英雄歷險與困境糾纏
──中西科幻小說的文化性差異

作　　者 / 蔡秉霖
責任編輯 / 陳佳怡
圖文排版 / 楊家齊
封面設計 / 陳佩蓉

發 行 人 / 宋政坤
法律顧問 / 毛國樑　律師
印製出版 / 秀威資訊科技股份有限公司
　　　　　114台北市內湖區瑞光路76巷65號1樓
　　　　　電話：+886-2-2796-3638　傳真：+886-2-2796-1377
　　　　　http://www.showwe.com.tw
劃撥帳號 / 19563868　戶名：秀威資訊科技股份有限公司
　　　　　讀者服務信箱：service@showwe.com.tw
展售門市 / 國家書店（松江門市）
　　　　　104台北市中山區松江路209號1樓
　　　　　電話：+886-2-2518-0207　傳真：+886-2-2518-0778
網路訂購 / 秀威網路書店：http://www.bodbooks.com.tw
　　　　　國家網路書店：http://www.govbooks.com.tw
圖書經銷 / 紅螞蟻圖書有限公司
　　　　　114台北市內湖區舊宗路二段121巷28、32號4樓
　　　　　電話：+886-2-2795-3656　傳真：+886-2-2795-4100

2012年11月BOD一版
定價：350元

國家圖書館出版品預行編目

英雄歷險與困境糾纏：中西科幻小說的文化性差異 / 蔡秉霖
著. -- 一版. -- 臺北市：秀威資訊科技, 2012.11
　　面；　　公分. -- (語言文學類 ； PG0834)(東大學術；
54)
　BOD版
　ISBN 978-986-221-997-3(平裝)

　1.科幻小說 2.文學評論 3.比較文學

812.7　　　　　　　　　　　　　　　　101018691

讀者回函卡

感謝您購買本書,為提升服務品質,請填妥以下資料,將讀者回函卡直接寄回或傳真本公司,收到您的寶貴意見後,我們會收藏記錄及檢討,謝謝!
如您需要了解本公司最新出版書目、購書優惠或企劃活動,歡迎您上網查詢或下載相關資料:http:// www.showwe.com.tw

您購買的書名:＿＿＿＿＿＿＿＿＿＿＿＿＿＿＿＿＿

出生日期:＿＿＿＿＿年＿＿＿＿＿月＿＿＿＿＿日

學歷:□高中 (含) 以下　　□大專　　□研究所 (含) 以上

職業:□製造業　□金融業　□資訊業　□軍警　□傳播業　□自由業
　　　□服務業　□公務員　□教職　　□學生　□家管　□其它＿＿＿

購書地點:□網路書店　□實體書店　□書展　□郵購　□贈閱　□其他

您從何得知本書的消息?

　　□網路書店　□實體書店　□網路搜尋　□電子報　□書訊　□雜誌

　　□傳播媒體　□親友推薦　□網站推薦　□部落格　□其他＿＿＿＿＿

您對本書的評價:(請填代號　1.非常滿意　2.滿意　3.尚可　4.再改進)

　　封面設計＿＿＿　版面編排＿＿＿　內容＿＿＿　文／譯筆＿＿＿　價格＿＿＿

讀完書後您覺得:

　　□很有收穫　□有收穫　□收穫不多　□沒收穫

對我們的建議:＿＿＿＿＿＿＿＿＿＿＿＿＿＿＿＿＿＿＿

＿＿＿＿＿＿＿＿＿＿＿＿＿＿＿＿＿＿＿＿＿＿＿＿＿＿＿

＿＿＿＿＿＿＿＿＿＿＿＿＿＿＿＿＿＿＿＿＿＿＿＿＿＿＿

＿＿＿＿＿＿＿＿＿＿＿＿＿＿＿＿＿＿＿＿＿＿＿＿＿＿＿

11466
台北市內湖區瑞光路 76 巷 65 號 1 樓

秀威資訊科技股份有限公司 收

BOD 數位出版事業部

....

（請沿線對折寄回，謝謝！）

姓　　名：＿＿＿＿＿＿＿＿　年齡：＿＿＿＿　性別：□女　□男

郵遞區號：□□□□□

地　　址：＿＿＿＿＿＿＿＿＿＿＿＿＿＿＿＿＿＿＿＿＿＿＿

聯絡電話：(日) ＿＿＿＿＿＿＿＿＿　(夜) ＿＿＿＿＿＿＿＿＿

E - m a i l：＿＿＿＿＿＿＿＿＿＿＿＿＿＿＿＿＿＿＿＿＿